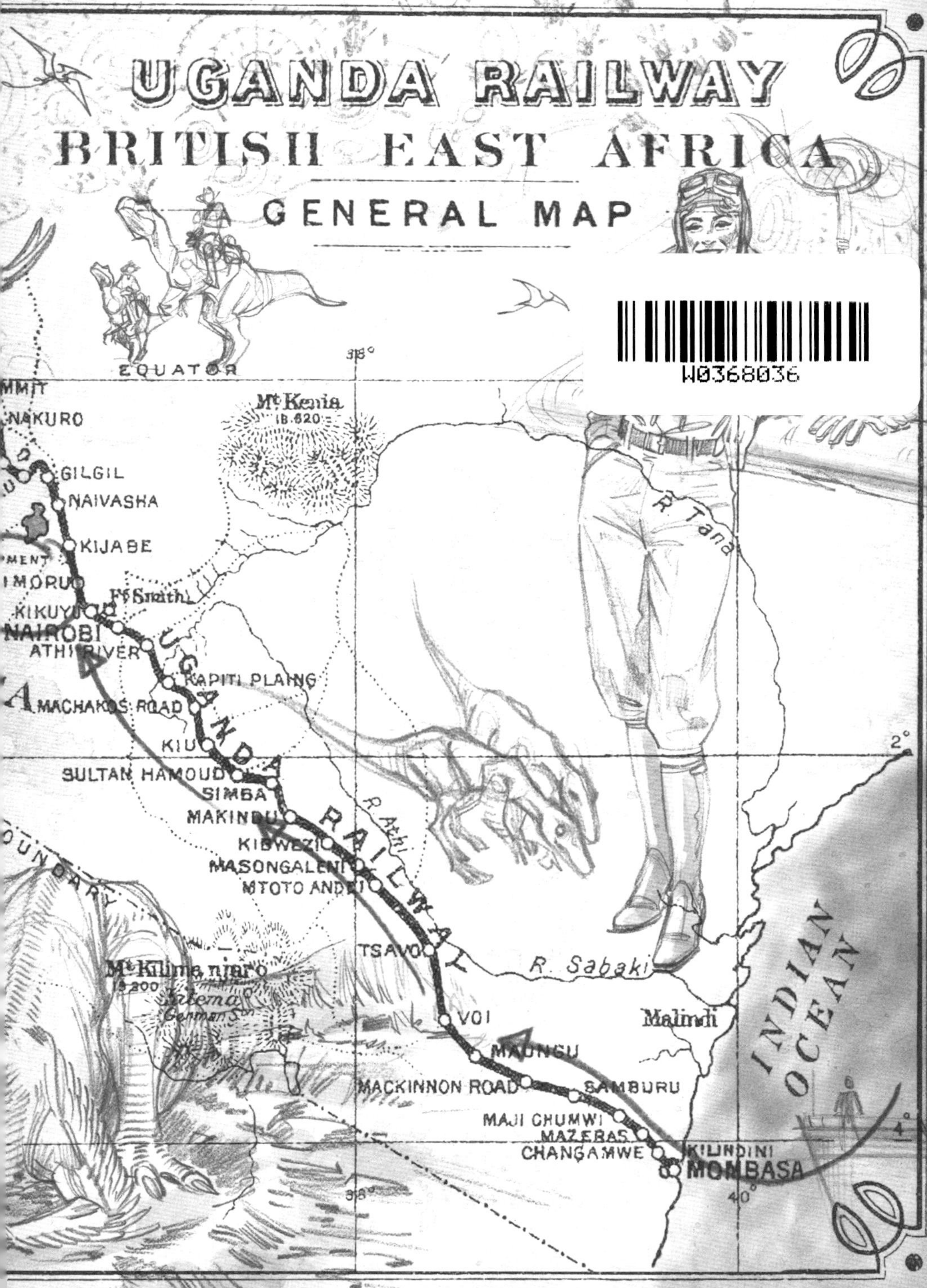
UGANDA RAILWAY
BRITISH EAST AFRICA
A GENERAL MAP
EQUATOR
38°
Mt Kenia
18.620
NAKURO
GILGIL
NAIVASHA
KIJABE
Ft Smith
KIKUYU
NAIROBI
ATHI RIVER
KAPITI PLAINS
MACHAKOS ROAD
KIU
SULTAN HAMOUD
SIMBA
MAKINDU
KIBWEZI
MASONGALENI
MTOTO ANDEI
TSAVO
UGANDA RAILWAY
R. Athi
R. Tana
R. Sabaki
Mt Kilima njaro
19.200
VOI
MAUNGU
MACKINNON ROAD
SAMBURU
MAJI CHUMWI
MAZERAS
CHANGAMWE
KILINDINI
MOMBASA
Malindi
INDIAN OCEAN
2°
4°
40°

JAY JAY BURRIDGE

# SUPER SAURIER

## ANGRIFF DER STEGOSAURIER

Aus dem Englischen von Rainer Schumacher

BAUMHAUS

Bücher von Jay Jay Burridge bei Baumhaus:
Supersaurier – Kampf der Raptoren
Supersaurier – Angriff der Stegosaurier

Weitere Bücher von Jay Jay Burridge sind bei Baumhaus in Vorbereitung.

MIX
Papier aus verantwortungsvollen Quellen
FSC® C014496
FSC www.fsc.org

Titel der englischen Originalausgabe:
»Supersaurs – The Stegosorcerer«


Umschlaggestaltung: FAVORITBUERO, München
in Anlehnung an das englische Original
Illustrationen: Chris West und Jay Jay Burridge
Entwicklung und Copyright der Supersaurs app © Supersaurs Limited, 2017
Satz: Götz Rohloff – Die Buchmacher, Köln
Gesetzt aus der Adobe Jenson
Druck und Einband: GGP Media GmbH, Pößneck

Printed in Germany
ISBN 978-3-8339-0540-7

5 4 3 2 1

Sie finden uns im Internet unter www.baumhaus-verlag.de
Bitte beachten Sie auch www.luebbe.de

Für Maus, Bär und Fuchs
und all die anderen Kreaturen
in meinem Leben.

ORCA

DER HAFEN VON MOMBASA
KENIA, 1932

# 1

## ANKUNFT MIT DEM BOOT

*– Das Haustier –*

Erschrocken wachte Carter in einem Wust von schwarzen Federn auf. Die *Orca* lag im offenen Wasser vor Anker. Der Hafenmeister hatte ihr noch keinen Liegeplatz zugewiesen. Etwas schlug gegen den Schiffsrumpf. Carter setzte sich auf, blinzelte den Schlaf aus den Augen und rieb sich die Nase. Der Tyranno schlief neben ihm. Langsam hob und senkte sich die Flanke des Tiers im Takt seines Atems. Die ersten Strahlen der Morgensonne fielen auf den kleinen Dampfer. Er hatte ein wenig Schlagseite.

»Carter? Bist du wach?«

Der Ruf kam aus dem Steuerhaus, wo Kapitän Wilbur Woods gerade die Laterne löschte.

»Ja, Käpt'n!« Carter sprang auf.

»Wir haben Besuch. Es ist wichtig. Also benimm dich!«, ermahnte ihn der Kapitän.

Fragend sah Carter den Käpt'n an. Gesprochene Worte verwirrten ihn noch immer, vor allem, wenn sie zu Sätzen verknüpft waren. Bei Gesprächen verließ Carter sich mehr auf Gesten und Gesichtsausdrücke. Die verstand er besser. Der Kapitän deutete zu drei Männern in Uniform, die gerade von einem kleinen Boot an Bord geklettert waren, das von den Wellen immer wieder gegen den Rumpf der *Orca* geschleudert wurde. Woods warf Carter noch einen warnenden Blick zu zum Zeichen, dass die Situation ernst war.

Der Kapitän stieg die kaputten Stufen zum Deck hinunter. Kurz standen die drei

Männer einfach nur da und schauten zu Carter. Dann salutierte der größte von ihnen vor dem Kapitän und übergab ihm ein Bündel Papiere. Carter erwiderte den Gruß, wurde aber ignoriert.

»Guten Morgen, Käpt'n Woods. Die Papiere Ihrer Passagiere sind in Ordnung. Allerdings haben wir ein Problem mit Ihrer Ladung.«

Der Mann öffnete die Brusttasche seines Jacketts und holte ein kleines, abgegriffenes Buch heraus. Dramatisch blätterte er die Seiten durch und klappte es dann wieder zu.

»Dieses Buch ist das Gesetz«, erklärte er. »Es informiert mich über Art und Wert von allem, was durch den Hafen von Mombasa kommen kann. Mein Job als Zolldirektor ist es nun, dafür zu sorgen, dass das Gesetz auch eingehalten wird.«

Kapitän Woods nickte. »Sir, ich lege hier nicht zum ersten Mal an.«

»Das mag ja sein, Käpt'n Woods«, erwiderte der Zolldirektor, »aber das ist das erste Mal, dass Sie einen wilden Saurier importieren, und außerdem noch einen, der nicht in meinem Buch steht: einen Schwarzen Tyranno von Flores.«

»Einen Schwarzen Zwergtyranno von Flores«, korrigierte ihn der Kapitän und zuckte mit den Schultern. »Es gibt für alles ein erstes Mal.«

»In der Tat. Das ist also das erste Mal, dass ich einen Saurier dieser Art weder angekettet noch in einem Käfig sehe. Was das betrifft, gibt es ebenfalls Gesetze, und deshalb wird der Hafenmeister Ihnen diesmal auch nicht gestatten, ans Pier zu fahren. Mit wie vielen

Matrosen haben Sie Ihre Fahrt begonnen?« Der Zolldirektor deutete auf Carter, der unwillkürlich zum Leib des schlafenden Tyrannos zurückwich. »Ist das der Letzte, der übrig geblieben ist?«

Die beiden Männer neben ihm lachten leise. Dann erkannten sie, dass das keinesfalls ein Scherz gewesen war.

»Das ist Carter Kingsley, und der Tyranno gehört ihm«, erklärte der Kapitän.

Der Zolldirektor schaute den Jungen verächtlich an. »Tyrannos sind für Könige und Kaiser reserviert oder für die Götter, nicht für verlotterte Kinder, Käpt'n Woods.«

Kapitän Woods drehte sich ebenfalls zu Carter um und erwiderte: »Sir, in Ihrem Buch … im Gesetz … darin geht es doch um den Import wilder Saurier und um die Regeln dafür, korrekt?«

»Ja, das stimmt.«

»Nun, das ist aber kein wilder Saurier«, erklärte der Kapitän. »Er gehört Carter. Er ist sein Haustier.«

»Sein Haustier?«

Die Männer lachten erneut, und diesmal stimmte der Zolldirektor in das Lachen ein.

»Ein Schoßtier? Zum Schmusen? Schoßtiere rollen sich auf den Rücken und holen Stöckchen. Das ist ein wilder Tyranno, der nicht in meinem Gesetzbuch steht, und deshalb hat er auch nichts in Mombasa verloren.«

Carter verfolgte das Gespräch der Männer und versuchte zu entziffern, worum es ging. Lachen bedeutete für gewöhnlich, dass alle glücklich waren, doch der Käpt'n lachte nicht, also stimmte etwas nicht. Als das Lachen der Männer immer lauter wurde, öffnete der Tyranno die Augen und hob den Kopf.

Sofort verstummten die Männer.

Carter tätschelte dem Tyranno die Nase und strich dem Tier die Federn glatt, auf denen es gelegen hatte.

Kapitän Woods griff nach einem abgekauten, alten Zaunpfosten und gab ihn Carter.

Der Trick, formte er stumm mit den Lippen. Zeig ihnen den Trick.

Carter verstand. Er schaute zu den Männern. Sie waren so weit wie möglich vor dem Tyranno zurückgewichen. Dann drehte er sich zu dem Saurier um und pfiff. Das Tier reagierte sofort. Der Tyranno rappelte sich auf, und alle sahen, wie groß er wirklich war. Er nickte mit dem Kopf, riss das Maul auf und sabberte.

»Halten Sie sich fest«, warnte Kapitän Woods die Zollbeamten und deutete auf die Reling, während er selbst das Tau am Mast packte.

Carter wirbelte das alte Holzstück zweimal um den Kopf und warf es dann so weit er konnte. Die Männer schauten zu, wie es ins Meer platschte.

Der Tyranno starrte es an. Gemächlich trieb es auf den Wellen. Carter stieß einen weiteren schrillen Pfiff aus, und der Tyranno sprang mit einem gewaltigen Satz ins Meer. Das Schiff schaukelte wild hin und her, und die Zöllner wurden aufs Deck geworfen.

Als die *Orca* sich schließlich beruhigt hatte und die Männer wieder aufgestanden waren, schwamm der Tyranno bereits zurück, im Maul den alten Pfosten, wie ein Hund, der einen Stock aus einem Teich holt. Carter beugte sich über die Reling und zog an dem Holz, das der Saurier fest mit seinen scharfen Zähnen hielt.

»Loslassen.«

Und der Tyranno ließ los, und Carter stolperte nach hinten.

Die Zollbeamten hatten vor Schreck die Münder aufgeklappt.

Carter tätschelte dem Tyranno die Nase und sagte: »Fisch!«

»Was macht er denn jetzt?«, fragte der verwirrte Zolldirektor.

»Er fängt sich Frühstück«, antwortete Kapitän Woods. »Sie sollten sich besser wieder festhalten. Ihn wieder an Bord zu holen, ist ein wenig kompliziert.«

Die Männer klammerten sich erneut an die Reling und rissen staunend die Augen auf, als der Tyranno auf sie zuschwamm und dann unter dem Schiff wegtauchte. Das Wasser war ruhig.

Kapitän Woods ging zu einer großen Winde am Heck und packte sie mit beiden Händen. Carter rührte sich nicht. Er hielt weiter den Arm in die Höhe, bis der Tyranno mit etwas Großem im Maul hinter dem Schiff wieder auftauchte. Dann nahm Carter den Arm runter, und der Kapitän drehte die Winde. Am Heck tauchte eine Plattform aus dem Wasser auf.

Der Tyranno schwamm mit seiner Beute zu der Plattform und kletterte darauf. Die Zollbeamten beobachteten weiter voller Staunen, wie der riesige Saurier mittels der Plattform aus dem Meer gehoben wurde. Mit einem feuchten Knall landete er auf Deck. Begierig darauf, den Zuschauern zu gefallen, stapfte der Tyranno zu den Beamten und warf ihnen einen halben Thunfisch vor die Füße. Die drei Männer versuchten, so gut es ging, vor ihm zurückzuweichen, doch weiter als bis zur Reling ging es nicht.

Dann trat der Tyranno wieder zurück und schüttelte sich. Salzwasser spritzte durch die Luft, und das meiste davon bekamen die Zöllner ab. Sie waren bis auf die Haut durchnässt.

Zu guter Letzt plusterte der Tyranno sein Gefieder auf und schaute zu Carter. »Sitz«, befahl ihm der Junge, und das Tier ließ sich an Ort und Stelle nieder.

Kapitän Woods lächelte Carter an und gab ihm mit erhobenem Daumen zu verstehen, dass er seine Sache gut gemacht hatte.

»Wie gesagt«, wandte der Kapitän sich an die klatschnassen Männer, »das ist kein wilder Tyranno. Das ist ein Haustier.« Während er sprach, gestikulierte er, damit auch Carter ihn verstehen konnte. »Carter? Wie heißt dein Tyranno?«

»Buster«, antwortete Carter. »Er Buster.«

»Da haben Sie's«, sagte der Kapitän. »Das ist ein Schoßtier mit Namen Buster. Ich nehme an, wir dürfen jetzt an Land.«

# 2

# WILLKOMMEN IN DER MENSCHENWELT

*– Jede Narbe und jede Delle –*

Der Hafenmeister sowie jedermann mit Ohren hatte schon längst von den Tricks des Tyrannos gehört, bevor Kapitän Wilbur Woods mit der *Orca* zwischen zwei großen Frachtern am Pier anlegte.

Carter hatte ein Seil um den Hals des Tyrannos geschlungen, damit er ihn sicher vom Schiff führen konnte. Immerhin, so hatte der Kapitän erklärt, müssten sie das Schlupfloch im Gesetz ernst nehmen, das sie gefunden hatten, und sich entsprechend verhalten. Carter wusste, dass Buster an Bord zwar ein braves Haustier war, doch bei den vielen fremden Geräuschen, Leuten und all den anderen Tieren, die sich am Pier versammelt hatten, könnte sich das rasch ändern.

Ehrfurchtsvoll machten die Zuschauer eine Gasse frei, um Carter mit seinem Tyranno an einen Wassertrog zu lassen. Gierig schleckte der Saurier Frischwasser und wedelte glücklich mit dem Schwanz, während er seinen Durst stillte. Die Menschen wichen zurück, um nicht getroffen zu werden.

Beatrice Kingsley lief zu ihrem kleinen Bruder und drückte ihn fest an sich. Sie strahlte vor Stolz. »Carter, du hast es geschafft!

Gut gemacht. Wir haben gehört, die Zollbeamten waren so erstaunt, dass sie gar nicht anders konnten, als euch in den Hafen zu lassen«, erzählte sie eifrig.

»Na ja, ›verängstigt‹ trifft es wohl eher als ›erstaunt‹!«, mischte sich Theodore Logan ein und trat grinsend neben sie.

Carter zuckte mit den Schultern und lächelte glücklich.

Theodore ließ die beiden Kinder mit dem Tyranno allein und ging an Bord der *Orca*. Als er Kapitän Woods sah, zuckte er entschuldigend mit den Schultern.

»Tut mir leid, Wilbur«, sagte Theodore. »Sie wollten mir einfach nicht glauben, dass der Tyranno harmlos ist.«

»Würdest du das an ihrer Stelle glauben?«, fragte der Kapitän.

»Nein«, gestand Theodore. Er nickte zum Pier. »Mylady ist hier.«

Elegant ließ Barbara Brownlee ihren Schirm kreisen, halb, um dem verdreckten Pier einen Hauch von Eleganz zu verleihen, und halb, um sich einen Weg zu bahnen. Als Theodore die Gangway für die alte Dame festhielt, schaute Bea zu ihrer Großmutter und lächelte.

Seit ihrem Besuch auf Aru sah sie Bunty mit neuen Augen. Davor hatte sie es stets genervt, wenn sie mitbekommen hatte, wie Theodore Bunty von irgendwas runter geholfen hatte, besonders von Booten. Jetzt empfand sie bei dem vertrauten Anblick jedoch jedes Mal Dankbarkeit dafür, dass Bunty ihr und Theodores Leben bestimmte.

Theodore, ihr Pate, musste Beas Gedanken erraten haben, denn er hob den Blick und zwinkerte Bea zu. Sie erwiderte sein Lächeln. Theodore war ebenfalls dankbar für Bunty, auch wenn er sie gut genug kannte, um zu wissen, dass sie vermutlich eine spitze Bemerkung für sie in petto hatte.

Und tatsächlich … Bunty schaute Carter scharf an.

»Er muss mal zum Friseur«, erklärte sie. »Würdest du dich bitte darum kümmern, Theodore? Es gibt einen nicht weit von hier.«

Theodore betrachtete Carters langes, dickes Haar.

»Das dürfte eine Herausforderung werden«, murmelte er.

Nachdem Bunty ihre Anweisungen erteilt hatte, nahm sie Theodores Hand und ließ sich von ihm an Bord helfen. An Deck verschwendete sie keine Zeit und wandte sich sofort an den Kapitän.

»Käpt'n Woods, ich habe jemanden besorgt, der sich um die *Orca* kümmern wird«, verkündete sie.

Die improvisierten Änderungen am Heck, die vielen gebrochenen Deckplanken, die zerschlagene Reling, die kaputten Fenster und die zerkratzte Bemalung waren der Preis für die lange Reise mit einem Tyranno an Bord. Das einst so prachtvolle Schiff musste dringend überholt werden, und wie versprochen würde Bunty die Rechnung übernehmen.

»Die Pumpe in der Bilge arbeitet nun schon seit Wochen mit voller Leistung, und ich befürchte, bei dem Vorfall mit diesem Liopleurodon ist der Rumpf leckgeschlagen«, sagte der Kapitän. »Aber keine Angst … Die Werften im Hafen von Mombasa haben alles, was wir brauchen, um die *Orca* wieder flottzumachen.«

Bunty gab ihm einen dicken Briefumschlag. »Hier drin finden Sie die Kontaktdaten meiner Safari Lodge sowie ein wenig Geld, um in meiner Abwesenheit die Kosten zu decken«, erläuterte sie. »Geben Sie uns Bescheid, sobald die *Orca* bereit ist, um uns wieder zurück nach England zu bringen.«

Kapitän Woods ließ seinen Blick über das Schiff schweifen. Auch ohne den Tyranno an Bord hatte es noch Schlagseite, obwohl es auf einer Seite wieder ein Stück höher im Wasser lag.

»Das könnte dauern.« Er wischte sich mit der Kappe über die Stirn.

»Gut«, trällerte Bunty. »Das passt. Der Weg zur Lodge ist weit, und ich würde gerne ein paar Tage dort verbringen.«

Theodore schnappte sich die Reisetaschen, die an Deck auf sie warteten. Aufgrund der Ereignisse auf Aru war ihr Gepäck diesmal deutlich leichter.

»Wie es aussieht, müssen wir uns fürs Erste verabschieden, mein Freund«, sagte er zu dem Kapitän. »Bis zum nächsten Mal. Pass gut auf dich auf.«

*

Carter saß auf dem Friseurstuhl, wurde nach oben gepumpt, und als vor ihm sein Ebenbild im Spiegel erschien, da starrte er es an. Dann drehte er sich um und schaute glücklich lächelnd zu Theodore. Für Carter war es das erste Mal, dass er sein Spiegelbild in solcher Größe sah.

Der Friseur jedoch lächelte nicht. Misstrauisch musterte er Carters lange, matte Locken und überlegte, wo er anfangen sollte. Hilfe suchend suchte er Theodores Blick.

Theodore zuckte mit den Schultern. Er fühlte sich genauso hilflos wie der Friseur, aber er machte sich auch Sorgen, wie Bunty reagieren würde, sollte es ihm nicht gelingen, Carter eine gesellschaftsfähige Frisur zu verpassen.

»Tun Sie einfach, was Sie können«, sagte er.

Der Friseur nahm einen Kamm, um Carters Locken zu teilen, doch der Kamm blieb sofort stecken. Nach ein paar erfolglosen Versuchen, den Kamm wieder herauszubekommen, versuchte der Friseur, ihn freizuschneiden. Aber die erste Schere scheiterte an Carters wüsten Haaren, und die zweite brach einfach entzwei.

Der Friseur sah wieder zu Theodore und schüttelte den Kopf.

»Da bleibt wohl nur eine Möglichkeit«, knurrte der Friseur. »Alles muss runter.«

»Alles?«, hakte Theodore nach. Was würde Bunty wohl sagen, wenn Carter mit einer Glatze vor sie trat?

»Das Problem sind nicht nur die Haare, sondern die Läuse«, erklärte der Friseur.

Theodore seufzte.

»Carter«, wandte er sich in ernstem Ton an den Jungen, »das wird eine große Veränderung für dich sein.«

Carter schaute ihn verwirrt an. Dann sah er, wie der Friseur eine besonders große Schere hervorholte. Verängstigt versuchte er aufzustehen, doch Theodore legte ihm sanft, aber fest die Hand auf die Schulter. »Vertrau mir«, sagte Theodore. »Alles wird gut. Versprochen.«

Carter zögerte und betrachtete Theodores Gesicht im Spiegel. Dann nahm er widerwillig wieder Platz.

»Braver Junge.« Theodore nickte.

Als der Friseur sich an die Arbeit machte, setzte Carter sich aufrecht hin und starrte auf sein Spiegelbild.

Es kostete viel Mühe und Anstrengung, doch nach einer gefühlten Ewigkeit lagen Carters Locken schließlich auf dem Boden verstreut. Auf seinem kahlen Kopf waren jede Narbe und Delle zu erkennen, jede Erinnerung daran, dass er in den Dschungeln von Aru von Raptoren großgezogen worden war.

Theodore stand hinter dem Stuhl und betrachtete Carter im Spiegel. Carter erwiderte seinen Blick, und ein Lächeln erschien auf seinem Gesicht.

»Willkommen in der Menschenwelt«, sagte Theodore.

# 3

## ETWAS SELTSAMES

*– Das musste ja so kommen –*

Am Pier schlang Theodore ein Tau um Busters Rücken, um Graces und Franklins alten Schrankkoffer, seine eigene Ausrüstungstasche und Beas kleinen Koffer daran zu befestigen, während Bunty im Schatten wartete.

Carter starrte ehrfurchtsvoll zu einer Dampflok, die von einem riesigen Kran entladen wurde. Anschließend wurde die Lok von zwei weiteren Brachiosauriern wieder weggezogen.

Bea stand neben ihm. Sie betrachtete die neue Frisur ihres Bruders, oder genauer gesagt: Sie betrachtete das, was von seinen Haaren noch übrig geblieben war, und das war nicht viel. Jetzt war da nur noch ein … nun, ja … ein rasierter Kopf voller uralter Narben.

Carter schien das jedoch nichts auszumachen. Seine gesamte Aufmerksamkeit galt den Brachiosauriern. Unbändiges Staunen stand ihm ins Gesicht geschrieben, während er beobachtete, wie die riesigen Tiere die schwere Lok bewegten. Ein paar Kurzhorntriceratopse und ein dritter Brachiosaurus transportierten die ausgeladenen Holzkisten. Und die Brachiosaurier hier waren deutlich größer als die, die Carter vor ein paar Wochen in Indien gesehen hatte. Außerdem waren sie dort mit bunten Halftern und Farbe geschmückt gewesen, während sie hier in Ketten gelegt waren.

Carter lernte schnell, und ein paar Worte kannte er bereits wie auch die menschliche Körpersprache, die für die meisten Leute selbstverständlich war. Bea wusste, dass sie ihm eine Dampflok nur schwer würde erklären können, aber später wollten sie zum Bahnhof gehen, und dort konnte sie ihm leichter zeigen, was es damit auf sich hat.

Also erklärte sie Carter stattdessen, dass die Männer, die in Sätteln auf den Hälsen der Brachiosaurier saßen, die Tiere mit langen Bambusstangen steuerten, an denen Glocken in den unterschiedlichsten Tonlagen hingen, die der Reiter wiederum über dünne Seile läuten konnte.

»Rauf, runter, links, rechts, Stopp, langsam … Für jeden Befehl gibt es eine eigene Glocke«, sagte Bea. »Klingeling.« Sie läutete eine kleine, imaginäre Glocke neben ihrem linken Ohr und drehte sich dann nach links. Dann machte sie das Gleiche vor ihrem rechten Ohr und wandte sich nach rechts.

Carter nickte und klingelte mit seiner eigenen imaginären Glocke über dem Kopf, bevor er nach oben schaute. Dann wiederholte er das Ganze nach unten. Das »Klingeling« und ein paar Gesten hatten alles erklärt.

Bea wusste, dass sie beobachtet wurden, aber natürlich waren die Einwohner von Mombasa schlichtweg neugierig auf diese Fremden mit ihrem Tyranno. Zum Glück bemerkte sie nicht, dass auch zwei bekannte Knopfaugen auf sie gerichtet waren.

Die morgendlichen Gerüchte über die Neuankömmlinge hatten sich rasch verbreitet, und das waren genau die Neuigkeiten, auf die

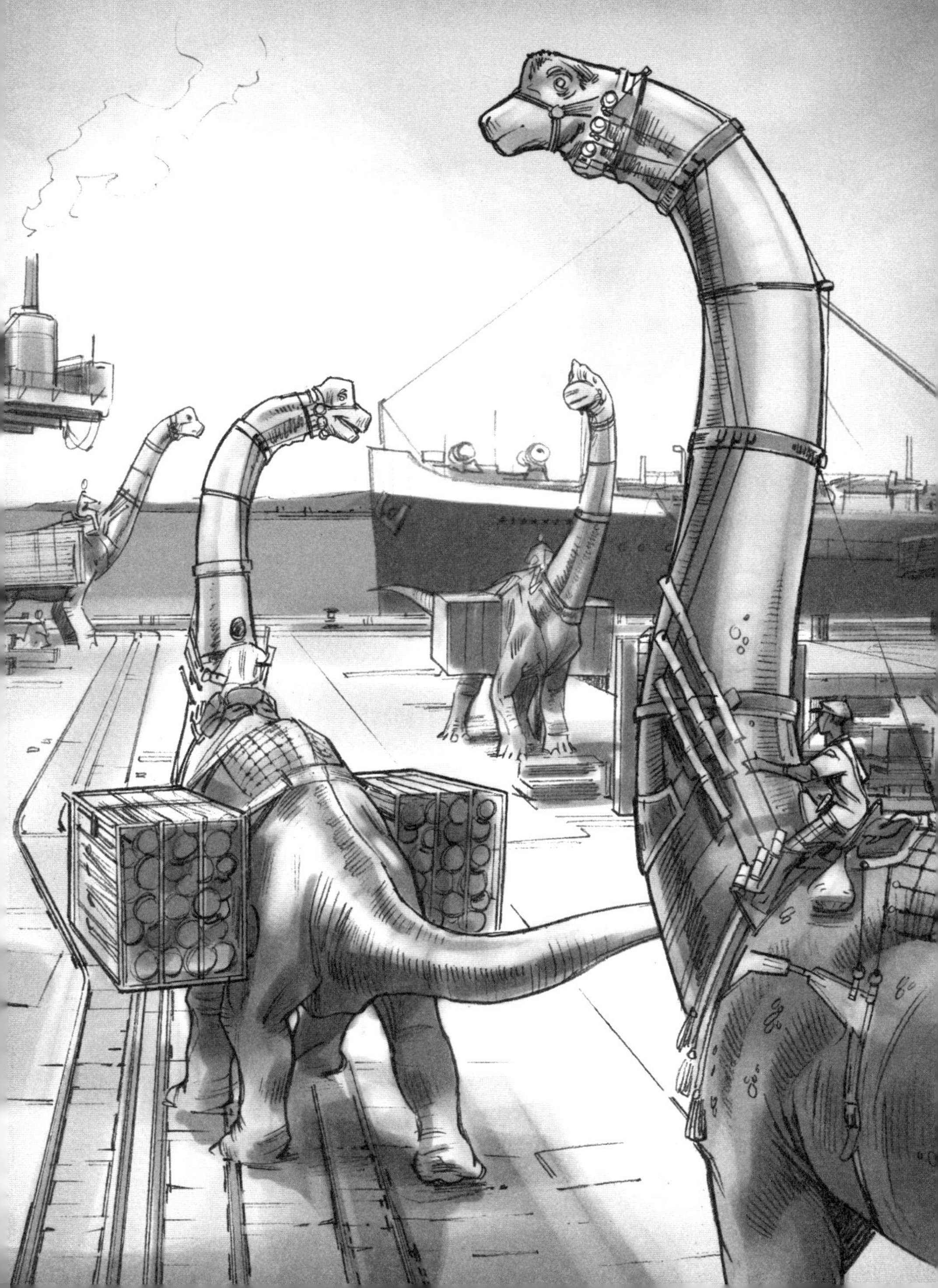

der Mann in dem eleganten weißen Anzug gewartet hatte. Von seinem Standort an Deck eines großen Frachters aus hatte er gute Sicht auf sie: das hochnäsige Brownlee-Weib, den Gutmenschen Theodore, Bea, die freche Göre, und diesen verdreckten Saurierjungen, der seine Bestie wie ein Schoßtier an der Leine hinter sich her schleifte. Sie waren genau da, wo er sie haben wollte … ganz im Gegensatz zu seinen Schergen.

»Diese Idioten!«, knurrte er wütend vor sich hin.

Er winkte den Männern zu, zuerst eher unauffällig, um keine unnötige Aufmerksamkeit zu erregen, doch schon kurz darauf wedelte er nachdrücklich mit den Armen. Endlich drehten die Männer sich zu ihm um. Mit seinem dicken Finger zeigte der Mann im weißen Anzug auf Bea und die anderen und dann auf einen der beiden Brachiosaurier. Er machte eine Schlagbewegung.

Die beiden Männer auf dem Pier beobachteten die Gesten ihres Bosses. »Wir sollten wohl besser weitermachen«, murmelte einer von ihnen, »bevor er noch wütend wird.«

Sie schlängelten sich zu dem näheren der beiden Brachiosaurier, der gerade Kisten ablud, und kletterten die Leiter an seinem Bein hinauf. Dann krochen die Männer weiter über den Rücken des Sauriers, bis sie schließlich hinter dem Reiter waren. Einer von ihnen zog einen Schlagstock hervor und schlug den Reiter mit einem Schlag k.o. Der bewusstlose Reiter fiel aus dem Sattel und landete mit einem Knall auf dem Pier.

Carter und Buster drehten sich gleichzeitig um. Säcke, Kisten und Koffer machten ganz bestimmte Geräusche, wenn sie auf den Boden fielen, und das galt auch für Körper. Carter konnte die Geräuschquelle nicht ausmachen, aber irgendetwas hatte die

Aufmerksamkeit seines Tyrannos erregt. Buster schaute sich um und blähte die Nüstern.

Carter schirmte die Augen ab und blinzelte zu einem Mann in weißem Anzug hinauf, der auf dem Deck eines Frachters auf der anderen Seite des Piers stand. Er stand genau vor der gleißend hellen Morgensonne, die immer höher stieg. Er hatte etwas Fremdes, doch auch Vertrautes an sich, aber aufgrund der Sonne in seinem Rücken konnte Carter ihn nicht genau erkennen.

Klingeling, klingeling, klingeling …

Bea schaute an dem Brachio neben ihr hinauf, dessen Führungsglocken nun von zwei Reitern betätigt wurden.

»Carter! Buster! Kommt! Wir müssen los!«

Bea zog Carter am Arm, doch ihr Bruder rührte sich nicht. Er starrte weiter die Silhouette des Mannes im weißen Anzug an.

»Es ist sehr unhöflich, jemanden so anzustarren, Carter. Komm jetzt. Es ist Zeit.«

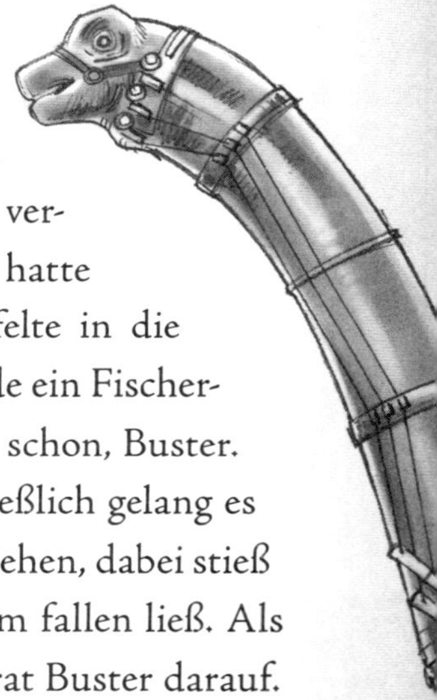

Carter warf einen letzten Blick auf die Gestalt. Der Mann hatte definitiv etwas Vertrautes an sich. Carter hob die Hand und winkte ihm. Dann folgte er seiner Schwester.

Buster ließ sich ebenfalls Zeit. Theodore versuchte, ihn umzudrehen, doch der Tyranno hatte noch immer den Kopf gereckt und schnüffelte in die Luft. »Irgendjemand entlädt vermutlich gerade ein Fischerboot«, knurrte Theodore missmutig. »Komm schon, Buster. Hör auf, ständig an Essen zu denken.« Schließlich gelang es Theodore, den Kopf des Tyrannos herumzuziehen, dabei stieß das Tier gegen Bunty, sodass sie ihren Schirm fallen ließ. Als sie sich bückte, um ihn wieder aufzuheben, trat Buster darauf.

»Beweg dich, du lahmer Brocken!«, befahl Bunty. Sie versuchte, das Bein des Tyrannos wegzuschieben, doch Buster ließ sich nicht davon stören, sondern riss nervös den Kopf herum. Die Bewegung brachte Bunty aus dem Gleichgewicht, und sie fiel hin. Verärgert zog sie sich am Zügel des Tyrannos wieder in die Höhe.

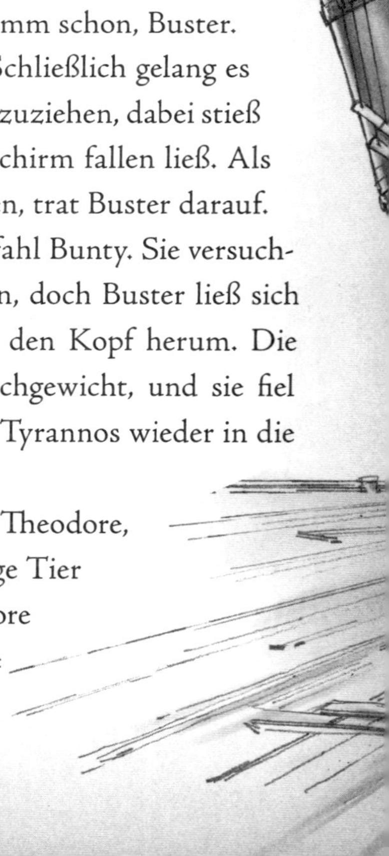

»Ruhig, Buster. Ganz ruhig«, versuchte Theodore, den Saurier zu beruhigen, doch das riesige Tier wurde immer aufgeregter, und Theodore wusste, dass er es nicht mehr lange würde halten können. »Carter!«, rief er.

Ein dunkler Schatten zog über Bea hinweg, und sie schaute nach oben.

Der Brachiosaurier hatte plötzlich nach links geschwenkt und schlurfte jetzt wieder nach rechts. Dabei schwang die riesige Holzkiste, die er angehoben hatte, wie ein Pendel hin und her. Als sie das zweite Mal über die Köpfe der Neuankömmlinge hinweg schwang, pfiff Theodore zur Warnung. Der Tyranno reagierte sofort. Er sprang zur Seite und riss Bunty und Theodore mit. Nur den Bruchteil einer Sekunde später krachte die Kiste auf den Boden. Holzsplitter und Krabbenpastete flogen durch die Luft. Carter und Bea gingen in Deckung. Der Brachio wankte ziellos über den Pier, schleifte die Reste der Kiste hinter sich her und verteilte den Inhalt immer weiter.

Bea sprang als Erste auf. Theodore war noch in dem Tau gefangen, das dem Tyranno als Zügel diente, aber er war unverletzt. Bunty lag auf dem Boden. Sie sah benommen aus.

»Nun, das musste ja so kommen.« Bea klopfte sich den Staub von den Kleidern. »Also ehrlich ... Wer lässt Amateure auch einen Brachio auf einem vollen Pier lenken?« Sie klang schon ganz wie ihre Großmutter, erkannte sie.

Carter zog seine Schwester am Arm und deutete auf einen reglosen Körper auf dem Boden. Bea schaute zu dem Bewusstlosen und dann zu den beiden Reitern, die von dem riesigen, wankenden Brachiosaurus kletterten.

»Moment mal! Die haben gar keine Uniform!«

Die beiden Männer machten sich aus dem Staub. Rasch schaute sich Carter nach dem Mann im weißen Anzug um, doch er war verschwunden.

Ohne Reiter wurde der Brachiosaurus immer aufgeregter und war sichtlich verwirrt. Es dauerte nicht lange, und das Geräusch der nunmehr ständig läutenden Glocken versetzte ihn in Panik. Bea sah, wie er mit einem seiner gewaltigen Füße auf den bewusstlosen Reiter zu treten drohte, und sie rannte los, um den Mann zu retten. Im letzten Augenblick riss sie ihn unter dem Fuß weg.

Ein Hafenarbeiter lief zum Hinterbein des Brachios und kletterte die Leiter hinauf, doch er wurde sofort heruntergetreten. Einem anderen Arbeiter gelang es, bis zur Hälfte hinaufzukommen. Dort versuchte er, das einzelne rote Seil durchzuschneiden, das von der Schwanzwurzel des Brachios bis zu seinem Kopf führte und das als eine Art Notbremse diente, doch ein Ruck ging durch den mächtigen Saurier, und auch dieser Mann fiel herunter.

Bea und Carter sahen, dass die Männer mit dem Versuch gescheitert waren, das rote Seil zu erreichen, und außer ihnen versuchte niemand, sich dem Saurier auch nur zu nähern. Die Taue und Winden, mit denen die zerschmetterte Kiste noch immer verbunden war, flogen hin und her, während der Brachio wie verrückt mit dem Hals schlug.

Dann reagierte Carter. Er rannte zu dem Saurier und kraxelte hinauf. Binnen Sekunden war er oben auf dem Rücken. Er nahm eine der Raptorklauen aus seinem Gürtel und schlug damit nach dem roten Seil. Das Seil riss. Sofort verstummten die Glocken, die den Dinosaurier in einen Berserker verwandelt hatten. Carter stieg auf den Hals des Tiers, der so dick wie ein Baumstamm war, und tätschelte ihn. Endlich war es still, und der Brachio beruhigte sich wieder. Carter spürte, wie das Herz des Sauriers immer langsamer schlug.

Er schaute nach unten. Zaumzeug und Taue waren noch immer mit dem Tier verbunden. Carter kletterte die Strickleiter zum Nacken des Sauriers hinauf. Auf halbem Weg hatte sie sich im Harnisch und unteren Teil des Halfters verfangen. Carter schaute noch einmal hinab, um sich zu vergewissern, dass Bea in Sicherheit war, dann schnitt er die Taue los.

Nun, da der Brachio sich wieder beruhigt hatte und die Gefahr vorüber war, kamen die Menschen wieder aus ihren Verstecken. Der Hafenmeister erschien als Erster.

»Ich wusste doch, dass dieser gefährliche Tyranno nie einen Fuß auf meinen Pier hätte setzen dürfen!«, schrie er wütend. »Sehen Sie sich doch nur einmal an, was er angerichtet hat! Er hat meinen Brachios eine Todesangst eingejagt und das reinste Chaos verursacht!« Er schaute zu Carter hinauf.

»Und du ... du ... du verlauster Schiffsjunge ... Was treibst du da auf meinem Saurier? Mach, dass du da runterkommst! RUNTER!«

Bevor irgendjemand den vor lauter Wut rot angelaufenen Mann wieder beruhigen konnte, der wütend von einem Fuß auf den anderen trat, stampfte er auf ein paar Holzsplitter. Mit schmerzverzerrtem Gesicht sprang der Hafenmeister zurück und stieß einen lauten Fluch aus. Dabei rutschte er auf der ausgelaufenen Krabbenpastete aus und fiel über die Kante und in das schmutzige Bilgenwasser des Frachters.

Zwei Hafenarbeiter eilten dem gestürzten Brachioreiter zur Hilfe, der inzwischen zwar wieder bei Bewusstsein, aber noch immer benommen war. Carter glitt den Hals des riesigen Sauriers hinunter und kletterte rasch die Strickleiter am Bein herab. Zu guter Letzt tätschelte er den Brachio noch einmal und rannte schnell weg, bevor der wütende Hafenmeister wieder aufs Pier klettern konnte.

»Na, dann«, seufzte Theodore, »wollen wir doch mal sehen, ob wir auch am Bahnhof ein Fettnäpfchen finden, in das wir treten können.«

Er bot Bunty den Arm an, und rasch marschierten sie weg von alldem Chaos.

Der Mann im weißen Anzug ging die Gangway hinunter und schnurstracks zu den beiden Männern, die sich hinter einem Kistenstapel versteckt hatten.

»Das haben wir doch gut gemacht, nicht wahr, Boss?«, fragte einer der beiden grinsend.

»Ach, ja?«, knurrte der Mann im Anzug. »Ich kann mich nicht daran erinnern, euch befohlen zu haben, sie fast umzubringen.«

»Aber, Boss, haben Sie je einen Brachio gelenkt?«, erwiderte der Mann zu seiner Verteidigung. »Das ist nicht leicht. Es gibt keine Gebrauchsanweisung dafür, nur jede Menge Stricke, an denen man ziehen muss. Ich glaube, dafür haben wir es ganz gut gemacht.«

»Glaubst du? Ja?«, zischte der Mann. Er schlug sein weißes Jackett zurück und enthüllte einen tödlichen Stahlhaken, wie man ihn benutzte, um widerspenstige Saurier unter Kontrolle zu bringen. »Ash, Bishop, ich hätte euch mit den anderen verrotten lassen sollen! Ihr seid nur eine Last für mich. Verratet mir eins: Warum sollte ich euch nicht einfach an den Augenlidern zum Trocknen aufhängen?«

Und mit diesen Worten schwang Christian Hayter seinen schweren Haken. Verängstigt sprangen die beiden Männer zurück, und der Haken schlug in ein Fass. Wasser spritzte aus dem Leck und auf die Männer.

»Noch einmal ...«, knurrte Hayter wütend. »Noch einmal ...«

# 4

## IM BAHNHOF VON MOMBASA

*– Ein weiteres Problem, das mit Geld gelöst werden muss –*

Der Bahnhof war nicht weit vom Hafen entfernt. Die Bahnstrecke von Mombasa zum Viktoriasee führte tief ins Herz von Ostafrika und war die schnellste Verbindung für die lange Strecke nach Nairobi. Von dort ging es dann über eine Straße zur Lodge der Brownlees.

Carter und Bea blieben mit Buster draußen, während Bunty und Theodore sich um die Reisevorbereitungen kümmerten. Bea war schon als kleines Kind hier gewesen, und sie erinnerte sich noch deutlich an all die Gerüche und Geräusche und an das Wunder frischer Luft und offener Landschaften, die sie aus dem Zugfenster an sich hatte vorbeirauschen sehen. Das noch einmal zu erleben, wäre zumindest eine kleine Entschädigung für die Strapazen der langen Reise.

Carter wiederum starrte voller Ehrfurcht auf den rauchspeienden Leviathan auf den Gleisen. Bea konnte förmlich sehen, wie sein Verstand versuchte zu erfassen, was er da sah. Mit seinen elf Jahren sah er zum ersten Mal einen Zug.

»Wenn doch nur alles anders gelaufen wäre«, seufzte Bea traurig, »dann hättest du eine Spielzeugeisenbahn gehabt. Ich kann mir genau vorstellen, wie du sie an deinem sechsten Geburtstag auspackst.

Zu Mittag sind dann die Gleise verlegt, und am nächsten Tag bekommst du Ärger, weil du nachts runtergeschlichen bist, um damit zu spielen anstatt zu schlafen.« Wehmütig dachte sie an all die Jahre, die sie beide verloren hatten.

Währenddessen mussten Theodore und Bunty in der Bahnhofshalle feststellen, dass der Transport eines Tiers wie Buster nur unter strengen Auflagen möglich war.

»Regeln sind Regeln«, erklärte der Bahnhofsvorsteher. »Aber man kann auch neue Regeln machen ... Natürlich kostet das etwas«, fuhr er fort und hoffte auf etwas Handgeld für seine kleine Hosentasche.

Schließlich einigte man sich, und eine Reiseerlaubnis wurde aufgesetzt. Allerdings verdoppelte sich der Preis dafür, als der Bahnhofsvorsteher schließlich rausging und sah, dass er diese Art von Tyranno gar nicht kannte und dass das Tier nur von einem kleinen, kahl geschorenen Jungen an einem Seil geführt wurde.

Ein weiteres Problem entstand, als sie feststellen mussten, dass der einzige vorhandene Viehwaggon bereits zwei Allosaurier beherbergte, die in die andere Richtung geschickt werden sollten. Nach einer langen, ergebnislosen Diskussion zwischen ihrem Besitzer und Theodore, bot Bunty dem unfreundlichen Mann an, sie zu einem viel zu teuren Preis zu kaufen, um das Problem ein für allemal zu lösen.

»Zwei Saurier mehr oder weniger machen auch nichts mehr aus. In der Lodge ist Platz genug«, sagte Theodore. »Außerdem haben wir sie vermutlich vor einem schrecklichen Tod bewahrt. Ihren schiefen Zähnen nach zu urteilen, sind sie aus Inzucht entstanden. Ich nehme an, sie sollten im Schlachthof enden.«

*

Die Gaffer machten es Christian Hayter leicht zu finden, wonach er suchte, aber sie erschwerten es ihm auch zu handeln. Er stand im Schatten eines verrosteten Blechschuppens neben der Lok. Von dort konnte er die Kinder belauschen, ohne selbst gesehen zu werden. Jetzt musste er sich nur noch in Geduld üben.

*

Carter stand windabwärts gewandt. Als ein Geruch an ihm vorbeiwehte, erstarrte er. Was genau das war, konnte er nicht sagen, zumal der Bahnhof voller Gerüche war: Kochbuden, ungewöhnliche Tiere, Rauch und viele heiße, verschwitzte Menschen. All das war neu für Carters Nase, aber dieser bestimmte Geruch kam ihm irgendwie vertraut vor … und er weckte unangenehme Erinnerungen. Mit seinem weißen Anzug und dem Hut war Hayter zwar gut verkleidet, doch sein Geruch war unverkennbar.

»Alles okay, Carter? Du siehst aus, als hättest du einen Geist gesehen«, fragte Bea.

Carter schaute sie verwirrt an. »Geist?«

Bea lächelte. »Tut mir leid. ›Einen Geist sehen‹ ist nur eine Redewendung«, erklärte sie. »Das heißt, man hat etwas Unerwartetes gesehen, etwas Schlimmes.« Sie runzelte die Stirn, um Carter zu zeigen, was sie damit meinte.

Carter nickte. »Schlimm. Schlimmer Geruch.« Er rümpfte die Nase und verzog angewidert das Gesicht. »Schlimmer Geist. Schlimmer Mann. Hier.« Carter schaute sich um.

Bea lachte.

»Schlimmer Mann … Hayter?«, fragte sie dann plötzlich wieder ernst. »Hier? Das ist unmöglich! Außerdem bezweifele ich, dass Hayter der Einzige ist, der unter üblem Körpergeruch leidet.«

In den Schatten verkrampfte sich Hayter, als er das hörte.

»Übler Körpergeruch … Dir werde ich's noch zeigen, du dummes Gör«, knurrte er.

»Das ist nicht Ihre Schuld, Boss«, murmelte Ash. »Nach dreißig Tagen auf einem Fischerboot stinkt jeder.«

»Halt dein Maul!«, schnappte Hayter. »Bishop, habt ihr rausgefunden, wo sie hinwollen?«

Bishop lächelte und zückte drei Zugfahrkarten. »Jep, das haben wir, Boss.«

»Gut.« Hayter nickte und nahm ihm die Fahrkarten ab. »Dann steigen wir mal ein.«

# 5

# DIE AUSSICHT AUS DEM ZUG

*– Nur noch Stehplätze –*

»Tut mir leid, Sir, aber die Dritte Klasse befindet sich im hinteren Teil des Zugs.«

Der Schaffner wankte leicht mit der Bewegung des Zugs und warf noch einmal einen Blick auf die drei Fahrkarten in seiner Hand. Dann gab er sie dem Mann im weißen Anzug und seinen zwei Begleitern wieder zurück und deutete den Gang hinunter.

Christian Hayter starrte zuerst den Schaffner an und dann auf die Fahrkarten in seiner Hand. Verlegen senkten Ash und Bishop die Köpfe.

»Sehe ich etwa so aus, als würde ich in der Dritten Klasse reisen?«, verlangte Hayter wütend zu wissen.

»Nein, aber das sind Fahrkarten für die Dritte Klasse, und Sie sitzen hier in der Ersten«, erwiderte der Schaffner unerschütterlich.

Wütend funkelte Hayter Ash und Bishop an und holte seine Geldbörse heraus.

»Na gut. Dann eben noch eine Fahrkarte Erster Klasse für mich. Meine Diener werden hinten fahren.«

Der Schaffner schüttelte den Kopf.

»Es tut mir leid, Sir, aber das ist nicht möglich. Die Erste Klasse ist ausgebucht wie auch die Zweite. Und wie schon gesagt: Ihre Fahrkarten sind nur für die Dritte Klasse gültig.«

»Wollen Sie damit etwa sagen, dass ich für den Rest der Fahrt auf einer harten, unbequemen Holzbank sitzen muss?«, verlangte Hayter zu wissen.

»Oh, nein, Sir, mitnichten«, antwortete der Schaffner. »Sie haben keine Reservierung für die Dritte Klasse, und alle Bänke sind besetzt. Es gibt nur noch Stehplätze.«

Hayter kochte vor Wut. Rasch versuchte der Schaffner, die Situation mit einer lockeren Bemerkung zu entschärfen, doch damit machte er es nur noch schlimmer. »Sie könnten natürlich auch mit den Tieren fahren. Die Viehwaggons sind deutlich besser als die Dritte Klasse ... Allerdings haben wir heute auch einen Tyranno dabei.«

Hayter starrte den Mann wie benommen an. Aber da er keine unnötige Aufmerksamkeit erregen wollte, stand er langsam auf, drängte sich an dem Schaffner vorbei und ging gefolgt von Ash und Bishop in den nächsten Waggon.

»'tschuldigung, Boss«, murmelte Ash nervös.

»Um euch kümmere ich mich später!«, knurrte Hayter.

*

Buster lag zufrieden im Viehwaggon und nahm all die verschiedenen Gerüche auf, die durch die Luftschlitze in den Holztrennwänden zu ihm drangen. Plötzlich hob der Tyranno den Kopf.

Die Tür war aufgegangen und ließ einen Schwung frische Luft in den stickigen Waggon, und mit der frischen Luft kam der Geruch von Busters ehemaligem Herrn. Der Saurier klapperte mit dem Unterkiefer und atmete tief ein.

Hayter kannte das Geräusch nur allzu gut und blieb stehen.

»Weitergehen!«, rief der Schaffner und schloss die Tür zum Passagierwaggon hinter sich.

Wütend marschierte Hayter weiter. Die Trennwand bebte, als der Tyranno an sie sprang und ein Brüllen ausstieß, das einem das Blut in den Adern gefrieren ließ. Das Tier kratzte an den Brettern, bis es ein lockeres fand, das es beiseiteziehen konnte, um mit seinem gelben Auge hindurchzuspähen.

Hayter nahm den Stahlhaken von seinem Gürtel und zog ihn über die Trennwand bis zum Auge des Sauriers. Ein Lichtstrahl ließ den gekrümmten, blank polierten Stahl funkeln.

»Erinnerst du dich noch daran, Verräter?«, knurrte Hayter leise und bedrohlich.

Der Tyranno zuckte unwillkürlich zurück, als er das Ding erkannte, und erschreckte die Allosaurier.

»Weitergehen, habe ich gesagt!«, rief der ungeduldige Schaffner, drängte sich an Ash und Bishop vorbei und stieß Hayter in den Rücken.

Das brachte das Fass zum Überlaufen. Hayter konnte sich nicht länger beherrschen. Sein wahrer Charakter kam zum Vorschein. Wütend wirbelte er mit dem Haken in der Hand zu dem Schaffner herum und schlug ihm die Kappe vom Kopf. Mit lautem Krachen bohrte sich der Haken in das Holz der Trennwand.

»Das reicht!«, kreischte der Schaffner und zog sich rasch zurück. »Beim nächsten Halt fliegen Sie raus!«

Glücklicherweise bekam Hayter den Haken nicht so leicht aus dem Holz, sonst hätte er noch einmal nach dem Schaffner geschlagen.

Doch der Tyranno kam ihm ohnehin zuvor. So schnell er in dem

engen Raum konnte, wirbelte der Saurier herum, zertrümmerte die Trennwand und warf Hayter, Ash und Bishop zu Boden.

Buster stieß ein ohrenbetäubendes Brüllen aus, als er die Trümmer sah, und die Allosaurier sprangen wild auf und ab. Rasch zog Ash seinen Boss in die Höhe, während Bishop erneut zu Boden geworfen wurde, als ein weiteres Stück der Trennwand brach.

»Ich denke, wir sollten besser zusehen, dass wir hier verschwinden«, drängte Ash.

Der Schaffner schlug die Verbindungstür zu, und die drei Männer hörten, wie ein Riegel vorgeschoben wurde. Der Weg zurück in die Erste Klasse war versperrt.

*

Die Aussicht aus dem Zug war einfach fantastisch. Carter klebte förmlich auf seinem Fensterplatz und starrte in die afrikanische Landschaft hinaus. So weit landeinwärts war er noch nie gewesen. Seit ihrer Abfahrt von Aru hatten sie nur hier und da mal in kleineren Häfen an der üppigen Küste angelegt, und

davor war der dichte Regenwald seine Heimat gewesen, wo man den Himmel durch das Laub nur hier und da mal sehen konnte.

Hier lag der Himmel jedoch weit und offen vor ihm. Die obere Hälfte war strahlend blau und die untere staubig und beige. Bäume gab es nur vereinzelt, dafür aber jede Menge Gras und Büsche. Und verborgen in diesem Land lebten ganze Heerscharen von neuen und aufregenden Kreaturen, die nur darauf warteten, entdeckt zu werden.

Bunty war ebenfalls in Gedanken versunken. Sie schaute in die einst unberührte Landschaft hinaus, die Tausende von Jahren auf die gleiche Art bewirtschaftet worden war, doch jetzt änderte sich alles, und zwar schnell.

Neue Getreidesorten wurden geerntet, um die westliche Maschinerie auf der Suche nach Öl, Gold und Diamanten anzutreiben, und Arbeitskräfte waren billig. Je weiter sie landeinwärts fuhren, desto deutlicher waren die Spuren dieser neuen Ökonomie zu sehen.

Bea entfaltete eine Landkarte, die Bunty gekauft hatte, und versuchte so gut es ging, da weiterzumachen, wo sie in ihrer letzten Geografiestunde aufgehört hatte. Das war an Bord der *Orca* gewesen, und sie hatte die Seekarten von Kapitän Woods dafür benutzt. Rasch fand sie, wo sie waren, und deutete darauf.

»Wir sind hier.« Um sicherzugehen, dass Carter sie verstand, deutete Bea erst nach draußen und dann noch einmal auf die Karte. »Hier.«

Er nickte.

Bea fuhr mit dem Finger die Bahnstrecke entlang. »Und wir fahren mit dem Zug dorthin.«

Carter hob den Kopf, zog an einer imaginären Dampfpfeife und imitierte das Geräusch so perfekt, dass alle in der Nähe sich zu ihm umdrehten.

Plötzlich stolperte der Schaffner ins Abteil. Er war vollkommen außer Atem, hatte seine Mütze verloren und offensichtlich Panik.

»Bitte, entschuldigen Sie … Es tut mir wirklich leid, Sie stören zu müssen, aber wir haben da ein Problem im Viehwaggon.« Er schnappte nach Luft und flüsterte hektisch, um die anderen Passagiere nicht zu beunruhigen: »Ihre Saurier sind ausgebrochen!«

»Was?«, rief Theodore entsetzt. Er sprang auf und tippte Carter auf den Arm. »Komm, Junge, Beeilung!«

*

Hayters weißer Anzug sah arg mitgenommen aus. Die meisten Fahrgäste in der Dritten Klasse waren Frauen mit Babys und alte Leute. Den Beinen nach zu urteilen, die vor den Fenstern baumelten, reisten die Männer und die größeren Kinder auf dem Dach des Waggons.

»Okay«, sagte Hayter. »Gehen wir aufs Dach.«

»Aufs Dach?«, echote Bishop ängstlich.

»Anders kommen wir ja wohl kaum wieder in die Erste Klasse!«, schnappte Hayter.

Und mit diesen Worten kletterte er entschlossen aus dem Fenster und zog sich hoch.

*

Theodore zog den Riegel von der schweren Tür zurück, die in den Viehwaggon führte. Dann gingen er und Carter hinein.

»Ich kann es mir nicht leisten, sie unverschlossen zu lassen!«, erklärte der nervöse Schaffner und schloss die Tür hinter ihnen wieder. Theodore und Carter hörten das metallische Klappern des Riegels. Sie waren eingesperrt.

Die Allosaurier hatten sich in die hinterste Ecke des Waggons zurückgezogen und taten ihr Bestes, sich so weit wie möglich von dem bedrohlichen Tyranno fernzuhalten. Trennwände gab es nicht mehr. Der Tyranno wiederum stand mitten im Waggon, schnaubte wütend, und dann und wann schlug er mit seinem mächtigen Kopf auf den Boden oder gegen die Wände.

»Was hat ihn nur so aufgeregt?«, fragte Theodore verwundert.

Carter schnüffelte die Luft und antwortete: »Schlimmer Mann.«

Verwirrt hob Theodore die Augenbrauen.

Der Tyranno stieß ein wütendes Bellen aus und schlug mit seinem mächtigen Schwanz ein Loch in die Wand des Waggons. Splitter flogen in alle Richtungen. Die Allosaurier kreischten verängstigt und drückten sich so fest aneinander, dass Theodore schon fürchtete, sie würden einander zerquetschen.

»Carter, wir müssen Buster beruhigen«, drängte Theodore. »Gelingt uns das nicht, wird er den Waggon auseinandernehmen, und dann entgleist der Zug. Das könnte Hunderten Menschen das Leben kosten!«

Carter drehte sich zu dem Tyranno um und atmete tief und sanft aus. Gleichzeitig breitete der Junge die Arme aus, senkte sie langsam und hob sie wieder. Einen winzigen Schritt nach dem anderen trat Carter auf den Tyranno zu und bewegte dabei die

Arme rauf und runter, als hätte er Flügel … und die ganze Zeit über atmete er weiter tief ein und aus und ließ seinen Geruch zu dem aufgeregten Saurier treiben.

Theodore beobachtete, wie der Tyranno sich langsam wieder beruhigte. Er schlug nicht mehr mit dem Schwanz, und auch sein riesiger Kopf schwenkte nicht mehr hin und her. Sein gewaltiges Maul mit den Furcht einflößenden Zähnen schloss sich langsam, und er atmete immer langsamer …

*

Auf dem Dach der Dritten Klasse hatte sich so etwas wie eine kleine Gemeinschaft eingefunden. Da waren Männer und Jungen, alle dicht beieinander. Die als Erste raufgeklettert waren, hatten sich einen Platz an dem flachen Geländer gesichert, das den ganzen Waggon entlanglief. So hatten sie etwas, woran sie sich festhalten konnten. Doch jene, die nur noch einen Platz mitten auf dem Dach ergattert hatten, wo es nichts zum Festhalten gab, rutschten nach unten, wann immer der Zug in eine Kurve fuhr.

Das Auftauchen des böse dreinblickenden und muskulösen Hayter in seinem inzwischen zerknitterten weißen Anzug zusammen mit seinen beiden Schlägern Ash und Bishop sorgte kurz für Entsetzen unter den Menschen auf dem Dach. Sie schienen zu glauben, dass die drei Männer von der Eisenbahngesellschaft geschickt worden waren, um sie zu vertreiben. Vielleicht würden sie sie sogar einfach vom Zug werfen, wenn sie davon ausgingen, dass hier oben ohnehin niemand eine Fahrkarte besaß.

Hayter stapfte über das Dach, in der Hand den bedrohlichen

Stahlhaken. Ein Blick in sein wütendes Gesicht genügte, und sogleich machten die Männer und Jungen ihm rasch Platz. Ash und Bishop folgten ihm, aber langsamer und vorsichtiger als ihr entschlossener Anführer, und sie versuchten, auf dem fahrenden Zug das Gleichgewicht zu halten.

»Wenn du mich fragst, dreht der Boss allmählich durch«, murmelte Ash. »Erst sagt er, wir sollen uns von unseren Zielen fernhalten, und jetzt will er unbedingt dorthin!«

»Lass ihn das bloß nicht hören«, warnte ihn Bishop.

Vor ihnen war Hayter stehen geblieben. Er schien auf etwas zu lauschen. Ash und Bishop liefen zu ihm.

»Was ist, Boss?«, fragte Ash.

»Schschsch!«, zischte Hayter und schaute den Zug hinunter. »Wo, glaubt ihr, sind wir gerade?«

»Irgendwo auf dem Dach des Viehwaggons, schätze ich«, antwortete Bishop.

Hayter ließ sich auf alle viere hinab und drückte das Ohr ans Dach. Ash und Bishop schauten einander an. Dann taten sie es ihm gleich.

*

Theodore beobachtete Carter und staunte über das Talent des Jungen. Carter hatte den Tyranno nur mit ein paar tiefen Atemzügen und vollkommen ohne Gewalt unter Kontrolle gebracht. Das Tier hatte sich deutlich beruhigt.

Doch dann, plötzlich, wurde der Tyranno wieder aus seinen Träumen gerissen. Erneut schlug er mit dem Schwanz, riss das Maul auf und starrte an die Decke.

Carter sprang zurück. Buster bekam wieder einen Wutanfall.

»Roaaarrr!!!«

Die Allosaurier, die sich auch ein wenig beruhigt hatten, schreckten erneut auf, kreischten und rannten ineinander.

»Schlimmer Mann Geruch!«, rief Carter Theodore zu. »Er wütend!«

*

Oben auf dem Dach lächelte Hayter, als er das gewaltige Brüllen unter sich hörte.

»Ja, das ist meine Bestie!«, erklärte er mit einem Grinsen. »Jetzt ist die Zeit gekommen, um …«

Ash und Bishop fanden nie heraus, wofür die Zeit gekommen war, denn genau in diesem Augenblick explodierte das Dach unter ihnen, als wäre im Waggon eine Bombe hochgegangen, und der riesige Kopf des Tyrannos brach zwischen den Planken hindurch. Das Tier hatte das Maul weit aufgerissen, und Speichel troff ihm von den Zähnen. Panisch sprangen die drei Männer von dem fahrenden Zug.

# 6

## DER NAIROBI POLO-CLUB

*– Fangen spielen mit einem Tyranno –*

Die unendliche Landschaft bestimmte den größten Teil der zweitägigen Fahrt, und schließlich erreichten sie ihr Ziel. Am Bahnhof von Nairobi wartete ein Auto auf sie. Der Fahrer hielt ein Schild mit dem Namen »Brownlee« darauf in der Hand. Und es warteten auch ein Lastwagen auf sie sowie ein Tierpfleger, der sich um die beiden Allosaurier kümmern würde.

Dann kam es doch noch mal zu einer kurzen Verzögerung, denn Bunty musste die Schäden am Viehwaggon bei einem weiteren Beamten bezahlen. Nachdem der Tyranno mit dem Kopf das Dach zerbrochen hatte, hatte er sich wieder beruhigt, und von da an hatte es keine weiteren Zwischenfälle mehr gegeben.

Buster hatte den Rest der Fahrt über mit dem Kopf aus dem Dach gelugt wie ein Hund, der den Kopf während der Fahrt aus dem Autofenster steckt. Carter war aufs Dach geklettert und bei Buster geblieben. Von dort hatte er auch eine weit bessere Aussicht gehabt als aus dem Waggon, und Beas Unterricht war er so auch aus dem Weg gegangen.

Theodore war zu dem Schluss gekommen, dass der Tyranno sich so aufregt hatte, weil er so lange an einem ihm unbekannten

Ort gefangen gewesen war. Anstatt Buster also wieder in einem Anhänger oder dergleichen einzusperren, durfte Carter – sehr zu seiner Freude – auf dem Tyranno hinter dem Wagen her reiten.

Bald wurde ein Spiel daraus, bei dem der Tyranno hinter dem Auto herjagte, bis er den Kopf über den Rücksitz strecken konnte, wo Bea ihm die Nase streichelte. Dann wurde Buster wieder langsamer, ließ sich weit zurückfallen, doch nur, um das Ganze dann noch einmal zu wiederholen. Als sie schließlich am prachtvollen Eingang des Nairobi Polo-Clubs eintrafen, rang sich der leicht verschreckte Fahrer ein Lächeln ab und hielt Bunty die Tür auf.

»Sie sind hervorragend gefahren«, lobte ihn Bunty, als sie ausstieg. »War das das erste Mal, dass Sie mit einem Tyranno fangen gespielt haben?«

»Nein, Madam, das letzte Mal war es ein wütender Horntyranno, und er hat mein Ersatzrad gefressen.«

Theodore schnappte sich die Koffer und grinste den Fahrer an. »Keine Sorge, mein Freund, Sie haben es ja überlebt. Gut gemacht!«

Das saubere weiße Gebäude des Polo-Clubs schimmerte im Licht der Nachmittagssonne. Elegant und teuer gekleidete Leute stolzierten hier durch die Gegend, und aus der Ferne war klassische Musik zu hören. Für Bunty war das der Himmel auf Erden, das exakte Gegenteil zu der vorangegangenen Zugfahrt mit all dem Elend und Dreck um sie herum.

Und auch Buster fühlte sich sofort heimisch. Ein sorgsam gepflegter Teich voller Wasserblumen erregte seine Aufmerksamkeit. Carter stieg ab, als Buster den Kopf untertauchte und mit einer Wasserlilie auf der Stirn wieder zum Vorschein kam.

Der Tyranno gurgelte freudig. Carter musste lachen und sprang ebenfalls ins kühle Nass. Die uniformierten Portiers, die ihn entsetzt anstarrten und offenbar keine Ahnung hatten, wie sie damit umgehen sollten, bemerkte er gar nicht.

Bea, Bunty und Theodore stiegen die Stufen zur prachtvollen Eingangshalle des Clubs hinauf. Dort wartete ein Inder mit dichtem Bart und elegant gewickeltem Turban auf sie.

»Bunty! Das nenne ich in der Tat ›Reisen mit leichtem Gepäck‹!«, dröhnte der Mann. »Nur ein Auto? Ich hätte nicht gedacht, dass es so schlimm ist.«

»Ranjit Bapat, mein lieber Freund!« Bunty freute sich sichtlich, ihn zu sehen. »Wie du an unserem ungepflegten Äußeren erkennen kannst, ist es sogar noch schlimmer … Aber jetzt ist ja wieder alles in Ordnung. Du bist da. Sag mir: Hast du meine Telegramme bekommen?«

»Ja, das habe ich in der Tat. Die Koffer aus England sind letzte Woche eingetroffen und warten in deinem Lieblingszimmer auf dich.«

Theodore trat hinzu und schüttelte dem Mann fest die Hand.

»Dann nehme ich an, du hast auch mein Telegramm bekommen, mein Freund«, sagte er.

Ranjit lächelte.

»Ich weiß auch ohne Telegramm, was du willst. In deinem Zimmer warten eine Flasche und ein Eiskübel auf dich.«

»Danke.« Theodore grinste. »Ich könnte einen Drink wirklich gut vertragen.«

»Und ein Bad vielleicht?«, schlug Ranjit vor und lächelte taktvoll.

Theodore lachte. »Einverstanden!« Er schnüffelte an seinen verdreckten Kleidern. »Es war eine lange Reise.«

Ranjit drehte sich zu Bea um und streckte die Arme aus.

»Das kann doch nicht die kleine Bea sein! Unmöglich! Du musst ihre lange verschollene, ältere Schwester sein!«

Bea lächelte und warf sich in seine Arme.

»Du bist gar nicht so weit weg von der Wahrheit, wie du vielleicht meinst.« Sie löste sich wieder von ihm und grinste glücklich. »Ranjit, darf ich dir meinen lang verschollenen, kleinen Bruder vorstellen? Carter Kingsley.«

Bea drehte sich um und musste feststellen, dass Carter nicht hinter ihr war, sondern fröhlich mit Buster im Teich planschte. Sie steckte zwei Finger in den Mund und stieß einen schrillen Pfiff aus, um die Aufmerksamkeit der beiden zu erregen. Carter winkte, stieg aus dem Wasser und lief triefend nass zu ihr. Bunty runzelte die Stirn und schaute ihre beiden Enkel missbilligend an.

Ranjit musterte den verdreckten Straßenjungen mit dem kahl geschorenen Kopf und lachte laut.

»Ha! Das könnte man in der Tat fast glauben! Dein Freund hat wirklich die blauen Augen deines Vaters, Bea«, sagte er. »Aber wer ist das wirklich?«

Theodore, Bunty und Bea antworteten im Chor: »Carter Kingsley!«

Zum ersten Mal verschlug es dem Besitzer des Polo-Clubs die Sprache. Ranjit schlug die Hände vor den Mund, sank auf die Knie und breitete dann die Arme aus. Carter tat es Bea nach und umarmte den Fremden.

»Oh, mein lieber Junge, wo zum Teufel hast du dich denn

versteckt?«, sagte Ranjit und drückte den Jungen fest an sich. »Du musst mir alles erzählen, aber erst später. Ich weiß, dass deine Großmutter und Theodore nicht länger am Empfang meines Clubs herumstehen wollen. Komm. Während sie auf ihre Zimmer gehen, bringen wir beide mal dein prachtvolles Reittier in den Stall.«

»Das ist ein Schwarzer Zwergtyranno«, erklärte Bea.

»Er Buster«, sang Carter.

»Und in diesen Breiten ist er auch eine ausgesprochene Seltenheit«, fügte Ranjit mit einem Lächeln hinzu. »Nun, denn ... Ich wette, Buster hat Hunger, und wie Theo könnte auch er ein Bad vertragen.«

Und mit diesen Worten legte Ranjit Bea und Carter die Arme um die Schultern, und gemeinsam gingen sie zu dem hinüber, was von dem hübschen Teich übrig geblieben war.

Bunty rief ihren Enkeln hinterher: »Bleibt nicht zu lange! Um Punkt sechs gibt es Drinks vor dem Dinner! Kommt nicht zu spät!«

Sie lächelte Theodore an und ging hinein. »Es fühlt sich wirklich gut an, endlich wieder hier zu sein!«

## 7

## NOCH VIEL UNMÖGLICHER

*– Ein ganz lieber Tyranno –*

Ranjit war begierig darauf, Carters Geschichte zu hören, als sie Buster zum Polofeld führten.

»Du musst mir alles über dich erzählen, Junge«, lud Ranjit ihn ein.

Da er nichts verstand, schaute Carter Hilfe suchend zu Bea.

»Ich fürchte, er hat die Gesellschaft von Menschen lange entbehrt«, erklärte Bea. »Das mit unserer Sprache hat er noch nicht so ganz raus.«

»Aaah.« Ranjit nickte und lächelte. »In dem Fall werde ich ihm ein wenig über mich erzählen und wie ich hierhergekommen bin. Vielleicht entlockt das ihm ja ein paar Worte. Man weiß ja nie.«

»Ich wage es zu bezweifeln«, murmelte Bea, aber sie wusste aus Erfahrung, dass Ranjit nun nicht mehr aufzuhalten war.

»Ursprünglich stamme ich aus Baroda in West-Indien, und ich kannte Sidney, deinen Großvater. Gemeinsam haben wir Dampfloks von Indien nach Kenia importiert. Die meisten davon waren wegen der neuen Gleise aber nicht lange fahrtüchtig. Man kann nicht einfach eine Bahnstrecke durch dieses Land bauen und davon ausgehen, dass sie lange halten wird. Hier bewegt sich die Erde und mit ihr die Gleise.«

»Loks«, erklärte Bea Carter und pfiff wie ein Zug. Carter wiederholte das Geräusch und nickte zum Zeichen, dass er verstanden hatte.

»All unsere Züge sind binnen eines Jahres entgleist«, fuhr Ranjit fort. »Bahnstrecken sind teuer, und man kann eine Menge Geld auf neue Züge verschwenden. Also haben wir billige, gebrauchte Züge verkauft, und zwar viele. Später haben wir dann Allosaurier importiert. Dein Großvater hatte bereits eine Ranch in Amerika. Da hat Grace, deine Mutter, dann auch Franklin Kingsley kennengelernt. Ich habe dann irgendwann diesen Club gegründet und das Allo-Polo nach Afrika gebracht. Das haben wir immer gern gespielt.«

Hilflos schaute Carter wieder zu Bea. Er hatte keine Ahnung, was Ranjit da erzählte, aber Bea schüttelte einfach nur den Kopf und lächelte.

»Später haben Sidney und Barbara sich dann ein Stück Land fünf Stunden westlich von hier gekauft und dort ein Wildreservat eingerichtet. Wann warst du eigentlich zum letzten Mal hier, Beatrice?«

»Ach, das ist schon viel zu lange her, Ranjit«, antwortete Bea. »Ich kann es gar nicht erwarten, Carter all die Tiere zu zeigen. Er ist so neugierig und will immer alles wissen.«

»Sieht so aus, als wisse er bereits, wie man reitet. Wann hat er damit angefangen?«

»Vor ungefähr zwei Monaten«, antwortete Bea. »Buster wurde früher immer ›die Bestie‹ genannt. Er ist von einem wirklich schlimmen Mann ausgebildet worden, und zwar auf die harte Tour. Dann hat man ihn gezwungen, uns anzugreifen. Irgendwie hat Carter sich jedoch mit Buster angefreundet, und jetzt sind die beiden unzertrennlich.«

»Ein Junge und ein Schwarzer Zwergtyranno als Freunde ...«

Ranjit schüttelte staunend den Kopf. »Das ist einfach unglaublich!«

»Und das ist nur das Ende der Geschichte, Ranjit. Bis wir ihn gefunden haben, hat Carter kein einziges Wort mit einem anderen Menschen gesprochen oder auch nur mit Menschen gelebt. Er ist auf einer abgelegenen Insel von Schattenraptoren großgezogen worden.«

Wieder schüttelte Ranjit den Kopf.

»Gestern hätte ich es noch für vollkommen unmöglich gehalten, dass der Sohn von Franklin Kingsley ohne Sattel auf einem Schwarzen Tyranno in den Club geritten kommt, und jetzt ist genau das passiert. Aber manchmal wird das Unglaubliche wahr. Denk doch nur mal an all die Religionen mit ihren Geschichten, Mythen und Legenden. Vielleicht ist das Unmögliche ja doch möglich!«

Er öffnete das Tor, um Buster zum Stall zu führen, doch plötzlich blieb der Tyranno stehen und knurrte leise. Das erregte die Aufmerksamkeit der Allo-Reiter, die ihre Tiere für das Nachmittagsspiel vorbereiteten.

Eine Glocke läutete.

»Es ist Zeit für die restlichen Spieler, zum Spielfeld zu kommen. Das Match beginnt«, erklärte Ranjit und deutete nach vorne. »Komm. Schnell, Carter. Dein Tyranno macht die Allosaurier nervös.«

Aber Buster hatte andere Pläne. Er blähte die Nüstern und drehte sich im selben Augenblick zu den Allosauriern um, als die Reiter in die Sättel stiegen. Carter sah sofort, dass etwas nicht stimmte, und er wusste, dass er hier nicht wieder Ärger bekommen durfte. Er zog an Busters Kopf, doch irgendetwas hatte die volle Aufmerksamkeit des Tyrannos erregt.

Eine Gruppe Reiter hatte sich versammelt, um aufs Spielfeld hinauszureiten, und ihre Allosaurier wurden immer unruhiger, als der Tyranno einen weiteren Schritt auf sie zukam.

»Ganz ruhig«, murmelte Bea.

Sie streckte die Hand aus, um Buster die Schnauze zu tätscheln, doch plötzlich sprang der Tyranno auf die Allosaurier los und trieb sie auseinander. Ein Allosaurier buckelte, warf seinen Reiter ab und rutschte weg. Dann rappelte er sich panisch in einem Gewirr von Zügeln wieder auf und trat dabei auf den Reiter. Gleichzeitig stürmten die anderen Allosaurier in alle Richtungen davon und vergrößerten so das Chaos noch.

Ranjit lief sofort los, und gemeinsam mit Bea versuchte er, Buster aufzuhalten.

»Tu etwas, Carter!«, schrie Bea.

Carter sprang von Busters Rücken und stellte sich dem Tyranno in den Weg. Das Tier wollte ihn mit der Schnauze wegschieben, doch Carter zischte laut und schlug Buster hart aufs Maul. Das reichte, und Carter befahl dem Saurier, sich zu setzen.

Und der Tyranno trat einen Schritt zurück und setzte sich.

»Das tut mir ja so leid!«, entschuldigte sich Bea, als sie und Ranjit dem gestürzten Reiter zu Hilfe eilten. »Normalerweise ist er ein ganz lieber Tyranno.«

Zitternd setzte der Mann sich auf. Er war nach wie vor benommen. Ranjit half ihm hoch, führte ihn verlegen weg und entschuldigte sich dabei immer wieder bei ihm.

Doch das Chaos war noch nicht vorbei.

»Fangt diesen Allosaurier ein, bevor er noch jemanden beißt!«, rief jemand vom Spielfeld.

Der reiterlose Allosaurier war auf das Spielfeld gerannt und schnappte nun nach den Leuten, die versuchten, ihn wieder unter Kontrolle zu bekommen. Schließlich gelang es einem unglücklichen Tierpfleger, die Zügel zu packen, doch er wurde über das Gras geschleift, als das panische Tier begann, im Kreis zu laufen.

»Bleib!«, befahl Carter Buster. Er musste dem verängstigten Allosaurier helfen.

Als Carter losrannte, verschränkte Bea die Arme vor der Brust und stellte sich direkt vor Buster und schaute ihm in die gelben Augen.

»Böser Junge! Sitz! Und rühr dich nicht!«

Carter rannte zu dem panischen Allosaurier, der inzwischen einen zweiten Mann hinter sich herschleifte, der ihm ein Lasso um den Hals geworfen hatte. Mit seinem kräftigen Schwanz schlug er über die Köpfe der Männer hinweg, die versuchten, ihn wieder einzufangen, sodass sie nicht wieder aufstehen konnten, doch sie gaben die Hoffnung nicht auf.

Dann begann der Allosaurus wieder zu buckeln und warf den ersten der beiden Männer, die ihn hielten, in die Luft. Der Mann musste das Seil loslassen, und mit dem neu gewonnenen Schwung schüttelte der Saurier auch den zweiten Mann ab.

Und währenddessen brachte Carter sich langsam in Position. Der verängstigte Allosaurier lief panisch im Kreis. Eine seiner Scheuklappen war nach vorne geklappt, sodass er auf dem linken Auge nur eingeschränkt sehen konnte.

Bei der nächsten Runde trat Carter ruhig vor, hob die Arme und packte den Allosaurier an den Halsfedern und ließ sich von dem Tier im Vorbeilaufen in die Höhe ziehen. Mit perfektem Timing und höchster Präzision landete Carter in hohem Bogen auf dem Rücken des Sauriers, direkt vor dem verrutschten Sattel und hinter den Schultern der Kreatur. Dann schnappte er sich die Zügel und brachte den Allosaurier so wieder unter Kontrolle.

Als das Tier allmählich langsamer wurde, beugte Carter sich vor und strich ihm mit einer langen Bewegung über den Hals, vom Kopf bis zu den Schultern. Der Allosaurier reckte den Kopf gen Himmel und setzte sich, sodass Carter am Hals angelehnt fast aufrecht stand. Nun, da der Saurier sich wieder beruhigt hatte, stieg Carter ab. Er streichelte das Tier noch ein paar Mal, packte schließlich die Schnauze des Sauriers, zog sie nach unten und tätschelte sie.

Den Zuschauern hatte es die Sprache verschlagen. Sie waren vollkommen fasziniert.

Schließlich rannte Ranjit herbei und wedelte staunend mit den Armen. »So etwas habe ich noch nie gesehen! Das ist doch unmöglich! Wie zum Teufel hast du das gemacht?«

Diesmal hatte Carter keine Probleme, Ranjit zu verstehen. Er lächelte und zuckte mit den Schultern. Dann tauchte der gestürzte Reiter hinter Ranjit auf, und das Lächeln verschwand von Carters Gesicht.

»Tut mir leid«, entschuldigte sich Carter, der diese Phrase inzwischen nur allzu gut gewöhnt war.

»Dir tut das leid?« Der Reiter schüttelte den Kopf und lächelte. »Grundgütiger, das war doch meine Schuld, Junge.«

Carter hob den Blick. »Nicht leid tut?«

»Warum sollte es dir denn leidtun? Ich sollte mich lieber bei dir bedanken! Vielen Dank!« Er legte Carter die Hände auf die Schultern. »Danke, dass du meinen Allosaurier gerettet hast. Wenn ein Tier so durchdreht, gibt es normalerweise nur eine Möglichkeit, es aufzuhalten: Man muss es erschießen.« Er lächelte noch einmal. »Ich bin übrigens Lambert Knútr. Und wer bist du?«

»Sein Name ist Carter«, rief Bea von hinten. »Sie müssen entschuldigen, aber er spricht nicht viel.«

Lambert schaute sich um. »Und wer bist du, junge Dame?«

»Ich bin Beatrice, seine große Schwester«, antwortete sie stolz.

»Nun, er mag ja nicht viel reden, aber er weiß, wie man einen Allosaurier beruhigt. War das euer Tyranno da hinten?«

Bea lief rot an. »Ja. Es tut mir ja so leid, was Buster getan hat. Sind Sie verletzt?«

»Ach, ich habe nur ein paar blaue Flecken«, antwortete Lambert. »Den Angriff eines Tyrannos überleben nicht viele Menschen. Dafür muss ich dir wohl auch danken.« Wieder lächelte Lambert Knútr Carter an. »Ich stehe auf ewig in deiner Schuld.«

# 8

## HASSLER DE BOIS

*– Die verschwundene Karodame –*

Der Gong schlug sechs. Bunty stand an der Bar, schaute zur Tür und fragte sich, was die anderen wohl aufhielt. Um Punkt sechs Uhr wurden vor dem Dinner Drinks serviert. Das war die Clubregel, und an Regeln musste man sich halten. Das hatte Bunty den anderen auch deutlich zu verstehen gegeben.

»Guten Abend«, sagte eine Stimme hinter ihr. »Ich glaube nicht, dass wir uns schon vorgestellt wurden.«

Ein großer, fülliger Mann hatte sich neben Bunty auf den Hocker gesetzt und lehnte nun an der Bar, in der Hand einen Drink.

»Mein Name ist Hassler De Bois«, lächelte er und entblößte dabei ein Diamanteninlay im Schneidezahn.

Im Laufe der Jahre hatte Bunty schon viele Männer wie diesen Hassler De Bois getroffen. Langweiler wie ihn gab es in allen Top-Hotels und Clubs der Welt. Aber, dachte sie bei sich, wir sind alle Gäste hier. Da kann man nicht unhöflich sein.

»Barbara Brownlee«, erwiderte sie. »Sehr erfreut.«

»Brownlee … Die Witwe des verstorbenen Sidney Brownlee?«

»In der Tat.« Bunty nickte.

»Nun, dann haben Sie sicher schon von mir gehört. De Bois von De Bois Diamanten?«

Bunty schüttelte den Kopf. »Nein. Tut mir leid.«

»Ich bin Ihr neuer Nachbar«, sagte De Bois. »Mir gehört die alte Farm der Keats neben Ihrer.«

»Das habe ich nicht gewusst«, erwiderte Bunty überrascht. »Wie ist das denn passiert? Ich mag Mr. Keat wirklich sehr. Geht es ihm gut?«

De Bois zuckte mit den Schultern. »Ich habe keine Ahnung«, antwortete er. »Seit ich die Farm übernommen habe, habe ich ihn nicht mehr gesehen. Er war in finanziellen Schwierigkeiten, und ich habe ihm einen guten Preis für sein Land geboten.«

»Das muss ihm das Herz gebrochen haben. Er hat das Land geliebt«, bemerkte Bunty.

De Bois ignorierte das.

»Kann ich Ihnen etwas zu trinken bestellen?«, fragte er und schnippte mit den Fingern nach dem Barkeeper.

Bunty schüttelte den Kopf.

»Nein, danke. Ich warte auf meine Gäste.«

»Wie ich gehört habe, erteilen Sie niemandem auf Ihrem Land eine Jagdlizenz«, sagte De Bois. »Da muss ich Sie eines fragen: Wie machen Sie da noch Gewinn?«

Bunty zögerte. Sie wollte nicht wirklich über ihr Land reden. Wenn Theodore, Bea und Carter sich doch nur beeilen würden. Glücklicherweise unterbreitete De Bois ihr ein kühnes Angebot, bevor sie auf diese Frage antworten musste.

»Ich würde meinen Besitz gerne vergrößern«, sagte er. »Würden Sie vielleicht verkaufen?«

Bunty schaute ihn schockiert an.

»Auf gar keinen Fall«, erklärte sie mit fester Stimme. »Ich könnte dieses Land nie verkaufen. Mein geliebter Mann hat dieses Land vor vielen Jahren von der Regierung gekauft, als er herausgefunden hat, dass die Behörden die einheimischen Farmer und Stämme aus ihrem Heim vertreiben wollte. Dort sollten riesige Weizenfelder entstehen, und um die zu bewässern, hätte man die natürlichen Quellen ausschöpfen müssen. Sidney hat dieses Land geliebt. Er liegt dort begraben, und eines Tages will ich dort auf ewig neben ihm ruhen.«

»Aber das sind doch nur Busch und ein paar Steine«, protestierte De Bois.

»Für Sie vielleicht, aber für die Wildtiere dort ist es ihre Heimat, und das wird auch so bleiben.«

De Bois sah erst aus, als wolle er sich nicht so leicht geschlagen geben, doch plötzlich setzte er ein Lächeln auf und nickte. »Wie Sie wollen. Jedem das Seine. Das ist mein Motto.«

Eine Bewegung neben der Tür erregte Buntys Aufmerksamkeit, und erleichtert sah sie, dass ihre Familie endlich eingetroffen war. Der Anblick ihrer Enkel erfüllte sie mit Freude. Bea sah genauso ladylike aus, wie Bunty es sich immer gewünscht hatte, und Carter war in seinem eleganten Jackett und mit der Krawatte kaum wiederzuerkennen, und das trotz der Stoppelhaare. Und auch Theodore war ein gänzlich veränderter Mann. Er hatte sich frisch rasiert, das Haar mit Gel zurückgekämmt, und er trug einen weißen Smoking mit einer schwarzen Schleife. De Bois lächelte breit, als sie näher kamen.

»Wie es aussieht, sind Ihre Gäste eingetroffen, Mrs. Brownlee«, sagte er. »Hallo! Ich bin Hassler De Bois.«

»Logan, Theodore Logan«, stellte Theodore sich vor und nahm die verschwitzte, schlaffe Hand des Mannes.

Dann drehte De Bois sich zu Bea und Carter um und holte einen Kartenstapel aus seiner Jackentasche.

»Wie wäre es mit einem Kartentrick, Kinder? Sucht euch eine Karte aus.«

»Ja, lasst euch ein wenig von Mr. De Bois unterhalten, während wir uns um den Tisch kümmern«, sagte Bunty. »Hier entlang, Theodore.«

Als Bunty Theodore wegzog, flüsterte sie: »Lass uns dafür sorgen, dass wir so weit weg wie möglich von diesem furchtbaren Mann sitzen. Was hat euch denn so aufgehalten?«

»Die Schuhe«, antwortete Theodore.

»Habt ihr etwa vergessen, sie zuzubinden?«

»Nein, Carters Schuhe. Es ist das erste Mal, dass er sie trägt.«

Bunty nickte.

»Ja, Gott segne ihn. Er sieht wunderbar aus. Zum Glück passen ihm die Kleider. Die Frisur stand ihm allerdings besser, als er noch Lumpen getragen hat. Und du siehst zur Abwechslung auch recht elegant aus.«

»Danke, Bunty.« Theodore grinste. »Ich werde versuchen, mir das nicht zur Gewohnheit zu machen.«

*

»So, jetzt hast du deinen Namen also auf deine Karte geschrieben, und ich habe keine Ahnung, welche es ist«, sagte De Bois und nahm Bea den Stift wieder ab.

»Ja, genau«, erwiderte sie und drückte sich die Karte an die Brust. Carter schaute interessiert zu.

De Bois breitete die Karten elegant als Fächer aus, und das beeindruckte Carter, der noch nie ein ganzes Kartenspiel gesehen hatte. Die einzige Karte, die er besaß, bewahrte er in der Blechdose mit seinen weltlichen Besitztümern auf, die er von Aru mitgenommen hatte. Carter war erstaunt und erfreut darüber, dass sie offenbar zu einem Set gehörte. Der füllige Gentleman mischte die Karten und fächerte sie wieder auf.

»Jetzt steck deine Karte irgendwo da rein.« Er drehte den Kopf weg. »Ich schaue auch nicht hin.«

Bea tat, wie ihr geheißen. Selbstbewusst mischte De Bois die Karten noch einmal und tippte dann auf die oberste.

»Nimm sie dir.«

Bea nahm die oberste Karte und schaute sie sich an.

»Lass mich raten … Deine Karte … ist die … Karodame?«

»Ja, das ist meine Karte …«

Bea drehte die Karte um.

»… aber das hier ist die Piksieben.«

»Oh, nein! Das kann nicht sein …« De Bois war sichtlich bestürzt. »Aber wo ist dann die Karodame?«

Bea und Carter schauten einander an.

De Bois kramte durch den Kartenstapel.

»Sie ist nicht hier. Sie muss …«

Bea und Carter versuchten, so gut es ging, sich ein schadenfrohes Kichern zu verkneifen.

»Das erinnert mich an die Geschichte von der verschwundenen Karodame«, sagte De Bois und seufzte. »Kennt ihr die?«

»Nein«, antwortete Bea.

»Das ist eine wahre Geschichte. Vor langer Zeit herrschte in dieser Gegend das reinste Diamantenfieber. Der Auslöser dafür war ein verrückter, alter Mann«, erzählte De Bois. »Er hatte sich verirrt und suchte in einer Höhle Schutz vor einem Sturm. Diese Höhle war voller Diamanten. Tatsächlich waren es mehr, als er tragen konnte. Leider hatte er weder die Ausrüstung, um sie auszugraben, noch eine Möglichkeit, sie mitzunehmen. Also stopfte sich der alte Mann einfach die Taschen mit den Diamanten voll, die auf dem Boden lagen. Und als der Sturm vorüber war, suchte er weiter nach dem Weg nach Hause. Er wollte die Diamanten verkaufen, sich Ausrüstung besorgen und dann wieder in die Höhle zurück, um weiterzugraben. Aber er hatte keine Landkarte dabei, auf der er die Lage der Höhle hätte eintragen können. Das Einzige, worauf er etwas zeichnen konnte, war ein Stapel Spielkarten.«

De Bois hob dramatisch seine Karten.

»Also machte er sich auf einer Karte ein paar Notizen und verstaute sie sicher. Die restlichen Karten steckte er zwischen Felsen, um so den Weg zu markieren.«

De Bois teilte die Karten eine nach der anderen aus, bis sie in einem losen Haufen auf dem Tresen lagen. Carter schaute zu. Der Geschichte konnte er zwar nicht folgen, aber von den Karten war er vollkommen fasziniert. Bea wiederum hörte höflich zu.

»Doch er war noch lange nicht in der Nähe von seinem Haus, als er die anderen einundfünfzig Karten und sogar die beiden Joker verbraucht hatte. Also blieb ihm nichts anderes übrig, als die restliche Wegstrecke mit den Diamanten aus seinen Taschen zu markieren. Natürlich nahm er zuerst die kleinsten, dann die von mittlerer Größe, und schließlich hatte er nur noch die großen übrig. Bevor er sich versah, hatte er nur noch einen, und das war der größte von allen. Er war riesig. Der alte Mann brachte es einfach nicht über sich, ihn zurückzulassen.«

Hassler hielt kurz inne und schaute Bea an, die ihm inzwischen förmlich an den Lippen hing.

»Und? Was hat er getan?«, verlangte sie zu wissen.

»Nichts. Jahre später hat ein junger Bursche beim Spielen im Busch ein Skelett gefunden. Er hat seinem Vater davon erzählt, und der hat sich das mal angesehen. In der Tasche des Skeletts steckte eine Spielkarte mit ein paar Notizen darauf, und in der Hand hielt der Tote einen riesigen Diamanten.«

De Bois hob die geballte Faust.

»Er musste die Fingerknochen brechen, um daranzukommen.«

Und mit diesen Worten öffnete er seine Finger wieder und enthüllte ein großes Bonbon mitten auf seiner verschwitzten Hand. Das bot er Bea an, die zögerte zunächst. Dann nahm sie es jedoch höflich, verzog aber das Gesicht bei der Vorstellung von alldem Schweiß auf dem Bonbon.

»Aber wie auch immer«, fuhr De Bois fort, »als der Mann den Diamanten eintauschen wollte, weigerte er sich zu sagen, wie er daran gekommen war. Das erregte das Misstrauen der Leute. Mit seinem neu gewonnenen Reichtum heuerte der Mann eine kleine Armee von starken Männern an, kaufte jede Menge Karren und belud Ankylos mit der neuesten Bergbauausrüstung. Doch bevor er aufbrechen konnte, wurde er bei einer Kneipenschlägerei getötet, und die Notizen, die die Lage der Höhle beschrieben und den

Weg dorthin, wurden entdeckt … Sie standen noch immer auf der letzten Karte, der Karodame.

Jetzt machte sich alles, was Beine hatte, auf die Suche nach der Diamantenhöhle. Die Menschen kamen von überallher. Alle hatten sie die Geschichte gehört, und so strömten sie nun ins Land, auf der Suche nach ihrem Glück. Einige behaupteten, einen Teil der Diamantenspur gefunden zu haben, andere sagten, sie hätten Spielkarten im Wind treiben sehen.« De Bois deutete auf seinen Kartenstapel. »Natürlich gibt es in dieser Gegend viele kleine Höhlen, und jede einzelne von ihnen wurde geöffnet, doch niemand hat je Diamanten hier gefunden. Allerdings haben viele Leute ihr Leben bei der Suche verloren oder all ihre Ersparnisse aufgebraucht. Irgendwann gaben die Menschen dann auf, und das Geheimnis der Karodame geriet in Vergessenheit.«

»Das klingt mir eher danach, als hätte sich irgendjemand das alles nur ausgedacht«, bemerkte Bea.

»Vielleicht.« De Bois nickte. »Aber dann ist das hier aufgetaucht.« Er holte seine Börse aus der Tasche und zog eine Spielkarte heraus. Die gab er Bea.

»Die Karodame … mit meiner Unterschrift darauf!« Erstaunt riss Bea die Augen auf. »Wie haben Sie das gemacht?«

Carter nahm ihr die Karte ab und untersuchte sie. Dann griff er nach den restlichen Karten auf dem Tresen und versuchte, sie aufzufächern.

»Behalt sie, Junge«, sagte De Bois und grinste. »Da die eine jetzt beschrieben ist, kann ich sie ohnehin nicht mehr gebrauchen.« Er schien das Staunen der Kinder zu genießen.

»Mr. De Bois, ziehen Sie wieder Ihre alten Tricks ab?«

Ranjit erschien mit einem Lächeln, und Bunty und Theodore folgten ihm.

»Beatrice, Carter, bitte, entschuldigt«, fuhr Ranjit fort. »Ein Gast hat um die Ehre eurer Gesellschaft zum Dinner gebeten. Wenn ihr mir bitte folgen wollt?«

»Hach, dann werde ich wohl auf Sie verzichten müssen«, sagte De Bois und seufzte theatralisch. »Aber vergessen Sie nicht, Mrs. Brownlee: Wenn Sie bereit sind, Ihr Land zu verkaufen, dann kommen Sie zu mir. Es wäre mir eine Freude, es zu erwerben.«

Als die fünf zum Speisesaal gingen, fragte Ranjit leise. »Was sollte das, Barbara, wenn ich fragen darf?«

»Ach, es ist nichts«, antwortete Bunty.

»Gut. Hassler De Bois ist ein furchtbarer Mann«, murmelte Ranjit. »Wir nennen ihn Piggy De Bois, das Schweinchen.«

Bunty warf einen Blick zurück zur Bar und kam zu dem Schluss, dass Ranjit recht hatte: Mit seinen roten runden Wangen und all dem Fett sah De Bois wirklich wie ein Schwein aus, und um das Ganze nur noch schlimmer zu machen, waren seine Ohren auch noch ungewöhnlich groß und spitz.

»Wenn du meinen Rat hören willst, ich würde ihm aus dem Weg gehen«, fuhr Ranjit fort.

»Er hat die Kinder unterhalten«, sagte Bunty.

»Lass dich davon nicht täuschen«, erwiderte Ranjit. »Diesen Trick hat er schon hundert Mal abgezogen. Mit seinen Karten will er die Leute für sich einnehmen. Wir glauben, dass De Bois Michael Keat sein Land bei einem getürkten Kartenspiel abgeluchst hat.«

»Das ist ja furchtbar!« Bunty war schockiert. »Warum sollte er so was tun?«

»Wie du weißt, war Keat schon immer knapp bei Kasse. Er war verzweifelt.«

»Aber wie konnte er sein Land bei einem Kartenspiel verlieren?«

»Wer weiß, aber ihr habt ja gesehen, wie geschickt De Bois mit Karten umgeht. Hier spielt niemand mehr mit ihm, weil er immer gewinnt.«

»Weißt du, was aus dem armen Michael Keat geworden ist?«, fragte Bunty.

»Als ich ihn zum letzten Mal gesehen habe, hat er vor lauter Wut kein Wort mehr hervorgebracht. De Bois war bei ihm. Er hat ihn gezwungen, zu packen und sein Land zu verlassen. Danach hat ihn niemand mehr gesehen.«

»Was will De Bois denn damit? Das Land ist doch wertlos.«

»Offensichtlich ist Michael Keat nach Mombasa gefahren, um seinen letzten Besitz zu veräußern: einen großen, ungeschliffenen Diamanten. Wir glauben, da hat er dann auch De Bois kennengelernt, der dort seine Diamantengesellschaft hat. Einige glauben, De Bois gehe davon aus, dass Keat den Diamanten auf seinem Land gefunden hat, und tatsächlich: Seit er hier ist, hat er viele alte Höhlen öffnen lassen.« Ranjit schaute Bunty nervös an. »Wie gesagt: Ich möchte dich warnen, als Freund, Bunty. Hüte dich vor diesem Kerl.«

# 9

## LAMPRECHT KNÚTR

*– Mit der dicken Narbe –*

Ranjit führte die Gruppe in den prachtvollen Speisesaal und zu einem großen Tisch, wo ein großer, gut aussehender Mann mit einer dicken Narbe auf der Wange am offenen Kamin stand.

»Mrs. Barbara Brownlee, Mr. Lamprecht Knútr.«

»Guten Abend, ich freue mich, dass Sie mir die Ehre Ihrer Gesellschaft erweisen.« Der Mann verneigte sich, trat dann vor und küsste Bunty die Hand. »Bitte, nennen Sie mich Lambert. Ich ziehe die englische Form meines Namens vor. So kann ich mich besser von meinem preußischen Erbe distanzieren. Meine Familie hat im Krieg auf der anderen Seite gekämpft.«

»Wie Sie wollen, Lambert. Bitte, nennen Sie mich Barbara. Ich glaube, Beatrice und Carter kennen Sie bereits.«

Lambert lächelte die Kinder an.

»Ja, und ich wünsche auch euch einen guten Abend. Ihr seht ausgesprochen elegant aus.«

»Logan, Theodore Logan.« Theodore streckte die Hand aus, und Lambert nahm sie mit festem Griff.

»Schön, Sie kennenzulernen, Mr. Logan. Mr. Bapat hat mir

erzählt, Sie seien ein recht guter Allo-Polospieler. Würden Sie morgen vielleicht gerne ein Match mit uns spielen?«

Theodore lächelte.

»Danke für die Einladung«, erwiderte er freundlich, »aber vielleicht das nächste Mal. Wir müssen morgen los. Tut mir leid, dass unser Tyranno sich heute Nachmittag so benommen hat … vor allem Sie mussten ja die Folgen tragen. Ich hoffe, Sie wurden nicht verletzt?«

Lambert zwinkerte Carter zu.

»Glücklicherweise hat dieser junge Mann dafür gesorgt, dass mir nicht wirklich was passiert ist.« Er deutete auf den Tisch. »Ich hoffe, Sie werden sich zum Dinner zu mir gesellen. Alleine zu essen, ist irgendwie langweilig.«

Sie setzten sich, und schon bald wurde offensichtlich, was für ein gut erzogener Gastgeber Lambert war. Er hörte sich ihre Geschichten an und gab auch einige seiner eigenen Taten zum Besten. Dabei blieb er jedoch stets bescheiden, fiel Bea auf. Er war definitiv kein Angeber.

Carter versuchte, dem Gespräch zu folgen, doch ohne viele Gesten war er rasch verwirrt. Außerdem schmerzten ihn die Füße in den engen Schuhen.

Lambert sorgte dafür, dass die Gesprächsthemen auch für Bea interessant waren, sodass sie an dem Gespräch teilnehmen und mit den anderen lachen konnte. Es wurde ein interessanter Abend. Sowohl Carter als auch Bea starrten immer wieder auf Lamberts Narbe, doch sie wagten nicht, ihn danach zu fragen aus Angst, das Gespräch in eine düstere Richtung zu lenken.

Lambert nickte zu Carter. »Ihr Junge ist ausgesprochen

talentiert. Haben Sie ihm beigebracht, einen Allosaurier zu reiten, Theodore?«

Theodore schüttelte den Kopf.

»Er ist in Australien aufgewachsen und hat von den Aborigines ein paar Tricks gelernt, glaube ich. Wir lernen ihn gerade erst kennen«, antwortete Theodore. »Seine Eltern sind leider verstorben, und ich bringe ihn zurück nach England. Schulisch hängt er ein wenig hinterher, aber ich bin sicher, dass wir dafür eine Lösung finden.«

Auf diese Geschichte hatten sie sich auf dem Schiff in allen Einzelheiten geeinigt, denn die Wahrheit war so außergewöhnlich, dass Außenstehende sie für ein Märchen halten würden. Deshalb hatten sie sich etwas Nachvollziehbareres ausgedacht, um Carters Sprachschwäche und sein seltsames Verhalten zu erklären und um zu verhindern, dass er wegen seiner Wildheit zum Gespött wurde.

Bunty hatte allerdings schon versucht, Carter Tischmanieren beizubringen, damit er sich auch in guter Gesellschaft bewegen konnte. Es hatte eine Weile gedauert, bis er sich an heißes Essen gewöhnt hatte, doch Carter hatte inzwischen gelernt, dass man es besser nicht mit der Hand aß. Die Vielfalt der Speisen, die es gab, versetzte ihn jedoch noch immer in Erstaunen wie auch die unterschiedlichen Arten, sie zu essen. Als die Suppe kam, sah Bea, wie Carter auf das Besteck starrte und die Stirn runzelte. Unauffällig rückte sie mit dem Stuhl näher an ihn heran, nahm den Suppenlöffel und gab ihn ihm, bevor ihre Großmutter es bemerken konnte.

»Und was machen Sie beruflich, Lambert?«, fragte Bunty.

»Ich bin Reeder. Ich habe ein kleines Familienunternehmen geerbt, einen Titel und jede Menge Arbeit. Letztere versuche ich allerdings, so gut es geht an andere zu verteilen. Ich verbringe meine Zeit lieber damit, das Familienvermögen wohltätigen Zwecken zuzuführen.«

»Das ist äußerst ehrenwert«, erklärte Bunty beeindruckt. »Auch ich habe stets versucht, mein Vermögen zum Guten einzusetzen. Ich habe fünf Stunden Fahrt von hier eine Lodge geerbt, eine große, alte Farm. Unser Ziel ist es, die verbliebene, einheimische Tierwelt für die nächste Generation zu erhalten … vor allem, da alle anderen darauf erpicht zu sein scheinen, sie auszurotten.«

»Das klingt wunderbar!«, sagte Lambert und lächelte. »Ich habe mir überlegt, mal einen kleinen Ausflug zu machen, und wollte Ranjit gerade fragen, was wohl ein lohnendes Ziel wäre.«

»In dem Fall müssen Sie uns unbedingt in unserer Lodge besuchen. Ranjit kann alles Notwendige für Sie arrangieren.«

»Das ist wirklich sehr freundlich von Ihnen.« Lambert griff nach der Serviette und tupfte sich die Lippen ab. »Erzählen Sie mir von den Tieren auf Ihrem Land. Gibt es dort einige interessante Saurier?«

Das war genau das richtige Thema für Bea. »All die üblichen«, erklärte sie stolz. »Rote Stytops, Dünnhorn-Tritops und ein paar Arten von Cynosauriern … Sie wissen schon … die mit den Schulterstacheln. Und überall ziehen Apatosaurier herum und oh, da sind auch Weiße Titanentyrannos!«

»Das klingt faszinierend! Ich muss Sie unbedingt besuchen. Aber keine Stegos?«

Bunty nickte. »Das Gebiet der Steggis liegt westlich von uns, gut anderthalb Tage entfernt. Die Steggis sind ein Nomadenstamm, der schon seit Hunderten von Jahren mit den Stegosauriern zusammenlebt. Wenn Sie die Steggis finden, dann finden Sie auch die Stegosaurier. Theodore wird Ihnen sicher gerne alles zeigen.«

Theodore nickte. »Es wäre mir eine Freude«, sagte er.

»In dem Fall muss ich definitiv kommen!« Lambert lächelte. »Das klingt ja wie ein Paradies!«

Der Abend war schön und aufregend, aber es war auch schon spät. Mit all den Geschichten, den wunderbaren Gesprächen und dem fantastischen Essen verging die Zeit wie im Flug, doch jetzt war es an der Zeit, zu Bett zu gehen.

»Wir müssen früh raus«, erklärte Bunty Lambert. »Wenn wir die Hitze des Tages vermeiden wollen.«

Und wieder früh raus, dachte Bea reumütig. Doch diesmal wartete am Ende des Tages ihr Zimmer in der Lodge auf sie.

*

Christian Hayter kochte vor Wut, als er die Stufen des Nairobi Polo-Clubs hinaufstieg, nur um herauszufinden, dass ihm oben ein kräftiger Mann in Uniform den Weg versperrte.

»Kann ich Ihnen behilflich sein, Sir?«, fragte der Mann und musterte Hayter von Kopf bis Fuß.

Hayters einst makelloser weißer Anzug war nicht länger ein Anzug, und er war auch nicht mehr weiß. Überall steckten Holzsplitter in dem von der Reise verdreckten und zerfledderten Stoff, und Staub und Insekten klebten von der Fahrt auf dem Dach daran. Und auch Hayters Haare waren nicht mehr elegant zurückgekämmt, sondern fettig, und sein Kinn war voller Stoppeln.

»Ich suche jemanden«, schnappte Hayter.

»Und wen, wenn ich fragen darf?«, verlangte der Mann zu wissen.

»Das geht Sie nichts an«, knurrte Hayter und wollte sich an dem Mann vorbeidrängen, doch der versperrte ihm den Weg.

»Der Nairobi Polo-Club ist nur für Mitglieder und ihre Gäste. Ich fürchte, Sie sind weder das eine noch das andere, und daher muss ich Sie bitten zu gehen.«

»Ach, ja?«, fauchte Hayter und funkelte den Portier an. »Seit ich auf diesem gottverdammten Kontinent bin, hat man mich wie Dreck behandelt. Man hat mir meinen rechtmäßigen Platz in der Ersten Klasse genommen. Man hat mich mit Verachtung gestraft und mich gedemütigt. Man hat mich sogar angegriffen … und jetzt habe ich die Nase gestrichen voll!«

Vollkommen emotionslos erwiderte der Portier Hayters wütenden Blick.

»Das tut mir leid zu hören, Sir, aber wenn Sie nicht gehen, dann werde ich den Sicherheitsdienst rufen und Sie vom Gelände werfen lassen.«

»Ach, wirklich?«, knurrte Hayter. Er stand kurz davor, die Beherrschung zu verlieren. Angriffslustig stieß er den Mann mit dem Finger an. »Wissen Sie eigentlich, wer ich bin?«

»Nein«, antwortete der Mann knapp.

Hayter grinste.

»Gut«, sagte er.

Und mit diesen Worten schlug er den Portier mit einem Schlag k.o.

Aus dem Inneren war ein schriller Pfiff zu hören, gefolgt von dem Ruf: »Verhaften Sie diesen Mann!«

# 10

# WEIẞE TYRANNOS IM NEST

*– Und die geladene Waffe –*

Die Reise von Nairobi zur Lodge war lang, und Bunty war froh, endlich in ihrem afrikanischen Heim zu sein. Geschützt vor der glühenden Mittagshitze wartete Mo auf der Veranda auf sie – ein großer, dünner, stets aufrecht gehender Mann in Eingeborenenkleidung. Mo hatte schon auf dem ursprünglichen Farmland gelebt, das nun das Reservat bildete. Er kannte die Gegend in- und auswendig, und Sidney Brownlee hatte Mo die Leitung des Reservats übertragen, nachdem die Regierung ihm das Land verkauft hatte.

Neben Mo stand Toto, ein halbblinder, lahmer Mischling mit nur einem halben Schwanz. Der Legende zufolge hatte Toto sich einst vor nichts und niemandem gefürchtet. Er wurde von allen geliebt, jeder kümmerte sich um ihn, und er wich Mo nie von der Seite.

»Mrs. Brownlee, wir sind ja so froh, Sie wieder bei uns zu sehen.«

Bunty lächelte breit, stieg die Stufen zur Veranda hinauf und nahm Mos Hand mit beiden Händen.

»Mo! Es ist ja so schön, endlich wieder hier zu sein!«

Als Buster mit Carter auf dem Rücken herangerauscht kam und direkt auf ein Wasserfass zuraste, riss Mo die Augen auf. Der Tyranno steckte seinen ganzen Kopf mit solcher Wucht hinein, dass zu allen Seiten das Wasser herausspritzte. Das meiste davon landete auf Carter, der von Busters Rücken gesprungen war und nun lachend neben ihm stand.

»Ich habe dir ja geschrieben, dass ich eine Überraschung mitbringen würde«, sagte Bunty und lächelte Mo an. Sie deutete auf die in der Nähe geparkten Wagen. »Haben wir Gäste?«

»Wir haben fast ein volles Haus«, antwortete Mo mit einem Lächeln. Dann verschwand sein Lächeln wieder, und er fügte traurig hinzu: »Aber ich musste viele Leute abweisen. Sie wollten Saurier jagen und nicht nur beobachten.«

»Die Haltung der Menschen wird sich schon noch verändern, Mo«, erklärte Bunty selbstbewusst. »Und hoffentlich, bevor es keine Wildtiere mehr gibt.«

»Es ist trotzdem nicht einfach. Die Jäger sind die, die das Geld haben. Wir werden wohl über ein paar Kürzungen nachdenken müssen«, sagte Mo. »Wenn Sie sich ausgeruht haben, werden wir uns mal die Bücher ansehen. Aber jetzt erst einmal ... Wir haben ein paar zahlende Gäste aus Amerika.«

»Hervorragend!« Bunty klatschte in die Hände. »Und wen?«

»Einen Schauspieler, von dem ich noch nie gehört habe, und seine Diener ... Allerdings nennt er sie seinen Agenten, seine Stylistin, seinen Publizisten und seinen Assistenten.« Zweifelnd hob Mo die Augenbrauen. »Sie scheinen jedoch nichts zu tun.«

»Fünf Zimmer, Mo. Das ist gut«, sagte Bunty.

»Und morgen kommen noch mehr. Ein Fotograf, aber ich weiß

nicht, wann und wie er kommt, denn er hat kein Fahrzeug gebucht.«

»Himmel, das ist ja so aufregend!« Bunty strahlte. »Stell mich allen vor, Mo.«

*

Theodore streckte sich nach der langen Reise erst einmal. Es war gut, wieder zurück zu sein. Die beiden Allosaurier, die Bunty im Zug gekauft hatte, waren am Tag zuvor eingetroffen, und jetzt feierten sie widerwillig ein Wiedersehen mit Buster im Stall. Nach einem Staubbad hatte der Tyranno in einer schattigen Ecke Zuflucht gesucht. Der lange Lauf hatte ihn erschöpft.

Bea wiederum führte Carter herum und machte sich selbst wieder mit der Lodge und den alten Angestellten vertraut. Alle bemerkten sie, wie groß sie in den letzten Jahren geworden war. Die Köchin gab den Kindern ein paar Sandwiches und selbst gemachte Limonade, die Bea und Carter rasch herunterschlangen. Schließlich gesellte sich Theodore zu ihnen und nahm sich die letzten zwei Sandwiches.

»Der Ranger hat mir gerade erzählt, dass ein paar Weiße Titanentyrannos in der Nähe ihr Nest gebaut haben, und sie haben Junge!«, berichtete er zwischen zwei Bissen.

»Und was heißt ›in der Nähe‹?«, fragte Bea aufregt.

»Weniger als eine Stunde entfernt«, antwortete Theodore. »Der Ranger schaut jeden Tag in der Dämmerung nach ihnen. Heute hat er allerdings früher frei, also habe ich mich angeboten, den Job zu übernehmen.«

»Habe ich richtig gehört?«

Theodore, Bea und Carter drehten sich um, als sie den amerikanischen Akzent hörten, und Bea klappte der Mund auf, als ihr Blick auf den atemberaubend attraktiven Mann fiel, der in die Küche kam.

»Es sind Titanen in der Nähe? Kann ich mitkommen?«

Bea lief puterrot an, und ihr Mund ging auf und zu.

»Oh ... Oh, mein Gott ... Monty Lomax!«, platzte sie schließlich heraus. Ihr schlug das Herz bis zum Hals, als sie dem Mann in die wunderschönen Augen schaute. Monty Lomax! Der Filmstar! Hier! Überrascht stellte sie fest, dass er wesentlich kleiner war, als sie erwartet hatte, aber er hatte eben dieses Lächeln, mit dem er schon Millionen von Frauen den Kopf verdreht hatte.

»Danke. Es ist immer wieder nett, erkannt zu werden.« Monty lächelte und zwinkerte Bea zu. Fast wäre sie in Ohnmacht gefallen. »Nun denn ... Die Weißen Tyrannos ... Sie haben gesagt, in der Nähe wären welche?«

Monty richtete die Frage an Theodore, der ganz genau wusste, wer Monty war, und obwohl er noch nie einen seiner Filme gesehen hatte, war ihm durchaus bewusst, was für eine große Sache das für Bea war.

»Logan. Theodore Logan«, stellte er sich vor und schüttelte Monty die manikürte Hand. »Ja, das stimmt. Wir haben noch Platz im Wagen, wenn Sie mitkommen wollen?«

»Ja! Bitte, bitte!«, platzte Bea heraus und lief wieder knallrot an.

»Okay. Ich ziehe mich nur rasch um und komme dann raus.«

Und mit diesen Worten rief Monty nach mehreren Leuten, während er zu seinem Zimmer hinauflief.

Theodore setzte ein breites, falsches Lächeln auf und rief dem Mann hinterher: »Toll! Ich mache dann den Wagen klar!«

Dann, als Monty außer Hörweite war, beugte er sich zu Bea und fragte: »Umziehen? Was will er denn anziehen?«

*

Sie warteten eine gefühlte Ewigkeit im Wagen auf Monty, aber Bea sorgte dafür, dass es keine verlorene Zeit war. Sie erzählte Theodore und Carter Montys größte Szenen. Carter versuchte, ihr zu folgen, doch er scheiterte sofort. Also lauschte er einfach dem Klang ihrer Stimme. Dann und wann stellte er eine Frage, um zumindest den Eindruck zu erwecken, dass er etwas verstand.

»Kampfdunkelreiter?«

»Nein. Kämpfende, dunkle Ritter in ›Der Fluch der Tafelrunde‹«, erklärte Bea. Theodore hupte zum dritten Mal.

Schließlich kam Monty aus dem Haus. Theodore konnte sich ein Grinsen nicht verkneifen, als er die makellose Khakijacke sah. Das Ding kam direkt aus dem Katalog. Dazu trug Monty einen Tropenhelm, der genauso schief auf seinem Kopf saß wie das Lächeln in seinem Gesicht, und auch sein frisch gebügeltes Hemd und seine Shorts waren flammneu.

»Sehr chic«, lobte ihn Bea, als Monty zu ihnen schlenderte und sich vorne neben Theodore setzte. Er hatte auch ein Gewehr dabei, das er sich zwischen die Beine stellte.

»Das werden Sie nicht brauchen«, sagte Theodore. »Wir jagen hier keine Saurier.«

»Sie haben doch auch eine Waffe«, bemerkte Monty.

»Ja, aber damit tue ich niemandem was«, erklärte Theodore. »Sie dient nur unserem Schutz für den Fall, dass wir auf Wilderer treffen. Jagdsafaris veranstalten wir hier nicht.«

Monty nickte.

»Ich verstehe«, sagte er und grinste. »Es ist ohnehin nur mit Platzpatronen geladen. Das ist eine Filmrequisite. Ich kann doch nicht auf Safari gehen, ohne auch so auszusehen!«

Theodore zögerte. Dann nickte er. »Okay. Aber geschossen wird nicht. Fahren wir.«

Während Theodore auf der Fahrt nach den Weißen Tyrannos Ausschau hielt, plapperte Bea munter mit Monty. Und Theodore wusste, wie gut Bea plappern konnte, aber sie redete nun schon seit einer Stunde ohne Unterbrechung und das über Themen, die nur sie und Monty zu verstehen schienen. Carter wiederum starrte fasziniert in die Landschaft hinaus.

Schließlich erreichten sie die Stelle, von der der Ranger gesprochen hatte. Hier musste es irgendwo sein. Leise marschierten sie das kurze Stück durch den Busch, bis sie schließlich eine kreisrunde Lichtung erreichten. Theodore winkte den anderen, sich zu ducken und den Rest des Weges bis zum Rand der Lichtung zu schleichen, und tatsächlich … Dort, mitten auf der Lichtung, kauerte ein eleganter Weißer Titanentyranno neben einem Nest. Ein paar weiße Federn ragten dort heraus. Das mussten die Jungen sein.

Carter betrachtete sie fasziniert. Er wusste, dass das genau wie Buster ein Tyranno war, doch gleichzeitig war er auch so anders.

Größe und Farbe waren die offensichtlichen Unterschiede. Carter wollte unbedingt näher ran, um sich das Tier genauer anzusehen. Das Fehlen von Federn auf dem Rücken des Tyrannos, der dünnere und längere Hals, die blauen Augen und die dünnen Arme … Fast wirkte er wie ein vollkommen anderes Tier.

»Titanen graben ihre Nester auf offenem Gelände«, erklärte Theodore und betrachtete das Nest durch sein Fernglas. »So wollen sie verhindern, dass sich irgendetwas an sie anschleicht. Auch die Lichtung hier ist nicht natürlich. Die hat der Tyranno freigeräumt. Die Jungen sind noch verwundbar. Rudeltiere wie Hyänen sind ihre schlimmsten Feinde, denn die arbeiten im Team. Ein paar lenken die Erwachsenen ab, während die anderen die Jungen stehlen.« Er seufzte wehmütig. »Ich würde wirklich gerne näher ran.«

Als Theodore Bea das Fernglas gab, bemerkte er, dass Monty nicht länger neben ihm kauerte. Der Schauspieler hatte sich aufgerichtet und zielte mit dem Gewehr. Rasch nahm Theodore Monty die Waffe ab.

»Was zum Teufel soll das?«, verlangte er zu wissen. »Ich habe Ihnen doch gesagt, hier wird nicht geschossen!«

»Das sind doch Platzpatronen!«, erinnerte ihn Monty zu seiner Verteidigung.

»Der Tyranno weiß das aber nicht«, erwiderte Theodore. »Wenn er einen Schuss hört, ist er einen Augenblick später hier, und wir sind sein Abendessen. Keine Schießerei! Das könnte uns alle gefährden. Und wir haben Kinder dabei! Schon vergessen?«

Plötzlich schaltete Monty wieder sein Schauspielerlächeln an, zwinkerte Theodore zu und hob den Daumen.

»Tut mir leid, Kumpel.« Er schaute wieder zu dem Weißen Tyranno. »Das ist eine Sie, nicht wahr? Aber wo ist das Männchen?«

»Auf der Jagd, nehme ich an«, antwortete Theodore. »Er könnte in der Nähe sein oder meilenweit entfernt. Sie wechseln sich am Nest ab.«

»Könnte er bald wieder zurückkommen?«, fragte Monty.

Theodore nickte.

»Deshalb müssen wir ja so vorsichtig und leise sein. Er könnte sich just in diesem Moment an uns anschleichen.«

Monty schluckte nervös und kroch am Wagen in Deckung.

Carter betrachtete das Tyrannennest durch sein Fernglas. Theodore hatte ihm auf dem Schiff ein eigenes Fernglas geschenkt, und es erstaunte Carter noch immer, wie sehr es alles vergrößerte. Obwohl er wusste, dass die Saurier weit entfernt waren, streckte er instinktiv die Hand aus, um sie zu berühren. Dann blitzte etwas in der Linse auf und lenkte Carters Aufmerksamkeit auf ein paar Büsche hinter dem Tyranno.

»Theo!«

Theodore hörte den Schreck in Carters Stimme.

»Was ist, Junge?«

»Schlimmer Mann.«

# 11

# TOD AUF DEM SCHLACHTFELD

*– 20. April 1917 –*

Theodore wirbelte herum und schaute sich um.

»Wo?«

»Da.«

Carter zeigte weiter in die entsprechende Richtung, bis Theodore sie entdeckt hatte.

»Sieht nach zwei Leuten aus ... nein, drei, vielleicht mehr. Moment ... Einer hat ein Gewehr, und er ...« Theodore wirbelte zu Monty herum. »Das sind Wilderer. Wollen Sie mal was haben, worauf Sie schießen können?«

Monty wirkte skeptisch. Offenbar wollte er nicht länger den tollkühnen Jäger spielen.

»Mit Platzpatronen?«, fragte er.

»Perfekt«, sagte Theodore und ignorierte Montys Widerwillen. »Wenn Sie da drüben in Position gehen und über ihre Köpfe hinwegschießen, dann mache ich das Gleiche von hier. Wenn wir aus zwei Richtungen angreifen, dann werden sie glauben, wir sind mehr als nur zwei, und hoffentlich laufen sie dann einfach weg.«

Monty zögerte.

»Also, beim Film schießen immer die Stuntmen, wenn richtig geschossen werden muss.«

»Wir wollen ja gar nicht wirklich auf sie schießen«, erwiderte Theodore.

»Aber was, wenn sie auf uns schießen?«, erwiderte Monty besorgt.

Theodore schüttelte den Kopf.

»Wenn sie glauben, dass sie in der Unterzahl sind, dann werden sie fliehen. Vertrauen Sie mir.«

Plötzlich wechselte Montys Gesichtsausdruck von Sorge zu Entschlossenheit. Er nahm seine Rolle an, richtete sich auf und salutierte.

»Überlassen Sie das mir, Herr General.«

Theodore drehte sich zu Bea und Carter um. »Ihr beide zieht euch zum Wagen zurück ... Bea, starte den Motor. Vielleicht müssen wir schnell weg von hier. Bereit, Monty?«

»Sir, jawohl, Sir!«, antwortete Monty und salutierte erneut. Dann lief er in eine gute Position, duckte sich und nahm das Gewehr in Anschlag.

Bea schaute zu Theodore.

»Was soll das mit dem Salutieren und diesem ›General‹-Zeugs?«, fragte sie verwirrt.

»Monty ist Schauspieler«, erklärte Theodore. »So etwas habe ich schon mal gesehen. Sie müssen eine andere Persönlichkeit annehmen, um etwas zu tun. Im Augenblick ist er ein Soldat auf einer Mission.«

*

Wieder am Wagen verfolgten Bea und Carter durch ihre Ferngläser, wie das Drama seinen Lauf nahm. Die Wilderer bewegten sich ein Stück näher an das Nest heran und zielten. Dann schoss Theodore. Der Schuss erschreckte die Wilderer, aber auch den Tyranno. Das mächtige Tier sprang auf und lief um das Nest herum. Monty erhob sich hinter seinem Felsen und feuerte ein ganzes Magazin Platzpatronen über die Köpfe der Wilderer hinweg. Die Männer ergriffen die Flucht.

Der Weiße Tyranno stieß ein lautes Brüllen aus, als er die Wilderer entdeckte, und jagte ihnen hinterher. Als sie den Motor ihres Wagens starteten, ging das Geräusch fast im Gebrüll des Tieres unter. Theodore zielte in Richtung des Motorengeräuschs und hörte, wie seine Kugel auf Metall traf. Eine Staubwolke stieg in die Höhe, als die Wilderer davonrasten, den Tyranno dicht auf den Fersen.

Monty rannte zum Wagen zurück.

»Wo ist der General?«, fragte er Bea und wischte sich den Schweiß von der Stirn.

Aufgeregt versuchte Carter, ihre Aufmerksamkeit zu erlangen. Er schaute noch immer durchs Fernglas, und Bea sah, dass Theodore seine Neugier nicht hatte beherrschen können. Er schlich zum Nest, um einen Blick hineinzuwerfen.

»Der General ist verrückt geworden! Er ist am Nest!«, antwortete Bea.

In diesem Augenblick ließ ein mächtiges Brüllen den Boden beben, und das Muttertier stürmte zwischen den Bäumen hervor, um Theodore zu stellen.

»LAUF!«, schrie Carter.

»Lauf, Theodore! Lauf!«, stimmte Bea ein.

Und Theodore rannte um sein Leben. Der Tyranno kam rasch näher. Dank seiner kräftigen, langen Beine war er schon fast am Nest. Theodore warf einen Blick über die Schulter zurück und sah, dass der riesige Tyranno ihn immer schneller einholte ... und er erkannte, dass er den wütenden Saurier genau zu den Kindern und Monty am Wagen führte! Sofort änderte er die Richtung. Ihm wurden die Knie weich vor Angst.

Plötzlich sprang Monty auf die Lichtung, hob sein Gewehr und zielte auf den tobenden Saurier.

»Zielen Sie in die Luft!«, schrie Theodore drängend.

»Sir, jawohl, Sir!«, erwiderte Monty und schoss über den Kopf des Tieres hinweg. Das reichte, um den wütenden Tyranno zu erschrecken, und er wurde langsamer.

Theodore und Monty sprangen wieder in den Schutz der Büsche am Wagen. Der Tyranno hatte sein Ziel aus den Augen verloren. Verwirrt schaute er sich um und dann zum Nest mit den Jungen. Schließlich brüllte er noch einmal, ging wieder zum Nest zurück und kam seinen mütterlichen Pflichten nach.

Als Theodore und Monty den Wagen erreichten, waren sie vollkommen außer Atem.

»Gut gemacht, Soldaten!« Theodore sah Monty bewundernd an. »Monty, ich muss sagen, Sie haben großen Mut bewiesen. Sie haben mich vor einem Weißen Titanentyranno gerettet und sich echten Wilderern gestellt. Und das mit einem Gewehr, das nur mit Platzpatronen geladen war. Soldat, ich salutiere Ihnen!«

Und mit diesen Worten tat Theodore genau das: Er salutierte vor Monty, der sofort Haltung annahm und den Gruß erwiderte. »Ich habe nur meine Pflicht erfüllt, Sir!«

Auf der Rückfahrt beleuchtete Monty noch einmal ihr Miniabenteuer aus jedem nur erdenklichen Kamerawinkel und arbeitete die Rollen aus, die jeder von ihnen gespielt hatte.

Schließlich sagte er: »Sie scheinen mir die Art Mann zu sein, die mit einem Tyranno ringen kann, Mr. Logan. Sie haben da draußen keinen Augenblick gezögert. Ich wette, Sie haben schon viele Saurier getötet.«

Theodore antwortete nicht. Doch dann räusperte er sich schließlich und sagte: »Sie wollen meine Geschichte nicht hören, Mr. Lomax. Vertrauen Sie mir.«

»Und ob ich das will«, erwiderte Monty.

»Saurier töten?«, wiederholte Carter verwirrt.

»Ich habe noch nie einen Saurier gejagt und getötet«, erklärte Theodore mit fester Stimme. »Ich habe allerdings viele verwundete oder kranke Tiere erschossen, die ansonsten einen qualvollen Tod gestorben wären, und das würde ich auch jederzeit wieder tun.« Diese Aussage bedurfte einer Erklärung für die jungen Ohren der Kinder und für Monty, der nicht die geringste Ahnung von Theodores Vergangenheit hatte.

»Zu Anfang des Krieges verbreitete sich das Gerücht, dass die Hunnen ein Bataillon mit furchterregenden Berserkersauriern hätten. Diesen Tieren, größtenteils europäische Centrosaurier, hatte man irgendwie beigebracht, selbst gegen heftiges Feuer vorzustürmen und den Feind zu verschlingen. Sie wurden nur wenige Male im Kampf eingesetzt, doch das reichte, um unseren tapferen Soldaten eine Heidenangst einzujagen. Kennen Sie das inzwischen berühmte Plakat, auf dem der Feind genau damit geprahlt hat? Nun, es hat tatsächlich funktioniert. Saurier die Schlachten der Menschen kämpfen zu lassen, kam wieder in Mode, und ich sollte Allosaurier trainieren, um ebenso anzugreifen. Aber wir haben es nie geschafft, sie dazu zu bringen, dass sie das freiwillig tun. Bea, du weißt genauso gut wie ich, wie schreckhaft Allos sind«, sagte Theodore.

Er hielt kurz inne. Dann fuhr er fort: »Also brauchten wir Reiter, die tapfer genug waren, sie in die Schlacht zu führen, und diese Reiter mussten nach Möglichkeit auch lebend wieder zurückkommen. Natürlich setzt man alle möglichen Saurier und Säugetiere schon seit Jahrtausenden im Kampf ein, aber im letzten Krieg haben sich die Regeln geändert. Unsere Männer mussten sich schier unglaublichen Bedingungen stellen: Panzer, chemische Kampfstoffe und dann auch noch diese Berserkersaurier, die nichts und niemanden zu fürchten schienen. Selbst wenn sie

angeschossen wurden, griffen sie humpelnd weiter an. Erst wenn sie tot waren, war es wirklich vorbei.«

»Aber wie haben die Deutschen sie dazu gebracht?«, fragte Bea.

»Nun, das ist noch immer ein Rätsel«, antwortete Theodore. »Ich weiß von einem geheimen Forschungsprojekt der Amerikaner. Sie haben versucht, Saurier mit Elektroschocks in den Wahnsinn zu treiben, doch diese Methode war so unsicher und qualvoll, dass man sie rasch einstellte und stattdessen wieder, wie zur Zeit der Römer, auf den Tieren in die Schlacht ritt.«

Monty nickte. »Haben Sie diese Berserker gesehen? Haben Sie auch die getötet?«

»Nein.« Theodore schluckte. »Meine Geschichte ist schlimmer …« Seine Stimme drohte zu brechen. »Ich … Ich bin für Tausende von Allosauriern verantwortlich, die unter meiner Aufsicht im Krieg gefallen sind.«

Schweigen senkte sich über die kleine Gruppe. Theodore starrte über das Steuer hinweg nach vorne und erzählte seine Geschichte. »Es war am 20. April 1917. Ich war in Nordfrankreich. Ich habe einen Angriff über das Niemandsland hinweg geführt. Ich hatte sechs Schwadronen mit je achtundvierzig berittenen Infanteristen. Zweihundertachtundachtzig der besten Allosaurier ... Ich habe sie alle persönlich ausgebildet. Nach dem Angriff kamen nur zwölf Tiere wieder zurück, lebend, aber ohne Reiter. Diese Allosaurier waren jedoch so traumatisiert, dass man sie nicht mehr reiten konnte, und bald wurden sie zur Last. Ein paar Tage später war es mein Job, sie zu erschießen.

Die anderen zweihundertsechsundsiebzig lagen dort, wo sie von den Kugeln oder dem Stacheldraht zur Strecke gebracht worden waren. Einige verwundete Reiter konnte man noch vom Schlachtfeld bergen, doch kurz darauf sind auch sie an ihren schrecklichen Wunden gestorben.«

Wieder hielt Theodore kurz inne. Die anderen schwiegen.

»Ich werde diesen schrecklichen Tag nie vergessen«, fuhr Theodore schließlich fort. »Als schließlich die Nacht anbrach, war das Heulen und Schreien nicht mehr zu ertragen. Mir blieb keine andere Wahl, als im Schutz der Dunkelheit ins Niemandsland zu schleichen und die armen Tiere zum Schweigen zu bringen. Immer wieder musste ich zurück, um neue Munition für meinen Revolver zu holen.

Der Feind wusste, dass ich da war. Ich bin bis dicht an seinen Graben rangekommen und habe ihnen allen in die Augen geschaut, in der Hand den Revolver. Aber ich habe auch den Deutschen einen Gefallen getan. Das Geräusch dieser sterbenden Allos war mit nichts auf dieser Welt zu vergleichen. Also haben sie mich leben lassen. Außerdem, was sollte ihnen eine verlorene Seele mit einem leeren Revolver auch antun?

Ich habe die ganze Nacht damit verbracht zu beenden, was ich begonnen hatte. Ich habe zweihundertfünfundsiebzig Allosauriern eine Kugel in den Kopf gejagt, um sicherzugehen, dass sie auch tot waren. Den letzten konnte ich jedoch nicht finden.

Eine Woche später war alles vorbei. Die Alliierten rückten vor, und die Front verschob sich. Ein Spähtrupp fand im feindlichen Graben die Überreste des letzten Allosaurus. Er war der Einzige, der es bis zu den Deutschen geschafft hatte. Die halb verhungerten Soldaten haben ihn gegessen.«

Überwältigt von der traurigen Geschichte, beugte Bea sich nach vorne und umarmte Theodore. Ihre Tränen tropften auf seinen Hinterkopf. Carter war nicht sicher, warum seine Schwester weinte, aber der Stimmung im Wagen nach zu urteilen, fühlte es sich irgendwie richtig an, Theodore zu umarmen. Also tat er es Bea gleich.

»Danke«, murmelte Theodore. »Jetzt wissen Sie, warum ich nie wieder einen Saurier erschießen will, Mr. Lomax.«

»Tut mir leid, Mr. Logan. Ich hatte ja keine Ahnung.« Monty war sichtlich bewegt. Auch er wischte sich eine Träne aus den Augen und fügte dann hinzu: »Das wäre wahrlich der Stoff für einen großartigen Film … ein Mann und sein Saurier … im Krieg … Gefährten.«

# 12

# DIE LIBELLE

*– Und Micki Myers –*

Carter hörte das seltsame Geräusch als Erster, und er eilte hinaus, um nachzusehen, was das war. Mit der Hand schützte er seine Augen vor der Sonne und schaute in den Himmel. Er zitterte vor Aufregung, und er griff in seine Tasche, um das Fernglas rauszuholen. Bea, die gerade zeichnete, hob den Blick.

»Das ist ein Flugzeug«, sagte sie.

»Flugzeug?«

»Ein Auto mit Flügeln … wie ein Vogel.«

Carter drehte sich mit großen Augen um. Bea lächelte ihn an, und sie gingen raus.

»Ja, auch ich staune jedes Mal aufs Neue«, gab sie zu. »Ich verstehe noch immer nicht, wie das funktioniert. Es gibt sogar Flugzeuge, die sind so groß wie Züge. Die können viele Menschen transportieren.«

Theodore kam ebenfalls heraus und schaute in den Himmel hinauf. Dann krempelte er die Ärmel hoch.

»Kommt. Wir müssen eine Landebahn freiräumen.«

Theodore setzte den Fordson-Traktor in den Schuppen zurück und koppelte einen großen, zweirädrigen Rechen daran. Bea und Carter sprangen hinten auf den Traktor, und gemeinsam fuhren sie auf das benachbarte Feld. Theodore senkte den Rechen ab und fuhr vor und zurück. Der Rechen holte lockere Steine aus der Erde und drückte das Gras platt. So hinterließ er einen verhältnismäßig freien Pfad.

Als die Landebahn für das Flugzeug fertig war, fuhr Theodore mit dem Traktor wieder zur Lodge zurück. Gleichzeitig wurde das Brummen immer lauter, und schließlich bog ein roter Doppeldecker auf das Feld ein. Er flog niedrig genug, dass der Pilot Carter winken konnte. Aufgeregt winkte der Junge zurück. Das Flugzeug drehte noch zwei Runden, dann setzte es zur Landung an.

Inzwischen war Monty mit seinem Gefolge am Feld eingetroffen. Freundschaftlich stieß er Bea mit dem Ellbogen an.

»Also das nenne ich mal einen Auftritt!«, sagte er. »Ich muss unbedingt fliegen lernen.«

Auch Bunty kam, um zu sehen, wer der Besucher war.

»Ich nehme an, das ist der Fotograf, auf den Sie gewartet haben«, wandte Monty sich an Montys Publizisten. »Mr. Myers?«

Sie schauten zu, wie der Pilot ausrollte, den Motor abstellte und heraussprang. Dann wischte der Pilot sich die Fliegen von der Brille, zog den engen Fliegerhelm aus und schüttelte sein langes Haar.

»Grundgütiger, Sie … Sie sind ja eine Frau!«, rief Monty sichtlich erstaunt.

»Korrekt … und Sie sind ein Mann, Mr. Lomax.« Die Pilotin grinste ihn an. »Ich hoffe, ich habe recht. Micki Myers. Ich freue mich, Sie kennenzulernen.«

Als Monty den Arm ausstreckte, um ihr die Hand zu schütteln, warf Micki die Jacke darüber.

»Danke. Bitte, seien Sie so nett, und wischen Sie mal mit einem feuchten Tuch über die Libelle. Sie ist genauso heiß wie ich, aber im Gegensatz zu mir beißt sie nicht.«

Monty hatte es die Sprache verschlagen.

Bunty trat vor und schüttelte Micki die Hand.

»Willkommen«, sagte sie mit einem Lächeln. »Ich bin Barbara Brownlee, aber Sie können mich ruhig Bunty nennen.«

»Und ich bin Beatrice«, stellte Bea sich vor. »Aber meine Freunde nennen mich Bea. Darf ich Sie Micki nennen?«

Bea streckte die Hand aus, und Micki schüttelte sie fest.

»Sicher kannst du mich Micki nennen. Du scheinst mir ein starkes Mädchen zu sein. Komm. Hilf mir mal mit meiner Ausrüstung. Die Männer können ruhig weiter wichtigtun.«

»Micki, ich würde mich freuen, Ihr Gepäck tragen zu dürfen!«, bot Monty sich an, der endlich seine Sprache wiedergefunden hatte.

»Belassen wir es vorerst mal bei Miss Myers, Mr. Lomax«, erwiderte Micki. »Und jetzt husch, husch. Die Fliegen wischen sich nicht von selbst ab.«

Monty war vollkommen verzaubert, und sofort rannte er zur Garage, um einen Eimer zu holen.

Es gab viel auszuladen, doch Bea trug alles zum Haus, während Carter neben dem noch immer vibrierenden Flugzeug stand und es mit großen Augen anstarrte.

Theodore trat zu Bunty.

»Offenbar ist unsere Filmlegende durch eine Fotografin ersetzt worden, die Flugzeuge fliegen kann«, murmelte er. »Du verwöhnst die Kinder, Bunty.«

»Mag sein, aber ich wünschte, ich könnte sie noch mehr verwöhnen«, sagte Bunty unglücklich. »Gestern habe ich mir mit Mo die Bücher angeschaut. Andere Lodges verkaufen für Unsummen Jagdlizenzen, während wir Probleme haben, selbst die wenigen Angestellten zu bezahlen, die uns noch geblieben sind. Lass uns hoffen, dass diese Fotoserie weltweit in möglichst vielen Zeitschriften veröffentlicht wird und Interesse an unserer Lodge weckt. Dank Monty Lomax, seinem Gefolge und Miss Myers sind die Gästezimmer im Augenblick zwar belegt, aber wir müssen uns einen Ruf als Naturreservat aufbauen. Wir dürfen das nicht vermasseln, Theo.«

»Vermasseln? Also ich vermassele bestimmt nichts«, erwiderte Theodore ein wenig beleidigt.

»Gestern zum Beispiel wäre unter deiner Aufsicht fast ein Filmstar beim Kampf mit Wilderern und einem durchdrehenden Tyranno im Kreuzfeuer draufgegangen!«, erinnerte Bunty ihn und schürzte missbilligend die Lippen.

»Ach, jetzt komm schon, Bunty!«, verteidigte sich Theodore. »Das war ja wohl kaum meine Schuld. Das wahre Problem ist, dass sich die fantastischen Wildtiere, die wir den Leuten zeigen wollen, frei im Land bewegen. Es gibt hier keine Zäune. Und unglücklicherweise gilt das auch für die Wilderer und Großwildjäger. Es ist einfach unmöglich, alles im Auge zu behalten und für die Sicherheit der Saurier zu sorgen.«

»Das stimmt«, gab Bunty zu und seufzte. »Aber lass uns unser Bestes tun, damit es nicht wieder zu solchen … zu solchen Abenteuern kommt.«

Bea half Micki, eine tragbare Dunkelkammer auf dem Rasen aufzubauen. In den nächsten Tagen wollte Micki Porträts des berühmten Filmstars Monty Lomax schießen: hier, vor einem weißen Tuch, das sie zwischen zwei Bäume spannte, und an Orten in der Wildnis, die sie erst noch erkunden musste.

Nachdem er die Libelle wie befohlen abgewischt hatte, versuchte Monty noch einmal, Micki zu beeindrucken. Er erzählte ihr von seiner heldenhaften Schlacht mit den Wilderern und schenkte ihr sein bestes Filmlächeln. Doch Micki blieb vollkommen unbeeindruckt davon und kümmerte sich stattdessen um ihre Ausrüstung.

Carter beobachtete, wie Monty Micki weiter folgte, obwohl er von ihr ignoriert wurde. Monty brauchte eine Ablenkung. Also begann Carter nun seinerseits, ihm zu folgen.

Das freute Monty.

»Okay«, sagte er. »Lass uns noch einmal auf Tyrannojagd gehen!«

Der Schauspieler duckte sich wie ein Saurier und brüllte. Carter lachte vor Freude. Monty watschelte, als hätte er mit einem langen Schwanz zu kämpfen, und zog die Arme an, um die verkümmerten

Ärmchen eines Tyrannos zu imitieren. Dann brüllte er erneut. Carter zischte zurück, und Monty versank immer mehr in seiner Rolle, wippte mit dem Kopf und tat so, als habe er etwas entdeckt.

Carter machte das einen Heidenspaß. Bis jetzt hatte er noch nie gesehen, wie ein Mensch einen Saurier nachgeahmt hatte. Zum ersten Mal, seitdem er Aru verlassen hatte, hatte er Gelegenheit, noch einmal kurz in sein altes Leben einzutauchen. Er kauerte sich zusammen und nahm die typische Haltung eines Schattenraptors an, den Kopf vorgestreckt und die Arme nach hinten. Dann neigte er den Kopf zu Monty und stieß ein weiteres, finsteres Zischen aus. Monty brüllte zurück und umkreiste Carter auf der Suche nach einer Schwachstelle …

In diesem Augenblick bog Buster um die Ecke der Lodge, sah, was los war, senkte den Kopf – direkt neben Monty – und klapperte furchterregend mit den Zähnen. Monty erstarrte. Dann fiel er in Ohnmacht.

Carter brach in lautes Lachen aus und streichelte dem Tyranno die Nase. »Buster spielt Tyranno!«

Es brauchte drei große Brandys und jede Menge Erklärungen zu Carters Haustier, um Monty wiederzubeleben. Doch auch eine Stunde später war der Filmstar noch immer tief erschüttert, als er sich zu seinen Fotoaufnahmen aufmachte.

»Monty ist ein Nervenbündel. Wenn er nicht bald aufhört, so zu zittern, wird das nichts mit dem Porträt«, bemerkte Micki und schlug vor, Buntys und Beas Porträts vorzuziehen.

Als Monty schließlich kam, trug er einen neuen khakifarbenen Jagdanzug, den seine Stylistin offenbar noch extra gebügelt hatte.

Zu Montys Entsetzen führte dieser Aufzug bei Micki jedoch nur zu einem Lachanfall.

»Glauben Sie wirklich, irgendjemand geht so in den Busch?«, verspottete sie ihn. Sie deutete auf Theodore, der sich das Ganze in seinen zerknitterten Klamotten anschaute. »So sieht ein echter Mann aus«, erklärte Micki. »Bescheiden, schweigsam, und er weiß, wie man eine Landebahn freimacht ... So jemanden braucht jede Frau.«

»Sie haben natürlich recht«, stimmte Monty ihr rasch zu. »So ein Mann will ich auch sein!«

»Nun, dann schlage ich vor, Sie fangen damit an, indem Sie seine Klamotten anziehen«, sagte Micki.

Als Monty und Theodore weggingen, um ihre Kleider zu tauschen, fragte Bunty: »Würden Sie auch ein Foto von mir und meinen Enkeln machen?«

Micki lächelte. »Mit Vergnügen«, antwortete sie.

Das Porträt war atemberaubend gut, auch wenn es einige Zeit dauerte, Carter klarzumachen, warum er stillhalten sollte. Monty und seine Stylistin ließen noch immer auf sich warten, also zeigte Micki Carter und Bea erst einmal ihre tragbare Dunkelkammer. So gut es ging erklärte sie den Kindern, wie man Fotos entwickelte. Die beiden Geschwister folgten jeder ihrer Bewegungen, während langsam das Bild auf dem Papier erschien.

»Das ist ja wie Magie!« Bea war vollkommen fasziniert.

»Ich bin ja so neidisch auf dich«, sagte Micki.

»Auf mich?«, erwiderte Bea verwirrt.

»Auf euch beide. Ich habe viele Dinge schon so oft gemacht, dass sie alltäglich für mich sind. Für euch ist jedoch alles neu.«

# 13

## ABENDUNTERHALTUNG

*– Das Freiluftkino –*

An diesem Abend beschloss Monty, Mickis weißes Tuch zu nutzen, das sie als Hintergrund für ihre Bilder verwendete, und schlug eine Filmvorführung vor.

»Wir haben die ersten beiden Rollen meines neuesten Films mitgebracht. Das ist der, für den wir hier in Afrika Reklamebilder machen wollen, und auch ein, zwei Filmrollen meines letzten Hits, Robin Hood. Wir könnten ein paar Stühle rausstellen und den Ton auf dem Grammofon abspielen. Dann haben wir ein Freiluftkino. Was sagen Sie?«

»Brillant!«, antwortete Bunty begeistert. Während der Projektor und die Stühle aufgestellt wurden, flüsterte sie Bea aufgeregt zu: »Also das ist wirklich mal was. Wir sollten ein Kino eröffnen, Bea!«

Obwohl es einige Versuche brauchte, bis der Ton aus dem Grammofon mit den Bildern gleichzeitig lief, machte das niemandem etwas aus. Den neuesten Hollywoodfilm zusammen mit seinem Star unter dem afrikanischen Nachthimmel zu sehen, war einfach zauberhaft.

Für Carter war der Tag voller Wunder gewesen. Er hatte sich noch immer nicht von dem fliegenden Auto und den

Bildern von sich und seiner neuen Familie erholt, die plötzlich auf einem Blatt Papier erschienen waren. Und jetzt starrte er mit großen Augen auf Bilder, die sich auch noch bewegten. Sie tanzten im Licht und landeten auf dem weißen Tuch, während die Stimmen der Menschen darauf von einer sich drehenden Scheibe aufstiegen. Der Film hieß König Salomons Diamanten, und nach ein paar Minuten sah Theodore, wie Monty mit dem gleichen Gewehr auf ein paar Männer im Film schoss, das er am Tag zuvor auch gegen die Wilderer eingesetzt hatte.

Nach den ersten beiden Filmrollen trat Monty vor die Leinwand und verneigte sich unter dem Applaus des kleinen Publikums.

»Ich bin sicher, Sie werden auch den ganzen Film lieben, sobald er fertig ist.«

Carter klatschte am lautesten, und das rief Buster aus seinem Stall. Sein dunkler Schatten erschien auf dem weißen Tuch und machte die Zuschauer leicht nervös. Dann duckte Buster sich unter dem Tuch hindurch, um zu sehen, was da los war. Monty lief sofort weg, doch er tat so, als wolle er nur rasch die erste Filmrolle mit Robin Hood einlegen.

Carter führte Buster weg, der genauso neugierig auf den Film war wie der Junge. Bea fiel auf, dass Monty in diesem neuen Film denselben Allosaurier ritt wie im ersten, doch diesmal war er in einer englischen Burg. Das Grammofon kam nicht mehr mit, und Ton und Bild entfernten sich immer mehr voneinander, sehr zu Mickis Belustigung.

Rasch beendete Monty die Show, bevor auch noch die anderen anfingen zu lachen. »Mehr haben wir im Augenblick nicht«, verkündete er.

»Schade«, seufzte Bea. Sie war noch vollkommen fasziniert.

»Nun … Da wir schon einen Projektor haben, würden Sie dann vielleicht gerne meine letzte Dokumentation für National Geographic sehen?«, schlug Micki vor.

»Aber sicher!«, antwortete Bunty. »Das ist ja richtige Abendunterhaltung!«

Mickis Diabilder waren atemberaubend, doch nach den Filmen wirkten sie auch ein wenig statisch.

»Tut mir leid, dass das nicht so eine Show ist«, sagte Micki, »aber hier geht es um den echten Bergbau hier in Afrika, nicht um erfundene Diamantenminen.«

Ihre Fotos zeigten anfangs Landschaften, doch schon bald waren beunruhigende Bilder aus tiefen Tagebaugruben voller abgemagerter, schmutziger Kinder zu sehen.

»Unglücklicherweise wird das alles ignoriert werden. Die Leute tragen halt lieber Diamantringe und gehen ins Kino, als sich der Realität zu stellen«, sagte Micki. Ihre Wut war ihr deutlich anzuhören.

»Ach, das kann doch nicht alles so düster sein«, protestierte Bunty. »Afrika ist so viel mehr, besonders hier draußen im Busch.«

»Das mag ja sein, aber diese Fotos sind nur wenige Flugstunden von hier entfernt entstanden«, erwiderte Micki.

Während immer mehr Bilder von Leid und Verzweiflung auf der Leinwand erschienen, von halb verhungerten Kindern und Erwachsenen in Lumpen, setzte Micki ihre Erzählung fort: »Das sind Angehörige des Stammes der Steggis. Einst sind sie mit ihren mächtigen Stegosauriern durch ganz Ostafrika gezogen. Jetzt werden sie von ihrem Land vertrieben. Dann entstehen dort

Weizenfelder, und die werden auch noch eingezäunt. Einige Steggis hat man zur Arbeit in den Minen gezwungen, wenn sie ihre Stegosaurier weiter auf dem Land grasen lassen wollen, über das sie einst frei gezogen sind. Anderen hat man ihre Saurier gestohlen, oder Wilderer haben sie erschossen, denn die Knochenplatten gelten im Fernen Osten als Medizin. Nicht mehr lange, und ihre Art zu leben wird verschwunden sein, und das nur, damit ein paar reiche Leute noch reicher werden.«

»Warum wird das denn zugelassen?«, verlangte Theodore entrüstet zu wissen.

»Geld und Macht«, antwortete Micki. »Für das, was Sie auf diesen Bildern sehen, ist ein sehr, sehr reicher Mann verantwortlich … ein Mann, dem das Land neben Ihrem gehört, Mrs. Brownlee.«

»Hassler De Bois?« Bunty war schockiert. »Der Diamantenhändler?«

»Er ist viel mehr als nur ein Diamantenhändler«, erklärte Micki. »Ihm gehören Diamantenminen. Das ist sein Geschäft: Er kauft Land, auf dem man Diamanten finden kann. Der Mann ist von Diamanten geradezu besessen.« Micki deutete auf die Leinwand. »Viele dieser Bilder habe ich auf seinem Land aufgenommen. Allerdings hat er nichts davon gewusst. Er hat viele kleinere Stämme versklavt. Jetzt arbeiten sie für ihn. Als Gegenleistung dürfen sie sein Land nutzen. Anfangs haben sie gedacht, mit diesem Handel würden sie ihre Art zu leben erhalten, doch sie mussten rasch herausfinden, dass sie nur noch Leibeigene sind. Das ist pure Sklaverei. Einst haben sie in diesem wunderbaren Land in Einklang mit den majestätischen Sauriern gelebt, doch jetzt haben sie keine Hoffnung mehr, und sie leben in ständiger Angst.«

# 14

# NOCH EIN BOSS, DEN MAN BEEINDRUCKEN MUSS

*– Welch reizende Gesellschaft –*

Am nächsten Morgen ging Theodore früh in den Stall, um die beiden neuen Allosaurier zu satteln. Carter war bereits auf und bürstete Buster. Dem kleinen Abdruck im Stroh nach zu urteilen, hatte der Junge sich ein eigenes Nest neben dem Tyranno gebaut und im Stall geschlafen. Sowohl Theodore als auch Carter waren überrascht, als Bea sich zu ihnen gesellte.

»Nimm mich mit«, bat sie.

»Wohin?«, erwiderte Theodore. »Ich will nur ein wenig ausreiten. Vielleicht bleibe ich auch über Nacht. Ich will wissen, aus welchem Holz die beiden geschnitzt sind.«

»Nein, das willst du nicht«, widersprach Bea. »Du willst zu den Steggis. Bitte, nimm mich mit, Theodore. Ich werde den zweiten reiten.«

Theodore schaute sie zweifelnd an.

»Das könnte gefährlich werden«, warnte er sie. »Und deine Großmutter wird dir keine weiteren Abenteuer erlauben. Das hat sie deutlich klargemacht. Warum bleibst du nicht einfach hier und spannst ein wenig aus?«

»Dann sagen wir es ihr einfach nicht«, erwiderte Bea.

»Beatrice Kingsley«, sagte Theodore und schüttelte missbilligend den Kopf, »keine Geheimnisse mehr … schon vergessen? Du musst dich um deinen Bruder kümmern.«

Carter hatte bereits begriffen, dass Theodore wieder loswollte.

»Ich komme!«, erklärte er.

Bea lächelte triumphierend.

»Perfekt!«, rief sie. »Ich werde mich um euch beide kümmern. Erzähl Bunty, was du willst, Theodore. Ich hole meine Sachen.«

*

»Aber warum ausgerechnet zum Wasserloch?«, verlangte Bunty zu wissen, als Theodore ihr erklärte, was er vorhatte. »Wir haben Gäste, um die wir uns kümmern müssen!«

»Du hast Gäste, Bunty, und du bist auch viel besser darin, sie zu unterhalten, als ich. Wir werden nur ein paar Tage unter den Sternen schlafen und uns die Tiere anschauen. Das macht den Kindern Spaß, und so bekommen sie auch keinen Ärger.«

»Sie machen keinen Ärger.«

»Carters Tyranno aber schon. Er muss umerzogen werden. Ein Ritt mit den neuen Allosauriern wird ihm guttun. Und auch ein wenig Schwimmen. Wenn er zu lange weg vom Wasser ist, dreht er uns vielleicht noch durch.«

Widerwillig nickte Bunty. Was Theodore da sagte, ergab durchaus Sinn. Bunty erinnerte sich noch gut an das Chaos am Pier, im Zug und im Polo-Club. Das war ihr noch immer peinlich.

»Du hast recht«, sagte sie schließlich. »Aber beim geringsten Anzeichen von Ärger kommt ihr sofort wieder zurück.«

*

Christian Hayter hatte die Fahrerkappe tief ins Gesicht gezogen, sodass der Schirm ihn vor der gleißenden Sonne schützte. Er hasste die Kappe. Und er hasste die Tatsache, dass er eine Fahreruniform tragen musste … wie ein Diener! Aber er wusste, dass er es sich nicht leisten konnte, entdeckt zu werden. Auf Aru hatte er ihnen allen von Angesicht zu Angesicht gegenübergestanden: dieser verdammten Bunty Brownlee, Theodore Logan, Bea Kingsley und dem wilden Jungen, Carter.

Die Kappe und der steife Kragen des Jacketts sollten jedoch ausreichen, um sein Gesicht zu verbergen, vorausgesetzt, er wahrte eine gewisse Distanz zu ihnen. Hayter erinnerte sich an eine Geschichte, die er einmal gelesen hatte: über einen Kellner, der in einem vollen Restaurant einen Mord begangen hatte und damit durchgekommen war, weil die Leute Diener schlicht nicht bemerkten.

Die Straße war jetzt mit leuchtend blau bemalten Felsbrocken markiert, auf denen die Meilen standen: BB-10 … BB-9 … noch neun Meilen. Die Nebenstraßen wiederum waren nur simple Feldwege, aber es war ohnehin die breite, offenbar vielbefahrene Straße mit den Meilensteinen, die zu Bunty Brownlees Lodge führte. Hayter schaute in den Rückspiegel, um sich zu vergewissern, dass seine Passagiere noch immer schliefen. Dadurch hätte er fast den nächsten Stein verpasst: BB-8.

Noch acht Meilen.

»Lambert! Wie schön, Sie so schnell wiederzusehen!«

Bunty sprang von der Veranda und lächelte zur Begrüßung, als Lambert Knútr aus dem Wagen stieg.

»Es ist auch eine Freude, hier zu sein.« Lambert erwiderte das Lächeln und küsste Bunty die Hand. »Nachdem Sie beschrieben haben, wie wunderschön es hier ist, musste ich einfach kommen. Außerdem wurde es ohne Sie und die Kinder im Club rasch langweilig.«

Bunty hakte sich bei Lambert unter.

»Kommen Sie rein. Es ist viel zu heiß hier draußen.«

Sie führte ihren Gast auf die schattige Veranda, wo ein Tablett mit kalten Drinks auf sie wartete. Bunty gab Lambert ein Glas, und er trank einen tiefen Schluck und leckte sich anerkennend die Lippen.

»Genau, was ich gebraucht habe!« Er lächelte.

Bunty schaute zu dem verstaubten Wagen, der gerade von dem Fahrer und zwei weiteren Männern ausgeladen wurde.

»Sie sind nach der langen Fahrt sicherlich erschöpft.«

»Glücklicherweise habe ich die meiste Zeit geschlafen«, sagte Lambert.

»Das war wohl auch ein Glück«, bemerkte Bunty. »Ihr Wagen sieht aus, als hätte er ein paar Schläge abbekommen. Haben Sie die Meilensteine nicht gesehen, die die Hauptstraße markieren? Offenbar ist Ihr Fahrer von der Straße abgekommen.«

Lambert zögerte kurz, dann lächelte er gelassen und antwortete: »Komisch, dass Sie das fragen. Irgendwann bin ich mal kurz aufgewacht, und es klang, als würde jemand auf uns schießen. Dabei habe ich gesehen, dass wir durch den Busch gefahren sind. Also habe ich dem Kerl gesagt, er solle wieder auf die Straße zurückfahren.«

»O, Gott.« Bunty runzelte die Stirn, als sie sah, wie einer der

Männer einen Koffer fallen ließ. »Wenn man sich nicht auskennt, kann es hier draußen sehr gefährlich sein. Sind diese Männer schon lange in Ihren Diensten?«

»Nein«, antwortete Lambert. »Sie kommen von einer Agentur. Meine Frau erträgt die afrikanische Hitze nicht, und deshalb hat sie sich in allerletzter Minute entschieden, in Europa shoppen zu gehen. Sie hat all unsere Diener mitgenommen, und das war mir eigentlich auch ganz recht, denn so weiß ich sie in guten Händen. Diese beiden Männer habe ich extra angeheuert, und der Fahrer kommt vom Polo-Club. Ich dachte, es wäre ganz gut, jemanden zu engagieren, der die Straßen kennt ... Aber offensichtlich kennt er sie nicht ganz so gut, wie ich gehofft habe.« Er lächelte Bunty wieder an. »Wie auch immer ... Jetzt sind wir jedenfalls hier in Ihrer wunderbaren Gesellschaft.«

Bunty spürte, wie sie errötete. Sie war überrascht, wie verlegen sie dieser Mann machte.

»Das Beste an solchen Leihkräften ist, dass man sie jederzeit entlassen kann«, fuhr Lambert fort. »Wenn es Ihnen nichts ausmacht, Barbara, dann würde ich den Fahrer gerne wieder wegschicken, sobald er den Wagen repariert hat. Soll ich ihm sagen, er soll in einer Woche wieder zurückkommen? Es ist ja so freundlich von Ihnen, mich hier wohnen und Ihre Gesellschaft genießen zu lassen, und das in so einem wunderschönen Teil der Welt.«

»Natürlich können Sie das«, antwortete Bunty erfreut. »Es gibt genug Zimmer für Sie und jeden Ihrer Diener, den Sie noch hierbehalten wollen. Wir haben auch noch ein paar andere Gäste, die Ihnen sicherlich gefallen werden. Einige von Ihnen kennen Sie womöglich schon. Kommen Sie. Ich stelle Sie ihnen vor.«

*

Christian Hayter wischte gerade den Staub weg, der auf der Motorhaube des Autos klebte, als einer von Buntys Leuten mit einem Eimer Wasser kam und ihm befahl, er solle den Wagen hinter dem Haus waschen und nicht direkt in der Einfahrt.

Hayter verzog das Gesicht und wollte den Mann mit Flüchen überschütten, doch dann beherrschte er sich wieder. Außerdem, außer Sichtweite zu sein, passte ihm eigentlich ganz gut. So hatte er etwas zu tun und fiel nicht auf. Und er hatte es auch nicht eilig. Irgendwann würde ihm schon ein Plan einfallen.

Hayter beendete gerade seine nicht gerade professionelle Autowäsche, als Bishop mit einem Stapel Sandwiches und ein paar Gläsern kam. Ash trottete ihm mit einer Karaffe Limonade hinterher.

»Man hat uns Zimmer zugewiesen«, berichtete Ash und schenkte sich ein großes, erfrischendes Glas ein. »Die sind wirklich bequem und schön.«

»Es gibt sogar eine Badewanne, und wir bekommen drei Mahlzeiten am Tag zusammen mit dem Rest der Angestellten«, fügte Bishop glücklich hinzu.

»Das freut mich zu hören. Ich könnte ein schönes Bad vertragen«, sagte Hayter.

Bishop und Ash schauten einander unglücklich an. Dann sagte Ash verlegen: »Äh ... Tut mir leid, Boss ... Er sagt, er braucht keinen Fahrer mehr. Sie können gehen.«

Hayter starrte die beiden an.

»Was?«, spie er.

»Keine Sorge, Boss«, fügte Bishop rasch hinzu. »Logan und die Kinder sind heute Morgen in Richtung Osten aufgebrochen. Sie wollen einen einheimischen Stamm besuchen. Wenn Sie jetzt losfahren, holen Sie sie vielleicht noch ein.«

Ein böses Grinsen erschien auf Hayters Gesicht.

»Das sind gute Neuigkeiten. Getrennt vom Rudel sind sie das perfekte Ziel.«

»Kommen Sie denn ohne meine Fähigkeiten als Spurenleser zurecht, Boss?«

Hayter musterte die beiden Männer von Kopf bis Fuß.

»Was für Fähigkeiten denn, du nutzloser Idiot? Es ist besser, wenn ihr beide euch einfach an den Plan haltet. Behaltet hier alles im Auge, und macht keine Dummheiten. Versucht, euch nicht mit den Angestellten zu verbrüdern. Vermasselt das nicht, verstanden?«, fügte er drohend hinzu. »Jetzt habt ihr erst einmal noch einen anderen Boss, den ihr beeindrucken müsst.«

## 15

# AM WASSERLOCH

*– Das Schlachtfeld –*

Bea wurde von einem Platschen geweckt. In der Nacht zuvor hatten sie Buster und die beiden Allosaurier in der Dämmerung anhalten lassen und an einen Baum in der Nähe des Wasserlochs gebunden. Bea hatte Theodore und Carter geholfen, das Zelt aufzubauen, doch sie waren noch nicht ganz fertig, als ein Blick in den Himmel ihre ganze Aufmerksamkeit beanspruchte. Die Sterne! Bea hatte noch nie so viele gesehen.

Auf See waren sie stets noch vor der Dämmerung unter Deck gewesen, und seit ihrer Ankunft in Ostafrika war einfach immer so viel zu tun gewesen, so viel … Doch hier, in der weiten Landschaft, mitten im Busch, da war der Himmel … endlos, eine ganze Galaxie von Sternen. Bea saß auf dem Boden und tauchte in die Unendlichkeit des Nachthimmels ein. Sie bemerkte kaum, dass Theodore und Carter sich irgendwann neben sie setzten. Auch sie waren von dem Anblick über ihnen fasziniert.

Die Kälte der Nacht drang ins Zelt, während Bea tief schlief … bis das Platschen in ihr Gehirn vordrang.

Sie setzte sich auf. Carter war weg.

»Theodore«, sagte sie leise.

Theodore öffnete die Augen, setzte sich ebenfalls auf und schlug seine Decke beiseite. Dann folgte er Bea durch die Zeltklappe hinaus.

Draußen dämmerte es bereits, und Bea und Theodore starrten mit offenen Mündern auf das fantastische Schauspiel, das sich ihnen bot.

Das Wasserloch war voller Licht. Jeder Tropfen funkelte wie eine Million Diamanten. Und mitten im Teich badete Carter. Fröhlich spritzte er Wasser in die Luft und erzeugte so einen Regenbogen nach dem anderen. Ein afrikanischer Brachiosaurus von gewaltigen Ausmaßen senkte seinen Kopf und schleuderte einen Wasserbogen über Carter hinweg, dessen funkelnde Tropfen ganz langsam nach unten zu sinken schienen. Die vier oder fünf Elefanten am Wasserloch wiederum, Zwerge im Vergleich zu dem Saurier, spritzten Wasser aus ihren Rüsseln in den schimmernden Teich. Gleichzeitig sprangen Wasserböcke um das Wasserloch herum, und eine Herde Dünnhorntriceratopse watete tief hinein, hob die Köpfe, und die Hörner ragten direkt in den Himmel hinauf. Centrosaurier schlugen mit ihren dornenbewehrten Schwänzen ins Wasser und verängstigten einen Schwarm kleiner Flugsaurier, die erschrocken aufflogen und sich ein Stück entfernt auf einem Baum niederließen.

»Das ist ja wie Magie!«, seufzte Bea.

Als sie sich nach einem kurzen Frühstück wieder auf den Weg machten, wechselten die drei Reiter sich mit der Führung ab. Als Bea mit ihrem Saurier voranritt, schaute sie auf das weite Land hinaus, das sich vor ihnen erstreckte, und ihr fiel auf, dass sich

hier überall zwischen den Dornenbüschen, Termitenbauten und im langen Gras Raubtiere verstecken konnten.

Dann schienen Buster und Carter etwas zu riechen, und sie trabten los und überholten Beas Allosaurier, der die Nüstern ebenfalls blähte. Theodore ritt neben Bea und schaute voller Stolz zu Carter.

»Er ist einfach fantastisch«, bemerkte er. »Wie schnell er gelernt hat, ohne Sattel auf dem Tyranno zu reiten ... und das ist nicht leicht, noch nicht einmal auf einem gut ausgebildeten Allosaurier. Schau dir nur einmal an, wie er die Schenkel bei jedem Vorwärtsschritt andrückt und beim zweiten löst. Er bewegt sich im selben Rhythmus wie das Tier, als wäre er ein Teil davon.«

Theodore hatte in seiner Jugend viele Allosaurier ohne Sattel geritten – auf der Ranch der Kingsleys in Amerika mit Franklin und

Cash. Er wusste, wovon er sprach. »Es ist etwas ganz Besonderes, wenn man zu einem Saurier so eine Beziehung aufbaut. Man wird eins mit dem Tier und bewegt sich im selben Takt. Dein Vater war der beste Reiter, den ich je gesehen habe, Bea. Er wusste, wie man ohne Sattel reitet, genau wie Carter. Tatsächlich macht das sattellose Reiten es dem Menschen sogar leichter, und der Saurier bekommt auch keine Krämpfe wie mit einem Sattel. Das wiederum heißt, dass der Saurier längere Strecken zurücklegen kann, und das genießt er dann sogar, anstatt es zu ertragen.« Er schaute zu seinem Patenkind. »Und du hast auch dieses Kingsley-Talent, Bea. Schau dir doch nur mal an, wie gut du reitest!«

Ja, dachte Bea. Das Reiten fiel ihr tatsächlich leicht, wesentlich leichter als ihren Schulfreunden. Lag das daran, dass Theodore sie gut ausgebildet hatte, oder besaß sie wirklich das Talent ihres Vaters mit Sauriern?

»Ist das Natur oder Erziehung?«, platzte sie heraus. Allerdings war das mehr eine Feststellung als eine Frage.

»Beides, würde ich sagen«, erwiderte Theodore. »Der Junge muss auch noch viel lernen, was du schon weißt. Er hat zum Beispiel keine Ahnung, dass Brombeeren einen Allosaurier krank machen oder dass ihr Kot besser riecht, wenn sie nach dem Fleischfressen Pfefferminz kauen.«

Bea nickte.

Natur und Erziehung. Theodore hatte wie immer recht.

Plötzlich nahmen auch die Allosaurier den Geruch auf, den der Tyranno schon fünf Minuten zuvor bemerkt hatte. Die beiden Saurier senkten die Köpfe, schnieften wie Jagdhunde und beschleunigten.

Der Weg führte einen Hügel hinauf, hinter dessen Gipfel Carter mit Buster verschwand. Als Bea und Theodore den Gipfel erreichten, schauten die beiden sich besorgt an. Der Geruch des Todes war ihnen nur allzu vertraut. Der Gestank von verrottendem Fleisch war unverkennbar, und hier war er geradezu überwältigend. Auf dem Boden lag ein toter Saurier, und Fliegen surrten um ihn herum.

»Den dünnen, klingenartigen Platten auf dem Rücken nach zu urteilen ist das ein junger Krüger«, sagte Theodore. Vermutlich ist er von einer Herde getrennt und getötet worden. Seltsam ist nur, dass er noch vollständig und nicht halb gefressen ist.«

»Was meinst du damit?«

»Allosaurier, Tyrannos, Löwen, Hyänen ... So gut wie alle Fleischfresser haben einen feinen Geruchssinn. Aas zu suchen, ist weit weniger energieaufwendig als die Jagd«, erinnerte sie Theodore. »Räuber können verfaulendes Fleisch über schier unglaubliche Entfernungen hinweg riechen. Die Herausforderung ist dann nur, die ersten am Buffet zu sein. Je größer und bösartiger man ist, desto wahrscheinlicher wird man als Erster fressen oder alle anderen wegjagen, die vor einem da waren.«

Carter war bereits abgestiegen und saß im Schatten eines Baums mit seltsam breiter Krone, während Buster das Fleisch des Sauriers genoss. Theodore stieg ebenfalls ab und ließ seinen Allosaurier zu dem Tyranno trotten.

»Wir sollten die Gelegenheit nutzen und die Allosaurier fressen lassen, Bea. Wir können kurz hier rasten, gegen den Wind von dem Geruch.«

Als sie zum Baum gingen, um sich zu Carter zu gesellen, rutschte Theodore auf einem Stück loser Erde aus und stolperte in ein flaches Loch.

»Das ist ja seltsam«, sagte er, kletterte aus dem Loch und klopfte sich den Dreck von der Kleidung. »Das ist frisch gegraben.«

Bea fand eine einfache Schaufel im Busch neben dem Loch.

»Vielleicht wollte jemand das Tier ja begraben«, sagte sie.

Sie warf die Schaufel ins Loch und rümpfte die Nase.

»Dafür, dass hier nur ein toter Saurier liegt, ist der Gestank ziemlich übel«, bemerkte sie. »Er muss hier schon seit Tagen liegen, aber er sieht nicht so aus.«

Bea trank einen Schluck aus ihrer Feldflasche und reichte sie an Carter weiter. Carter trank ebenfalls und sagte dann: »Geruch schlimm-schlimm. Und hör Geräusch.«

»Ja.« Theodore nickte. »Es ist das Summen der Fliegen. Das ist einfach viel zu laut, als dass es nur von diesem einen toten Saurier kommen könnte.«

Er sah, dass Buster sich von dem Kadaver abgewandt hatte und hinter einem weiteren Hügelkamm verschwunden war.

»Irgendetwas stimmt hier nicht«, murmelte er.

Theodore verließ den Schatten des Baums und folgte den Spuren des Tyrannos den Hügel hinauf. Dann blieb er plötzlich stehen.

»O, mein Gott!«

Bea und Carter hörten das Entsetzen in Theodores Stimme und liefen zu ihm. Es dauerte einen Moment, bis sie wirklich begriffen, was da vor ihnen lag. Es war furchtbar. So weit das Auge reichte, sahen sie nur tote Krügersaurier. Buster fraß bereits wie auch Millionen von Fliegen, und am Himmel kreiste ein Schwarm kahlköpfiger Pterosaurier.

Theodore ging zum nächstbesten Kadaver, um ihn zu untersuchen. Carter folgte ihm.

Bea beobachtete die beiden stumm. Theodore untersuchte den Boden und drehte Dinge mit der Stiefelspitze um, während Carter sich die Kadaver genau ansah. Irgendetwas fehlte, dachte Bea. Und dann erkannte sie, was das war: Keiner der Krügersaurier hatte noch seine Knochenplatten.

Carter rief Theodore zu sich. Er stand inzwischen am größten Kadaver. Carter lief über den Körper und sprang auf dem Rippenkäfig auf und ab. Theodore winkte ihm weiterzumachen, während er das Tier untersuchte.

»Ja, du hast recht.« Theodore nickte. »Die Körperflüssigkeiten sickern heraus.«

Carter und Theodore versuchten, das Bein des toten Sauriers anzuheben, doch das tote Gewicht war zu groß für sie.

»Sieht so aus, als wäre der Erste, den wir gefunden haben, verwundet weggerannt und dann da drüben zusammengebrochen, weit weg vom Rest der Herde«, erklärte Theodore. »Dadurch ist ihm die Demütigung erspart geblieben, die die anderen haben erdulden müssen. Die Tiere sind erschossen und ihrer Knochenplatten beraubt worden. Man hat sie einfach abgehackt.«

»Warum schaut ihr euch denn ausgerechnet den großen so genau an?«, fragte Bea.

»Man hat ihm den Kopf abgeschnitten. Und nachdem sie die Platten entfernt haben, müssen sie ihn auf den Rücken gerollt und etwas aus seinem Bauch entnommen haben.«

»Das ist ja furchtbar!« Bea schauderte.

»Das ist furchtbar und seltsam zugleich«, sagte Theodore nachdenklich. »Dafür braucht man mehrere Männer.«

»Könnten das die Jäger gewesen sein, die wir gesehen haben?«, fragte Bea.

»Vielleicht. Dass man ausgerechnet dem Alpha-Männchen den Kopf abgeschnitten hat, deutet auf eine Trophäenjagd hin, aber vermutlich waren es eher Wilderer, die eine Bestellung aus dem Fernen Osten abarbeiten wollten. Und das muss eine verdammt große Bestellung gewesen sein«, fügte Theodore düster hinzu. Er deutete auf den Boden. »Da sind Reifenspuren. Also hatten sie schwere Ausrüstung dabei.«

»Aber warum?«, fragte Bea.
»Geld. Es geht immer nur ums Geld.«
»Immer nur ums Geld«, echote eine Stimme hinter ihm.

# 16

## DER STEGOZAUBERER

*– Ronax-Tyrannos –*

Die Gestalt, die hinter einem Baum hervortrat, war groß und dünn. Er hatte sich ein leuchtend rotes Tuch um den Leib geschlungen und war mit unzähligen bunten Perlenketten behängt. In der Hand hielt er einen langen Stab mit einem kleinen Stegosaurus auf der Spitze. In vollkommenem Gegensatz zu diesem traditionellen Kleid standen jedoch eine weiße Fliege und eine Armbanduhr, die er zwischen die Perlenketten gequetscht hatte, die ihm bis zum Ellbogen reichten. Erleichtert sah Bea, dass der Mann sie freundlich anlächelte.

»Wie lange sind Sie schon hier?«, fragte Bea.

»Ich habe auf euch gewartet … eine sehr, sehr lange Zeit.«

»Wer sind Sie?«, fragte Theodore.

»Ich habe viele Namen und viele Leben, doch jetzt nennt man mich den Stegozauberer.«

»Sind Sie ein Steggi?«, fragte Bea.

»Das ist Teil der Wahrheit. Ja.«

»Großartig.« Theodore lächelte. »Ich bin Theodore Logan, und das hier sind Bea und Carter. Wir wollen die Steggis besuchen. Können Sie uns den Weg zeigen?«

»Ja.« Der Mann nickte. »Ich habe euch eingesammelt. Wir treffen uns unter dem heiligen Baum.«

Theodore schaute zu dem Feld mit den toten Sauriern.

»Wissen Sie, was hier passiert ist?«

»Welch trauriger Tag«, sagte der Mann. »Dies muss enden. Ich habe eine Botschaft, doch für wen?«

Theodore hatte Probleme mit der seltsamen Sprache des Mannes, aber er glaubte, ihn zu verstehen.

»Ja, ich habe eine wichtige Nachricht für dich und die Steggi«, sagte er und wechselte zum »Du« wie auch der Fremde.

»Theodore, ich glaube, wir sollten das mit der Nachricht auf später verschieben«, warf Bea besorgt ein.

Sie hatte bemerkt, dass ein paar Geier gekommen waren und nun mit Buster, den Allosauriern und den kahlköpfigen Pteros am selben Kadaver fraßen, ungeachtet der Tatsache, dass es genug für alle gab.

»Wenn unsere Allosaurier und die Geier das Mittagessen gerochen haben, kommen dann nicht auch größere Räuber?«

Bea stieg auf einen Baum, um bessere Sicht zu haben, und schaute sich um. Und in der Savanne sah sie tatsächlich, wovor sie sich gefürchtet hatte, und es hielt genau auf sie zu.

»Ronax-Tyrannos sind hierher unterwegs!«, rief sie. »Ein ganzes Rudel! Und sie sind schnell!« Sie kletterte wieder herunter.

»Okay. Machen wir, dass wir hier wegkommen!«, sagte Theodore und drehte sich zu dem Stegozauberer um. »Wo lang?«

Der Stegozauberer ignorierte ihn und rannte zu dem flachen Loch, in das Theodore gefallen war. Er schnappte sich die Schaufel und begann zu graben.

»Was machst du da?«, verlangte Theodore verwirrt zu wissen.

»Ich muss mein Loch fertig graben!«, rief der dünne Mann zurück. »Es muss den schlimmen Mann fangen.«

Theodore starrte ihn an.

»In dem Loch wirst du gar nichts fangen! Dafür müsste es viel tiefer und versteckt sein.«

»Du bist doch auch da reingefallen«, erwiderte der Stegozauberer.

»Die Ronax!«, drängte Bea.

Plötzlich bemerkten auch die Allosaurier die rasch näher kommenden Tyrannos, und als der erste Ronax in Sichtweite kam, rannten die beiden Allos panisch weg.

»Verdammt! Wir hätten sie festbinden sollen!«, knurrte Theodore. Er war wütend auf sich selbst.

Voller Faszination sah Carter, wie die Ronax mit dem Land verschmolzen. Im Gras waren sie nur schwer zu entdecken gewesen, doch Carter war es gewohnt, nahezu unsichtbare Schatten zu sehen. Wie ein Tiger hatten die Ronax Streifen, um ihre Silhouette zu verschleiern, nur ihre Streifen waren rostrot, beige und hellbraun. Ihre Köpfe wiederum waren lang und spitz und nicht stumpf wie Busters oder die der Titanen.

Glücklicherweise hatte der vorderste Ronax sie noch nicht bemerkt. Er hielt direkt auf den toten Krüger zu und stieß dem Kadaver den Kopf in den Bauch.

»Kommt schon! Weg von hier! Wir haben keine Zeit mehr!«, drängte Theodore.

Theodore packte den Stegozauberer am Arm, um ihn mitzuziehen, doch der Mann war wie angewurzelt und klammerte sich weiter an seine Schaufel.

Bea und Carter duckten sich im selben Augenblick unter die niedrigen Äste des Baums, als genau vor ihnen ein weiterer Ronax erschien.

Theodore ließ den Stegozauberer los, und Carter trat vor den Ronax. Bea fiel auf, dass der Ronax mit dem Kopf genauso wippte und nickte wie die Schattenraptoren, und auch Carter entging das nicht. Also machte er das Gleiche.

»Aus dieser Nähe kann er nicht sehen, was direkt vor ihm ist. Er hat da einen toten Winkel, und den versucht er mit den Kopfbewegungen auszugleichen«, erklärte Theodore. »Rühr dich nicht. Vielleicht sieht er uns dann nicht.«

Der Ronax stieß ein kurzes, hohes Bellen aus wie das Kläffen eines kleinen Hundes.

Carter bellte sofort zurück.

Theodore stöhnte bei dem Geräusch. Der Ronax neigte den Kopf ein wenig mehr nach links und starrte Carter mit nur einem Auge an.

Plötzlich kläffte es überall um sie herum.

Bea wirbelte herum, konnte die Raubtiere aber nicht sehen. Sie waren viel zu gut im Gras versteckt.

Carter bellte erneut, doch diesmal fiel die Antwort anders aus: kein Kläffen, sondern ein tiefes Brüllen. Buster war neben sie getreten.

Vorsichtig wich der Ronax einen Schritt zurück.

Der Stegozauberer tippte Theodore auf den Arm. »Wir laufen.«

»Nein!«, sagte Theodore und hielt ihn fest. »Niemand bewegt sich. Sie wollen uns voneinander trennen.«

Buster hatte noch nie einen Ronax gesehen, und deshalb schaute er ihn nun neugierig an. Und dieser Ronax schien ebenfalls noch nie einen Schwarzen Zwergtyranno gesehen zu haben, und mit dem Rudel im Rücken war er genauso neugierig und versuchte, den neuen Feind erst einmal abzuschätzen.

Buster klapperte mit den Zähnen und sabberte. Dann stieß er ein tiefes Brüllen aus, um seine Absichten zu verkünden.

Ein weiterer Ronax trat vor. Dieser war sogar noch größer, vermutlich das Alphatier. Er begann, die Fremden und ihren merkwürdigen Saurier zu umkreisen. Als Reaktion darauf klapperte Buster wieder mit den Zähnen und knurrte, doch das erhöhte die Spannung nur noch.

»Buster kann unmöglich mit all diesen Ronax fertig werden«, murmelte Theodore.

»Aber in seiner Heimat stand Buster an der Spitze der Nahrungskette, bis Hayter ihn gefangen hat«, sagte Bea.

»Ja«, stimmte Theodore ihr leise zu. »Aber das heißt auch, dass er es nicht gewohnt ist, dass andere Saurier es mit ihm aufnehmen können. Und seit er seine Freiheit wiederhat, hat er auch nicht daran gedacht … bis jetzt.«

Carter hatte vor dem Tyranno geschwiegen. Mit seinem Bellen hatte er nicht versucht, sich neue Freunde zu machen, er wollte nur, dass die anderen zurückbellen. Bei den Schattenraptoren hatte er gelernt, wie man sich unsichtbar macht. Die Ronax versteckten sich zwar im Gras und nicht zwischen den Bäumen, aber ihre Methoden waren grundsätzlich gleich. Ihre gebellte Antwort hatte sie verraten, als sie näher gekommen waren, wie auch ihr flaches Atmen und der Staub unter ihren Füßen.

All das hatte bestätigt, was Carter schon befürchtet hatte: Sie waren umzingelt und weit in der Unterzahl. Aus dieser Notlage würde sie auch nicht der Versuch befreien, neue Freundschaften zu schließen.

Der Junge und sein Saurier schauten einander an. Buster war zu demselben Schluss gekommen.

Carter hob die Hand und tätschelte seinen geliebten Freund.

Die Zeit des Abschieds war gekommen.

Buster rieb den Kopf an Carter und schnaubte. Carter schnaubte zurück.

»Geh!«, sagte Carter und gab Buster einen Klaps. Der Tyranno rannte los.

Sofort jagte das Ronax-Rudel ihm kreischend und bellend hinterher.

»Wir gehen!«, verkündete Carter, und gemeinsam liefen sie in die andere Richtung.

Als sie ein gutes Stück zwischen sich und die Ronax gebracht hatten, blieb Carter stehen und drehte sich um. Jetzt konnte er nur noch eine Staubwolke sehen, wo die Ronax und Buster in der Ferne verschwanden. Carter traten die Tränen in die Augen.

Schwesterlich legte Bea ihm den Arm um die Schultern. Zuerst war sie nicht sicher gewesen, warum Buster losgerannt war, doch inzwischen war sie zu dem Schluss gekommen, dass das ihre einzige Fluchtmöglichkeit gewesen war … und irgendwie hatte ihr wunderbarer Freund das gewusst.

Carter hob die Hand und flüsterte: »Freund.«

# 17

## DIE STEGGI

*– Und die Stegos –*

Der Stegozauberer führte sie über kaum sichtbare Pfade durch raues Terrain. Ohne die Allosaurier war das hart. Bea fiel auf, dass Carter, der genau wie der Stegozauberer barfuß lief, das deutlich leichter fand als sie und Theodore.

Sie deutete auf Carters Füße und fragte Theodore: »Soll ich vielleicht auch …?«

Theodore schüttelte den Kopf.

»Nein. Deine weiche Haut würde auf diesem Untergrund keinen Meter durchhalten. Dornen, Stacheln, Gestrüpp, Splitter … und das sind nur die Dinge, die nicht beißen, stechen oder kratzen.«

»Wie schaffen die beiden das denn?«, fragte Bea verwirrt.

»Carter läuft schon seit elf Jahren barfuß. Seine Haut ist schlicht härter.«

»Du hast das offenbar nicht nötig.« Bea lächelte und deutete auf Theodores schwere Stiefel.

Theodore verzog das Gesicht.

»Meine Füße sind eine andere Geschichte. Ich ziehe meine Stiefel nie aus, wenn ich nicht unbedingt muss.«

Etwas an seinem Tonfall ließ Bea neugierig die Augenbrauen heben. »Steckt da noch eine traurige Kriegsgeschichte dahinter?«

»Ja, und die ist sogar noch viel grausiger«, antwortete Theodore ernst. Dann rang er sich ein Grinsen ab. »Aber keine Angst, die bekommst du erst zu hören, wenn du mal so richtig glücklich bist und ich dir die Laune verderben will.«

Es dauerte nicht lange, bis sie die erste Herde Stegosaurier am Horizont entdeckten. Die Knochenplatten auf ihren Rücken waren unverkennbar. Sie schimmerten in der Hitze. Als sie näher kamen, betraten sie die flachen, üppigen Weiden, wo die Stegos grasten. In der Ferne war ein Dorf zu sehen. Rauch stieg aus den Hütten in den Himmel hinauf. Die Neuankömmlinge erregten die Neugier der Stegos, und sie drehten sich zu ihnen um.

»Mein Gott, diese Stegosaurier sind ja doppelt so groß wie Krüger und Centros«, bemerkte Bea, als die Stegosaurier sich um sie herum versammelten.

Die Köpfe der riesigen Kreaturen waren geradezu winzig im Vergleich zu ihren Körpern. Sie befanden sich ungefähr in Hüfthöhe, und immer wieder reckten die Stegos sie, um die Fremden zu beschnüffeln. Ihre Schnäbel kauten ständig, wie Kühe. Bea tätschelte einem den Kopf, und das schien dem Tier zu gefallen. Als es an ihr vorbeistapfte, strich sie ihm mit der Hand über die Flanke und bemerkte dabei ein seltsames Muster auf dem Rücken und an den Platten.

Sie schaute zu den anderen und rief: »Sie haben überall Handabdrücke!«

»Das ist ja interessant.« Theodore trat zu einem weiteren Tier und hielt seine große Hand über einen der Abdrücke. »Sieht so aus, als stammen die von Kindern. Ich nehme an, die Schlammschicht dient als Sonnenschutz.«

»Und zur Identifikation«, fügte eine hohe Stimme über ihnen hinzu.

Verblüfft schauten sie nach oben. Ein kahl geschorener Junge saß zwischen zwei Knochenplatten auf dem Stego. Er war von den gleichen Markierungen bedeckt wie der Saurier, und es dauerte einen Moment, bis die Neuankömmlinge ihn entdeckten.

»Hallo da oben! Ich bin Bea!«, rief Beatrice.

»Hullu!« Der Junge lächelte zu ihnen herunter. »Ich bin Sholo, und nur meine Stegos haben meine Handabdrücke.« Während er sprach, zeigte er ihnen seine Handflächen.

»Also, das ist ja mal clever«, bemerkte Theodore bewundernd.

»Und das ist auch kein Schlamm«, fuhr der Junge fort.

»Nicht? Was dann?«, fragte Bea.

»Aschepaste.«

Er streckte die Hand nach unten aus, damit Bea mit dem Daumen darüberreiben konnte. Eine dünne weiße Staubschicht blieb auf ihrer Daumenkuppe zurück.

»Fantastisch!«

Der Junge lächelte. »Möchtest du mitreiten?«

»Ja, bitte!«, antwortete Bea begeistert.

Sie griff nach oben und packte die Knochenplatten. Dann gab Theodore ihr einen Schub, und sie kletterte hinauf und hinter den

Jungen. Als sie sich dort oben umschaute, sah sie, dass auch auf vielen anderen Stegos Kinder saßen. Sie winkten ihr zu. Ein paar Stegos entfernt, kletterte nun auch Carter hinauf und winkte seiner Schwester aufgeregt zu.

»Ist für mich da oben auch noch Platz?«, rief Theodore zu dem Jungen hinauf.

»Tut mir leid. Keine großen Männer«, antwortete Sholo. »Nur kleine Männer und Frauen.«

Bea schaute sich weiter um. Tatsächlich waren nirgends Erwachsene zu sehen.

»Warum keine großen Männer?«

»Die Stegos gehören den Kindern«, erklärte Sholo. »Wir kümmern uns um sie.«

»Aber was passiert, wenn ihr erwachsen werdet?«

»Wenn ich zu alt bin, dann gehen meine an meine jüngeren Brüder und Vettern. Ich werde dann Ingenieur oder Lokführer.«

Das hörte sich hier draußen im Busch so seltsam an, dass Bea glücklich lachte. Ich werde sicher viel Spaß mit den Steggis haben, dachte sie.

Die Kinder wendeten die Stegosaurier, um dem Stegozauberer zu folgen, der mit Theodore zum Dorf weitermarschierte. Drei große, ältere Männer, die ebenfalls mit unzähligen bunten Perlen über roten Tüchern geschmückt waren, warteten auf sie. Hinter den Dorfältesten hatten sich die anderen Erwachsenen versammelt. Sie waren nicht ganz so prachtvoll gekleidet, aber auch sie trugen jede Menge bunte Perlen.

»Hullu. Endlich seid ihr gekommen. Der Stegozauberer hat uns gesagt, dass wir euch erwarten sollen«, sagte der Sprecher der

Gruppe, den man einfach nur den Ältesten nannte, und lächelte die Neuankömmlinge an.

Theodore trat vor und schüttelte dem Mann die Hand.

»Ich bin Theodore Logan, und das hier sind Beatrice und Carter Kingsley.«

Bea und Carter kletterten von ihren Stegos und verneigten sich vor dem Ältesten.

»Sind das deine Kinder?«

»Nein, ich bin ihr Beschützer«, antwortete Theodore.

»Euer Beschützer hat gut daran getan, euch hierherzubringen«, sagte der Älteste zu Bea und Carter. »Willkommen bei den Steggi.«

»Ich entschuldige mich für unser Eindringen«, sagte Theodore. »Ich bin mit einer Bitte hier. Wir brauchen eure Hilfe. Natürlich bezahlen wir euch dafür, und ich bin sicher, euch wird gefallen, was wir euch anzubieten haben.«

Die drei Männer schauten einander verwirrt an.

»Aber das ist nicht, weshalb ihr kommen würdet, hat der Stegozauberer gesagt.«

Nun war Theodore verblüfft und schaute zu dem Stegozauberer. Hatte der Mann wirklich ihre Ankunft vorhergesagt? Aber wenn ja, wie?

Die drei Männer steckten die Köpfe zusammen und diskutierten leise. Dann verkündete der Älteste: »Wir mögen dieses Wort nicht, ›Anbieten‹, aber wir haben schon ein Fest zu euren Ehren vorbereitet. Bleibt über Nacht, dann können wir reden. Kommt.«

Die Dorfältesten führten Theodore und die beiden Kinder in einen Kreis von Hütten um ein großes Feuer. Auf dem Weg flüsterte Bea Theodore zu: »Aber woher wussten sie, dass wir kommen würden?«

»Irgendwas ist hier seltsam«, flüsterte Theodore zurück. »Was auch immer es ist, ich glaube, wir entsprechen nicht der Beschreibung des Stegozauberers. Als ich das mit dem Angebot erwähnt habe, hatte ich das Gefühl, wir haben ihr Vertrauen verloren. Wir müssen sie wieder auf unsere Seite ziehen … Also bitte viel lächeln.«

»Das ist diese Nacht eure«, sagte der Älteste, als sie eine leere Hütte mit Flechtmatten auf dem Boden erreichten.

Theodore schaute sich die Hütte an. Er war beeindruckt. Die Hütte bestand aus geflochtenen Grasplatten, sogar das Dach.

»Das ist ja genial«, bemerkte er. »Man kann die Hütte jederzeit abbauen und einpacken, wenn der Stamm weiterziehen will.«

Sholo tauchte neben ihnen auf und tippte Bea und Carter auf die Schultern. »Die Kinder bleiben bei den Stegos«, sagte er. »Kommt mit uns.«

Theodore nickte.

»Gute Idee«, flüsterte er Bea zu. »Wenn ihr die Kinder für euch gewinnt, schaffen wir das vielleicht auch mit den Erwachsenen.«

Jenseits der Hütten wurden die Stegosaurier um große Haufen versammelt. Als sie näher kamen, sah Bea, dass die Haufen aus getrocknetem Stegodung bestanden, der mit Glut vom großen Gemeinschaftsfeuer angezündet werden sollte.

Carter und Bea setzten sich und schauten zu, wie Sholo und sein Freund in die Glut bliesen, um das Feuer zu entfachen. Dann stand Sholo auf und rief: »Sheia! Sheia!«

Ein älteres Mädchen – das kurze Haar in viele, mit Perlen verzierte Zöpfe unterteilt und mit einem gemusterten Tuch um den Körper, das sie an der Schulter zusammengebunden hatte – gesellte sich zu ihnen. Wie der Rest des Stammes war auch sie ungewöhnlich groß.

»Hullu!« Sie lächelte. »Ich bin Sheia.«

»Ich bin Bea.« Bea erwiderte das Lächeln.

»Meine Schwester hat Perlen für dich«, sagte Sholo.

Sheia legte Bea eine Perlenkette um den Hals.

»Danke«, sagte Bea. »Sie sind wunderschön.«

Carter strich mit den Fingern über die feinen bunten Perlen. Sheia sah das und kicherte. Dann nahm sie eine weitere Kette von ihrem Handgelenk und gab sie ihm.

»Ich bin Carter.« Er lächelte. »Hullu.«

Sholo lächelte ebenfalls. »Ihr lernt schnell!«

»Kommt. Du musst meine Freundinnen kennenlernen«, sagte Sheia, nahm Bea an der Hand und zog sie zu den anderen Mädchen.

In der Zwischenzeit beobachtete Carter, wie das Feuer immer heller loderte und die Stegosaurier sich darum herum niederließen. Der Rauch wurde dichter, und die Rufe der Stegos tiefer, als sie sich niederlegten.

Sholo nahm ein paar Handvoll Asche aus einem alten Feuer, staubte sich damit ein und achtete dabei besonders auf sein kurzes Haar. Carter zog sein Hemd aus und stopfte es in seine Umhängetasche.

Dann nahm auch er sich ein wenig Asche. Die erste Handvoll klebte förmlich an seinem verschwitzten Körper und bildete mit der zweiten und dritten Handvoll eine Kruste. Als Carter immer mehr Asche auf seine Haut schmierte, kühlte sein Körper merklich ab, und schließlich schwitzte er nicht länger. Sholo half ihm, auch Rücken und Kopf einzureiben. Schließlich lächelten die beiden Jungen einander an und streckten die Arme aus. Jetzt hatten sie die gleiche Hautfarbe.

Carter atmete tief ein und stieß dann einen lang gezogenen, perfekten Stegoruf aus. Er hallte durch die Herde, und die Tiere antworteten ihm.

»Wow!«, sagte Sholo beeindruckt.

Theodore ging zu den Dorfältesten und setzte sich neben den Stegozauberer. Sie hockten vor einer Hütte, bei der es sich offenbar um das Hauptgebäude handelte.

»Ich bin zwei Tage lang von Westen hierhergereist, um euch freies Weideland auf dem Besitz meiner Freundin anzubieten«, sagte Theodore. »Als Gegenleistung bitten wir euch, darüber zu wachen und uns Bescheid zu geben, wenn ihr Wilderer oder Jäger seht. Wir haben viele Weiße Titanentyrannos, die wir davor schützen wollen, zum Vergnügen getötet zu werden.«

Der Älteste dachte darüber nach und sagte dann vorsichtig: »Wir ziehen schon seit Tausenden von Jahren durch dieses Land. Dann sind Menschen wie du gekommen und haben versucht, uns unseren Glauben zu nehmen, uns eure Worte beizubringen und uns zu sagen, dass es Linien in der Erde gibt, die wir nicht überschreiten dürfen.« Er schüttelte den Kopf. »Unsere Stegos werden genauso gejagt wie eure Titanen, und unsere Speere können es nicht mit den Kugeln der Wilderer aufnehmen. Wir können euch nicht helfen.«

»Wir sind nicht wie die Weißen, die ihr bis jetzt getroffen habt«, erklärte Theodore. »Meine Freundin will eure Stegos nur beschützen.«

»Wie können wir euch vertrauen?«, verlangte der Älteste zu wissen. »Ein anderer Mann hat uns auch angeboten, dass wir uns frei auf seinem Land bewegen dürfen, wenn wir ihm helfen, in der Erde versteckte Steine zu finden. Wir haben abgelehnt, und jetzt verlangt er immer noch, dass wir für ihn arbeiten. Was unterscheidet euch von ihm?«

»Das Land meiner Freundin war Teil der alten Bauerngemeinschaft von Mo Dengwa«, antwortete Theodore. »Als die Regierung das Land verkaufen und Mo vertreiben wollte, haben meine Freundin und ihr Mann das verhindert. Mo verwaltet das Land immer noch wie schon seine Familie zuvor, und wir bewahren es für künftige Generationen. Die Welt verändert sich, und ich glaube, nicht unbedingt zum Guten. Aber wenn wir zusammenarbeiten, dann bin ich sicher, dass wir einander helfen können.«

Das mit Mo schien die Steggis zu interessieren. Offenbar kannten sie den Namen. Der Älteste drehte sich zu den beiden anderen um, und sie sprachen leise miteinander.

Schließlich wandte der Älteste sich wieder an Logan: »Nach dem Fest und dem Tanz werden Jungen aus unserem Stamm zu Männern werden und sich beweisen, indem sie durchs Feuer laufen. Wenn ihr wollt, dass wir euch vertrauen, dann musst du beweisen, dass du die Wahrheit sagst. Logan, du wirst auch durchs Feuer laufen.«

# 18

## DAS FEST UND DAS FEUER

*– Ein außergewöhnliches Ereignis –*

Später an diesem Abend, nach dem Festmahl, wurde die Glut des Feuers zu einer langen Bahn auseinandergezogen, über die der frische Wind blies. Eine Gruppe von älteren Jungen stand auf und stolzierte herum. So bereiteten sie sich vor und gaben einander Selbstvertrauen für die vor ihnen liegende Aufgabe. Dann, um sich noch weiter anzustacheln, begannen sie zu singen, und der gesamte Stamm stimmte in den Gesang mit ein.

Carter und Bea stellten sich hinter Theodore.

»Ist das wahr?«, fragte Bea ihn besorgt. »Du willst auch durchs Feuer laufen?«

»Ich muss«, erwiderte Theodore. »Sie müssen wissen, dass sie uns vertrauen können.«

»Aber du wirst dich verbrennen, Theodore!« Allein bei der Vorstellung stiegen Bea die Tränen in die Augen. »Du hast doch selbst gesagt, dass du noch nicht mal barfuß laufen würdest … und das hier ist viel schlimmer!«

Carter beugte sich zu Theodore. »Ich mache das«, sagte er und deutete auf seine nackten Füße.

»Nein, das wirst du nicht!«, erklärte Bea mit fester Stimme. »Das sollte keiner von euch beiden tun. Oh, Theodore, bitte nicht!«

Theodore drehte sich um und schaute die beiden Kinder an.

»Ihr müsst mir vertrauen, wie auch die Steggis mir vertrauen müssen. Es wird schon nichts passieren.«

Der Älteste stand auf, um etwas zu verkünden, und Schweigen senkte sich über den Stamm. Es war so weit. Der Stegozauberer trat ans Feuer und wedelte mit seinem Stab über der Glut. Dann verteilte er irgendeine Art Staub darauf, der die Kohlen sogar noch heller glühen ließ. Schließlich sagte er noch etwas in der Stammessprache und trat zurück.

Der erste Steggi-Jüngling stellte sich an die Glut, straffte die Schultern und konzentrierte sich auf die andere Seite. Aufgeregt trat er von einem Fuß auf den anderen. Die Zuschauer begannen wieder zu singen und trieben ihn an.

Bea empfand die Warterei als quälend. Sie konnte es nicht ertragen zuzusehen, aber sie wagte es auch nicht, sich abzuwenden. Carter schaute aufmerksam zu, wie die Hitze die glühende Holzkohle platzen ließ.

Plötzlich setzte der Steggi sich in Bewegung, lief durchs Feuer und sang mit dem Stamm.

Die Zuschauer jubelten und standen auf. Als der Junge die andere Seite erreichte, sprangen sie vor lauter Freude auf und ab.

Für den zweiten Steggi sangen sie sogar noch lauter. Im Gegensatz zum ersten ließ er sich keine Zeit. Er lief direkt auf das Feuer zu und rannte unter dem Gesang hinüber. Beim letzten Schritt sprang er vor Freude in die Höhe und landete mit einem Zischen auf dem kalten Boden.

Dass das Selbstvertrauen des letzten Jungen ins Wanken geriet, war für alle offensichtlich, denn er zitterte am ganzen Leib. Am Rand der Feuergrube zögerte er. Dann tat er etwas sehr Dummes: Er steckte einen Zeh in die Glut, um zu testen, wie heiß sie war. Alle sahen, wie er vor lauter Schmerz zurückzuckte.

Die Entscheidung wurde ihm jedoch abgenommen, als der vierte Steggi die Geduld verlor und ihn vorwärtsschubste. Niemandem schien das etwas auszumachen. Der Junge rannte sofort los, und alle schauten zufrieden zu, wie der Jüngling die heiße Glut überquerte.

Bea spürte den Schmerz des Jungen förmlich, und sie sorgte sich immer mehr um Theodore.

Die nächsten beiden Steggis brachten es rasch hinter sich. Sie sprinteten über die Glut, und die Stammesmitglieder sangen nicht mehr ganz so leidenschaftlich.

Der letzte Junge war bei Weitem der kleinste. Bei einem Stamm wie den Steggis hieß das allerdings, dass er noch genauso groß war wie Theodore. Der Junge zögerte. Dann wandte er sich vom Feuer ab, ließ verschämt den Kopf hängen und ging weg.

Der Stegozauberer sah das und forderte den Stamm auf, den Jungen mit allem zu unterstützen, was er zu geben hatte. Und der Stamm reagierte. Die Stammesmitglieder klatschten, stampften und sangen aus vollem Hals. Und sie wurden immer lauter und lauter, um den Jungen wieder zurückzuholen.

Der Junge, der schon fast aus dem Feuerschein verschwunden war, blieb stehen und drehte sich langsam um. Während der Gesang und das Klatschen immer lauter wurde, schien er zu wachsen. Schließlich marschierte er zu der Feuergrube zurück und lief hinüber. Und mit jedem Schritt wuchs er weiter, und als er auf der anderen Seite ankam, stieß er einen Freudenschrei aus.

Die drei Dorfältesten und der Stamm verstummten. Der Älteste hob die Arme und wandte sich in ihrer eigenen Sprache an den Stamm. Dann drehte er sich zu Theodore um.

»Jetzt bist du an der Reihe. Wenn wir dir folgen sollen, musst du das Herz des Stamms gewinnen. Aber wenn du die Hitze nicht ertragen kannst, dann dreh dich um und geh weg … für immer!«

Theodore nickte. Er drehte sich zu Bea um und flüsterte: »Ich habe gesagt, ich würde diese Stiefel nie ausziehen, außer es ist nötig. Ich denke, in diesem Fall trifft das zu.«

Er löste die Schnürsenkel, zog Stiefel und Strümpfe aus und ging barfuß zur Feuergrube.

Bea schüttelte besorgt den Kopf. Carter schaute mit großen Augen zu. Theodore ließ seinen Blick über den gesamten Stamm der Steggis schweifen, der ihn stumm und erwartungsvoll beobachtete.

»Wie wäre es mit ein wenig Gesang und Klatschen?«, forderte Theodore sie auf.

Sholo richtete sich auf und klatschte kraftvoll in die Hände. Sheia stimmte mit ein. Carter und Bea standen beisammen und erhöhten die Lautstärke noch.

Dann klatschte und pfiff auch der Rest. Der Stegozauberer begann mit einem Gesang und sprühte noch etwas von seinem geheimnisvollen Staub auf die Glut, um sie wieder zu entfachen. Funken stieben in die Luft.

»Na, toll«, murmelte Theodore. »Macht es ruhig noch etwas heißer für den Neuen. Warum nicht?«

Er schaute zu Carter und Bea, die mit den Lippen noch einmal »Tu das nicht!« formte. Dann richtete er den Blick auf das andere Ende der Feuergrube.

Langsam hob Theodore den linken Fuß und setzte ihn so fest auf die glühenden Kohlen, dass die Funken flogen. Dann, anstatt das Gewicht auf den rechten Fuß zu verlagern, drückte er den linken sogar noch tiefer in die Glut.

Er schaute nach unten, zuckte mit den Schultern und machte vollkommen ruhig einen Schritt nach dem anderen, als wäre er auf einem Strandspaziergang.

Der Stamm verstummte. Selbst Carter hörte schockiert auf zu klatschen. Der Älteste war so erstaunt, dass ihm seine lange Pfeife aus dem Mund fiel.

Theodore sah, dass er nun die volle Aufmerksamkeit des Stammes hatte. Auf halbem Weg durch das Feuer blieb er stehen, machte einen Schritt zur Seite und hob die Pfeife des Ältesten auf. Sie war ausgegangen, und Theodore zog sie durch die Glut, um sie wieder zu entfachen. Dann gab er sie dem Ältesten mit einem Lächeln zurück.

»Rauchen ist ungesund«, bemerkte er. »Ich schlage vor, du gibst das auf.«

Der Älteste nahm die Pfeife und starrte Theodore vollkommen ungläubig an. Der gesamte Stamm war wie verzaubert. Theodore stand noch immer mitten im Feuer. Er war nun schon länger als alle anderen zusammen in der Glut, und er hatte noch nicht einmal die halbe Strecke zurückgelegt.

Gelassen ging er weiter und pfiff fröhlich vor sich hin. Bevor er die Grube verließ, wischte er sich die Füße noch einmal auf den

heißen Kohlen ab, als wären sie eine Fußmatte. Dann trat er wieder zu Bea und Carter, die ihn weiter mit offenem Mund anstarrten.

»Theo, wie hast du das gemacht?«, verlangte Bea zu wissen. »Warum bist du nicht verletzt?«

»Das ist eine lange und grausame Geschichte«, antwortete Theodore. Reumütig schaute er auf seine glühenden schwarzen Füße. »Ich erzähle sie dir ein andermal.«

»Oh, bitte, Theodore! Kannst du sie nicht zusammenfassen? Und das ganze grausige Zeug rauslassen?«

Theodore atmete tief ein.

»Der Nordatlantik mitten in der Nacht. Wir wurden von einem Torpedo getroffen, und unser Kanonenboot nahm schnell Wasser auf. Es war dunkel, und wir konnten nichts tun. Wir hatten noch nicht einmal Zeit, unsere Stiefel anzuziehen. Ich war nur zwei, drei Minuten an Deck und wartete darauf, in ein Rettungsboot zu kommen, doch schon das war zu lang.« Er verzog das Gesicht. »Meine Füße sind auf dem Metalldeck festgefroren.«

Theodore hob einen Fuß und wischte die Glut weg, die noch daran hing. Dabei zeigte er Bea seine flache, faltenlose Sohle.

»Glücklicherweise sind nur meine Sohlen mit dem Kanonenboot untergegangen. Sie haben mich schreiend ins Rettungsboot gezogen. Als wir an Land kamen, hat uns eine isländische Familie geholfen. Einige Tage später wachte ich auf, und meine Füße hingen aus dem Bett. Ein Wimersaurier hat mir das Fleisch saubergeleckt. Offenbar ist das ein alter Trick der Isländer. Meine Füße verheilten besser, als ich erwartet habe, aber bis heute spüre ich nichts mehr darin.«

Allein bei der Vorstellung verzog Bea das Gesicht, doch sie riss sich rasch wieder zusammen und umarmte Theodore. Dann küsste sie ihn auf die Wange. Sie platzte förmlich vor Stolz, während Sholo und Sheia den Stamm bei seinem Gesang anführten. Die Menschen klatschten, stampften und jubelten.

## 19

# VIEHTRIEB MIT STEGOS

*– Überfällige Pacht –*

Es dämmerte früh. Die Dungfeuer waren heruntergebrannt, und weißer Rauch stieg von ihnen auf. Sholo zog die letzte Glut aus der Asche und schürte sie mit ein wenig getrocknetem Dung. Dann blies er hinein, bis es wieder brannte. Carter, der sich neben einem schnarchenden Stegosaurier zusammengerollt hatte, rieb sich die Augen,

als jemand mit einem Eimer Wasser kam. Sholo schöpfte einen Becher voll heraus und schüttete es auf die heiße Asche. Mit einem Stock mischte er das Ganze zu einer zähen Paste.

»Aschepaste. Komm. Hilf mir, meine Stegos einzureiben.«

Die warme Sonne weckte die Stegos. Schnaubend und grunzend rappelten sie sich langsam auf. Ihre Rückenplatten waren überraschend beweglich, und sie flatterten förmlich, als die Tiere die Nacht abschüttelten.

Geduldig standen die Stegos um das neu entfachte Feuer herum und badeten in dem Rauch, der dicht über dem Boden waberte. Carter schaute zu, wie Sholo seinen Handabdruck auf die Flanke des ersten Stegos drückte, dann tauchte auch er die Hand in den Aschebrei und begann, ein anderes Tier zu verzieren.

Kurz darauf kam Bea.

»Guten Morgen. Die Mädchen und ich haben Frühstück gemacht. Ich weiß zwar nicht, womit das Stegoei gemischt ist, aber es schmeckt ziemlich gut.«

»Erst malen«, erklärte Carter.

»Okay.« Bea nickte. »Ich habe mit Theodore geredet. Er will dem Stamm helfen, die Hütten zu verpacken. Wir können mit Sholo und Sheia vorausreiten.«

Die Kinder nahmen den Viehtrieb mit ihren Stegos ziemlich ernst. Solch ein Viehtrieb war von allergrößter Bedeutung für den Stamm, und dass man ihnen die Verantwortung übertrug, zeugte von großem Vertrauen. Jedes Kind hatte seine eigene Aufgabe: Die jungen Mädchen sammelten Eier und halfen, sie in Körben voller Stroh auszubrüten.

Die jüngsten Steggi schmückten die Jungen der Stegos mit ihren winzigen Handabdrücken, während die kleinen Saurier – deren Rückenplatten noch rund waren – sich in der Asche wälzten. Und die Jungen des Stammes spielten Fangen mit den lebhafteren Jungtieren.

Als Carter und Sholo schließlich zum Frühstück kamen, war Carter vollständig von einer frischen Ascheschicht bedeckt, einschließlich seines kahl geschorenen Kopfes. Wären da nicht die blauen Augen gewesen, man hätte ihn kaum von den anderen Kindern unterscheiden können.

»Er wird einfach unsichtbar«, bemerkte Theodore bewundernd. »Genau wie bei den Schattenraptoren.« Er schaute Bea an und nickte. »Und auch du hast dich gut angepasst.«

Bea schaute an dem bunten Stammeskleid herunter, das sie inzwischen trug.

»Also mir gefällt das«, sagte sie. »Ich dachte zwar, die Farbe passt nicht zu meinem Teint, aber da habe ich mich wohl geirrt.«

Theodore lachte.

»Ein Sinn für Mode«, kicherte er, »selbst hier im Busch.«

Es dauerte ein paar Stunden, bis alle Kinder und ihre Stegos zum Aufbruch bereit waren und in Wellen losziehen konnten. Das Verladen der Hütten und der anderen Besitztümer des Stammes auf die größeren Stegos dauerte jedoch länger und war die Aufgabe der Erwachsenen.

Theodore und der Stegozauberer waren gerade in der letzten Hütte, die auseinandergenommen werden sollte, als Theodore die Schritte eines Allosauriers hörte. Neugierig wollte er rausgehen, um zu sehen, wer da gekommen war, doch der Stegozauberer packte ihn am Arm und gab ihm durch Gesten zu verstehen, dass er hierbleiben und still sein solle.

Theodore nickte und suchte sich eine Lücke zwischen zwei Bauteilen, durch die er hinausschauen konnte, während der Stegozauberer hinausging, um den Neuankömmling zu begrüßen.

Theodore erkannte den Besucher sofort: Hassler De Bois!

Der Diamantenhändler hielt neben dem Stegozauberer und den drei Dorfältesten.

De Bois ließ seinen Blick über das fast vollständig abgebaute Dorf schweifen und fragte: »Wollt ihr irgendwohin? Ich hoffe doch, dass ihr mein Angebot annehmt. Ich möchte euch daran erinnern, dass es jetzt schon sechs Monate sind. Ich war wirklich sehr geduldig.«

»Wir können nicht für Sie arbeiten, Sir«, erwiderte der Älteste höflich. »Leider ist es für uns an der Zeit, dieses Land zu verlassen, das Sie für sich beanspruchen.«

»Ich beanspruche das nicht nur«, schnappte De Bois. »Ich besitze es! Und wenn ihr glaubt, ihr könnt einfach so gehen, dann irrt ihr euch. Da ist ja noch die überfällige Pacht.«

»Wie sollen wir die denn bezahlen?«, fragte der Älteste. »Wir haben kein Geld.«

»Ihr werdet eure Schulden abarbeiten«, erwiderte De Bois gereizt. »Ich habe euch das doch schon erklärt. Ihr scheint einfach nicht zu verstehen, was Arbeit ist.«

»Wir leben mit den Stegos auf dem Land. Das haben wir schon immer so gemacht, und das werden wir auch immer tun. Wir wissen tatsächlich nicht, wie wir für Sie arbeiten sollen. Das geht schlicht nicht.«

»Das glaubt ihr also, ja?« De Bois' Stimme war eiskalt. »In dem Fall ist es ja ganz gut, dass ich noch heute Morgen eine Versicherungspolice abgeschlossen habe.«

Der Älteste runzelte die Stirn.

»Was ist eine Versicherungspolice?«

Hassler lachte.

»Etwas, das dafür sorgt, dass ich bekomme, was mir zusteht. Weißt du, wo eure Kinder sind, Häuptling?«

»Sie sind schon mit der Herde vorausgezogen, um neues Weideland zu suchen. Wir werden ihnen gleich folgen. Sie werden Ihnen keinen Ärger machen.«

»In einem Punkt hast du tatsächlich recht: Sie sind bei der Herde. Allerdings irrst du dich, was das ›Wo‹ betrifft. In Wirklichkeit werden sie in diesem Augenblick unter bewaffneter Aufsicht in die Höhlen gebracht, wo sie eure Schulden abarbeiten werden.«

Entsetzt rissen die Ältesten die Münder auf. Aufgeregt flüsterten sie untereinander.

»Du hast unsere Kinder gestohlen?«, verlangte der Stegozauberer zu wissen.

De Bois zuckte mit den Schultern.

In der Hütte fühlte Theodore, wie die Wut in ihm aufstieg. Sein erster Instinkt war rauszulaufen, De Bois zu packen und mit ihm zu den Höhlen zu gehen, um ihn zu zwingen, die Kinder freizulassen. Aber er wusste nicht, wie viele von De Bois' Männern sie bewachten. Und die waren bewaffnet. Zumindest hatte De Bois das gesagt. Im Augenblick hatte Theodore nur einen Vorteil auf seiner Seite: De Bois wusste nicht, dass er hier war, und er wusste auch nicht, dass Bea und Carter bei den Kindern waren. Also war es das Beste, sich versteckt zu halten und zuzuhören.

»Sich um die Stegos zu kümmern, ist die Arbeit der Kinder«, erklärte der Stegozauberer.

De Bois lachte spöttisch.

»Wie viele Saurier hier in der Gegend, sind eure Stegos – 'tschuldigung, meine Stegos – offenbar eine Menge Geld wert. Die Kinder müssen sich nicht länger um sie kümmern.«

»Das können Sie nicht tun!«, platzte der Älteste heraus. »Die Kinder und die Stegos sind unser Leben!«

De Bois genoss es offensichtlich, derart schlechte Neuigkeiten zu überbringen. Sein dreckiges Grinsen wurde immer breiter.

»Keine Angst. Es wird nichts verschwendet. Ihr Fleisch wird euch bei der Arbeit am Leben erhalten. Ihr hättet mein erstes Angebot annehmen sollen. Euer Stolz hat einen hohen Preis.«

»Nein! Es muss doch eine andere Möglichkeit geben, das zu klären«, flehte der Älteste ihn an.

De Bois schüttelte den Kopf.

»Du hast mir keine andere Wahl gelassen, Häuptling. Packt eure armseligen Hütten zusammen, ladet eure verlausten Habseligkeiten auf, und macht, dass ihr zu den Höhlen kommt, wenn ihr eure Kinder wiedersehen wollt!«

Und mit diesen Worten wendete De Bois seinen Allosaurier und ritt weg. Nun entdeckte Theodore auch zwei bewaffnete Reiter, die De Bois begleiteten, und die er bis jetzt durch den schmalen Spalt nicht hatte sehen können.

Theodore trat aus der Hütte. Er zitterte vor Wut. Der Rest des Stammes versammelte sich um die Dorfältesten und den Stegozauberer. Die Frauen heulten gequält, während die Männer ratsuchend zu den Ältesten schauten. Doch Theodore wusste, dass es für diese furchtbare Situation keine einfache Lösung gab. Bea, Carter und die anderen Kinder waren De Bois' Gefangene.

# 20

## HARTES TAGEWERK

*– Ein unerwarteter Trumpf –*

»Ich habe gute Neuigkeiten!«

De Bois stand am Höhleneingang und sprach zu den Kindern, die unter dem wachsamen Blick der schwer bewaffneten Wachen von den Stegosauriern stiegen.

»Euer Stamm weiß, dass ihr bei mir seid, und sie werden bald zur Arbeit antreten.«

»Und das sind gute Neuigkeiten?«, flüsterte Bea Sheia zu.

De Bois deutete auf die Höhle. »Ihr werdet ein wenig für mich arbeiten, während eure Eltern ihre kleinen Hütten einpacken.«

»Aber wir müssen bei den Stegos bleiben und uns um sie kümmern!«, protestierte Sholo.

De Bois lachte.

»Um eure Stegos? Du meinst wohl meine. Um die müsst ihr euch nicht mehr kümmern.«

Die Kinder schauten einander verwirrt an. Sie verstanden nicht, was hier geschah. Sie wussten nur, dass sie sich um die Stegos kümmern mussten.

De Bois' Männer trieben die Kinder zum Eingang der großen Höhle.

»Jungen da lang! Mädchen hier rüber!«, brüllte De Bois. »Bringt sie hier rüber!«

Carter riss sich von dem Mann los, der ihn von Bea trennen wollte.

»Du hast ihn gehört!«, bellte der Mann. »Jungen da lang!«

Der Mann packte Carter am Arm und zog ihn weg. Bea streckte die Hand aus, bekam das Hemd des Mannes zu fassen und riss ein Stück heraus. Der Mann ließ Carter sofort los und wirbelte herum, um Bea an den Handgelenken zu packen … dann hielt er überrascht inne.

»Mr. De Bois! Schauen Sie mal, was wir hier haben! Ein weißes Mädchen!«

De Bois trat zu ihnen und schaute Bea verblüfft an.

»Du bist keine Steggi. Du gehörst nicht hierher.«

»Sagen Sie ihm, er soll mich loslassen«, verlangte Bea.

De Bois schaute Bea genauer an und hob dann überrascht die Augenbrauen. »Ich kenne dich doch! Du bist dieses Mädchen aus dem Polo-Club.« Er wandte sich an seinen Schläger. »Lass die bei mir. Kümmere dich um die anderen.«

Der Mann ließ Bea los. Dann scheuchte er die anderen Kinder in die Höhle.

»Was machst du denn hier bei den Steggis?«, verlangte De Bois zu wissen.

»Ich verbringe nur ein wenig Zeit bei meinen Freunden«, antwortete Bea und deutete zu Sheia, die sie besorgt beobachtete.

»Diese Leute sind nicht deine Freunde, sie sind ein Ärgernis«, schnappte De Bois. »Wer ist noch bei dir?«

»Niemand«, antwortete Bea schnell … zu schnell.

De Bois runzelte die Stirn.

»Du lügst. Wo ist der kleine Bengel, der im Polo-Club bei dir war? Der Junge?«

Misstrauisch ließ er seinen Blick über die Jungen schweifen.

»Er ist gestern Abend mit Theodore zurückgeritten«, log Bea. »Ein paar Steggis haben angeboten, ihnen den Weg zu zeigen. Ich habe eine neue Freundin gefunden und Theodore gebeten, ein paar Tage bei ihr bleiben zu können. Der Stamm wollte mich wieder zurückbringen. Sie zogen ja ohnehin weiter.«

»Aber was habt ihr überhaupt bei den Steggis gemacht?«

»Sie haben uns gerettet. Wir haben das Wasserloch eine Tagesreise von hier entfernt besucht. Am nächsten Tag sind wir auf ein paar Wilderer gestoßen, die jede Menge Krügersaurier erlegt haben. Die Wilderer haben unsere Allos gestohlen und uns für tot gehalten.«

De Bois holte sein Taschentuch heraus, nahm seinen breitkrempigen Hut ab und versuchte, sich den Schweiß von der Stirn zu wischen. Er stank am ganzen Körper. Er tupfte sich die Stirn ab, doch das nützte nur wenig gegen den Schweiß, der ihm über das rosa Fleisch lief und von der dicken Nase tropfte.

»Wilderer?«

Er pfiff nach einem seiner Männer und winkte ihn zu sich.

»Hedrick, dieser Wilderer, der gestern hier herumgeschnüffelt hat ...«

»Der, den wir bewusstlos in dem Loch gefunden haben?«

»Ja. Was waren das für tote Saurier da draußen?«

»Krüger. Jede Menge.«

De Bois winkte ihm zu gehen und drehte sich zu Bea um.

»Deine Geschichte scheint sich zu bestätigen, zumindest teilweise.« Erneut tupfte er sich das Gesicht ab.

»Dann lassen Sie mich also gehen?«, verlangte Bea zu wissen.

De Bois lachte. »Oh, nein, kleine Lady. Ich habe einen unerwarteten Trumpf in die Hand bekommen. Du wirst dich noch als sehr nützlich erweisen, wenn ich Mrs. Brownlee wiedersehe.«

»Was hat meine Großmutter denn damit zu tun?«

»Vielleicht eine ganze Menge. Wenn ich in meiner Höhle hier finde, wonach ich suche, auf meinem neuen Land, dann habe ich genug Geld, um auch die umliegenden Ländereien aufzukaufen und umzugraben.«

»Und was suchen Sie?«, fragte Bea.

»Diamanten natürlich! Was sonst?«, antwortete De Bois. »Vor allem die Königin der Diamanten, ein äußerst seltenes und unbezahlbares Juwel.«

Bea schnaubte verächtlich.

»›Die Königin der Diamanten‹ ist nur eine dumme Geschichte, die niemand glaubt.«

»Ach, ja? Nun, da will ich dir mal was sagen, junge Lady: Es gibt da Diamanten in diesen Höhlen ...«

»Jaja, ganz winzige, die nicht viel wert sind. Mr. Keat hat sie mir und meiner Großmutter einmal gezeigt.«

»Das beweist nur, dass es hier eine Diamantenlagerstätte gibt, und wo es kleine Diamanten gibt, da gibt es auch große ... und ich beabsichtige, derjenige zu sein, der sie findet.«

Bea schüttelte den Kopf.

»Sie sind verrückt!«, erklärte sie.

De Bois lächelte.

»Ich nicht, aber der Mann, mit dem du die Zelle teilen wirst, ist es definitiv.« Er winkte einem seiner Männer. »Sperr sie zu dem Irren.«

*

Theodore saß unter dem Baum und hielt den Kopf in den Händen. Ihm fiel nichts mehr ein. Er war jeden Zug und jeden Konter durchgegangen, wie beim Schach, doch nichts davon wollte funktionieren. Er sah keine Möglichkeit, die Kinder der Steggis wieder sicher zurückzubringen und gleichzeitig den Stamm vor De Bois zu retten. Das war De Bois' Land.

Ja, er hatte die Kinder gefangen genommen, doch vor Gericht konnte er geltend machen, dass er das getan hatte, weil die Steggis Schulden bei ihm hatten … Schulden, die der Stamm nie würde zurückzahlen können. Theodore wusste, dass Geld eine mächtige Waffe war, und De Bois hatte genug davon, um seinen Willen durchzusetzen.

Beim Klang sich nähernder Schritte hob Theodore den Kopf. Die Steggis kamen, angeführt von den drei Dorfältesten und dem Stegozauberer, doch jetzt waren sie zum Kampf gerüstet. Sie trugen Schilde aus Stegoknochenplatten und Speere mit Spitzen aus Stegoschwanzstacheln.

»Wir gehen unsere Kinder holen«, erklärte der Älteste.

Theodore schaute sie an und schüttelte traurig den Kopf.

»Das wird nicht funktionieren«, sagte er. »Eure Schilde mögen ja eine Klinge aufhalten, aber Stegoplatten sind hohl. Sie schützen euch nicht vor Kugeln. Und eure Speere sehen zwar bedrohlich

aus, aber man wird euch niedermähen, bevor ihr nahe genug seid, um sie einzusetzen. Vertraut mir, die Stacheln wären wirkungsvoller, wenn sie noch an einem Saurier wären, der mit dem Schwanz schlagen kann. Ihr seid kein Gegner für die Gewehre von De Bois' Männern.«

»Aber wir müssen doch etwas tun!«, protestierte der Älteste.

»Ja, das müssen wir«, stimmte ihm Theodore zu, »aber so, dass ihr alle überlebt, ihr und eure Kinder. Deshalb denke ich ja nach.«

Die Dorfältesten und die anderen Stammesmitglieder schauten Theodore traurig an. Schließlich sagte der Älteste: »Bitte, denk schnell.«

Dann drehten sie sich um und gingen zu den abgebauten Hütten zurück. Der Stegozauberer blieb bei Theodore.

»Das ist nicht, was vorhergesagt worden ist«, bemerkte er.

»Ja, das ist auch nicht, was ich wollte«, seufzte Theodore.

»Man hat mir gesagt, ich solle einen Sauriermann am heiligen Baum treffen und ein Kind in den Stamm bringen«, sagte der Stegozauberer.

Bei diesen Worten starrte Theodore den seltsamen Mann an.

»Der Sauriermann würde Ordnung ins Chaos bringen und uns befreien. Unglücklicherweise hat sich nur der erste Teil der Prophezeiung erfüllt.«

Theodore versuchte, das alles in seinem Kopf zu ordnen, und er dachte an den Tag zurück, da sie sich kennengelernt hatten.

»Was ist mit dem Loch? Als wir uns getroffen haben, hast du doch ein Loch gegraben, um jemanden zu fangen, korrekt?«

»Um einen schlimmen Mann zu fangen, nicht dich«, antwortete der Stegozauberer. »Schlimmer Mann folgt gutem Mann. Du bist sehr wichtig. Du bringst das Kind. Und das Kind wird die Steggis retten.«

Theodore seufzte.

»Ich bin nicht so sicher, dass ich wirklich Teil der Lösung bin«, sagte er. »Ich weiß nur, dass ich bis jetzt keine allzu große Hilfe war …«

Er verstummte, als er hoch über sich ein ungewöhnliches Geräusch hörte, und er schaute nach oben. Plötzlich erschien ein breites Grinsen auf seinem Gesicht, und er klatschte in die Hände. Die Libelle!

»Aber das könnte sich jetzt vielleicht ändern! Micki Myers, du Prachtweib! Was für ein perfektes Timing!«

## 21

# DER VERRÜCKTE KEAT UND DER WILDERER

*– Kartenlegen –*

Die Zellentür quietschte laut an den dicken Metallscharnieren, als sie zugeschlagen wurde. Bea rappelte sich von dem Steinboden auf, auf den sie geworfen worden war, und schaute sich um.

Die Zelle war ein Käfig. Drei Seiten bestanden aus Gittern und die vierte aus blankem Fels. Nieten verankerten das Ganze in Höhlendecke und -boden. Auf einer Querstange brannte eine einsame Kerze. Daneben waren die Reste geschmolzener Kerzen zu sehen, und auf dem Boden hatte sich eine Wachspfütze gebildet.

Bea wartete, bis die beiden Männern, die sie gebracht hatten, um die Ecke verschwunden waren und sie sicher war, dass sie durch die schmalen Höhlengänge wieder zurückgingen. Erst dann versuchte sie, sich zwischen den Gitterstäben hindurchzuzwängen, doch es war nutzlos. Es war zu eng.

Bea ging den gesamten Käfig entlang, rüttelte und zog an jeder Stange und jeder Niete, doch auch das nützte nichts.

»Das hat keinen Zweck«, sagte eine Stimme. »Spar dir die Kraft.«

Erschrocken schaute Bea sich in der Höhle um. In den Schatten sah sie eine große, dünne, graubärtige Gestalt. Der Mann trug eine alte rote Tartandecke über seinen zerlumpten Kleidern, und er schien auf dem Boden Karten zu legen. De Bois hatte irgendwas von einem Irren gesagt, erinnerte sich Bea.

»Wer sind Sie?«, fragte sie und bemühte sich so gut es ging, nicht verängstigt zu klingen, auch wenn ihr das Herz bis zum Hals schlug.

Die nächsten Worte des Fremden trafen sie wie ein Schlag.

»Grace Brownlee? Bist du das?«

Als sie den Namen ihrer Mutter hörte, war Bea wie erstarrt. »N… Nein.« Sie schluckte. Sie nahm all ihren Mut zusammen und fügte hinzu: »Grace war meine Mutter.«

Der Mann stand auf und trat vor. Die Überraschung war ihm deutlich anzusehen. Soweit Bea sagen konnte, war er sehr alt.

»Beatrice?«, fragte er.

Kurz verschlug es Bea die Sprache.

»Ja. Wer sind Sie?«

Der graubärtige, alte Mann trat weiter vor und musterte Bea von Kopf bis Fuß.

»Du siehst genau wie Grace aus«, sagte er.

»Wer … Wer sind Sie?«, wiederholte Bea.

»Michael Keat. Ich war ein alter Freund deines Großvaters, Sidney.«

»Mr. Keat?«

Der Mann nickte. »Als ich dich zuletzt gesehen habe, da warst du …« Er dachte kurz nach, versuchte sich zu erinnern, doch dann schüttelte er traurig den Kopf und sagte: »Das war vor langer Zeit.«

»Auf der Beerdigung von Opa Sidney«, sagte Bea. »Ich erinnere mich nicht wirklich daran, aber ich habe ein Foto gesehen. Darauf stehen Sie direkt neben Bunty und Ranjit.«

Mr. Keat lächelte, und sein Gesicht schien im Zwielicht der Höhle aufzuleuchten. »Ja! Die beiden Namen habe ich schon seit Ewigkeiten nicht mehr gehört.« Er schaute Bea neugierig an. »Aber was machst du hier?«

Bea seufzte. »Das ist eine lange Geschichte«, antwortete sie.

Keat setzte sich.

»Wir haben alle Zeit der Welt«, sagte er. »Wir können hier eh nicht raus.«

Niedergeschlagen und nicht mehr ganz so verängstigt setzte Bea sich neben ihn auf den Felsenboden.

»Aber warum sind Sie hier?«, fragte sie.

»De Bois, dieser Schurke«, antwortete Keat. »Er hält mich hier gefangen, bis ich ihm sage, wo die sogenannte Königin der Diamanten ist. Und die anderen.«

»Die anderen Diamanten?«

Keat nickte. »Es heißt, die Königin sei der größte, aber mein Vater hat mir erzählt, in der Höhle gebe es noch andere, die mindestens genauso groß sind, einen ganzen Haufen sogar.«

»Aber die Königin der Diamanten ist doch nur eine Legende!«, sagte Bea und erinnerte sich an die merkwürdige Geschichte, die De Bois ihr und Carter erzählt hatte.

»Oh, nein!«, widersprach ihr Keat. »Mein Vater hat sie gefunden. Er wusste, dass er die Lage der Höhle geheim halten musste. Er wusste, dass von Gier getriebene Menschen nach ihr suchen würden, aber mir hat er eine geheime Karte hinterlassen.«

Bea schaute Keat an. Deshalb hielt De Bois ihn also für verrückt, dachte sie. Dabei waren sie beide verrückt. Beide suchten sie nach einem Diamanten, den es gar nicht gab.

»Was für eine Art von Karte denn?«, fragte Bea, um Keat bei Laune zu halten.

»Die Karten«, flüsterte Keat. Plötzlich sprach er so leise, dass Bea ihn kaum verstehen konnte.

»Die Karten?«, hakte sie nach.

Keat nickte. Er schaute sich um, als wolle er sich vergewissern, dass niemand sie hören konnte. Dann deutete er auf die Karten auf dem Boden.

»Dieses Kartenspiel gehörte meinem Vater. Er hat mir erzählt, es enthalte eine Karte mit der Diamantenlagerstätte«, flüsterte er.

»Wie das?«, fragte Bea.

Keat verzog das Gesicht.

»Ich weiß es nicht«, stöhnte er. »Mein Vater hat das Kartenspiel geliebt. Mit deinem Großvater hat er oft Bridge gespielt. Er hat gesagt, er würde mir das Geheimnis verraten, doch das hat er nie getan. Ich glaube, er hatte Angst, ich könnte jemandem davon erzählen. Doch das würde ich nie tun! Und dann ist er getötet worden.«

Er schaute auf die Karten.

»Ich habe sie immer und immer wieder studiert. Ich habe mir jede einzelne Karte angeschaut. Ich habe sie in unterschiedlichen Mustern ausgelegt, in unterschiedlichen Reihen … Das Problem ist, dass eine Karte aus dem Satz fehlt: die Karodame.«

»Aber wenn Sie nicht wissen, wie man die Karte entschlüsseln kann oder wo genau sie ist, warum behält De Bois Sie dann noch immer hier?«

»Weil er das mit den Karten nicht weiß und auch nichts von der geheimen Karte.« In seiner Verzweiflung hob Keat die Stimme wieder. »Er glaubt, dass ich weiß, wo die Höhle ist. Das stimmt aber nicht!«

Er stöhnte.

»Ich habe De Bois einen alten Diamanten gegeben, den mein

Vater verwahrt hat. Er ist ungefähr zur gleichen Zeit entdeckt worden wie die große Königin, aber De Bois glaubt, dass ich ihn erst vor Kurzem gefunden habe. Er hat ihn mir abgeluchst ... bei einem Kartenspiel ... und auch mein Land ...«

»Ja, das hat auch Ranjit erzählt«, erinnerte sich Bea.

»Ich bin nur noch am Leben, weil er glaubt, ich weiß, wo die Höhle ist.«

Schritte hallten um sie herum, und sie sahen, wie an der gegenüberliegenden Wand ein Schatten wuchs, bis schließlich ein Wächter um die Ecke bog und in Sicht kam. Ein paar kleine Nagetiere huschten rasch ins Dunkle, gefolgt von dürren, kleinen Sauriern, die sich auf der Suche nach einem schnellen Happen zu weit in die Höhle vorgewagt hatten.

Als der Wächter näher kam, ließ ein schmaler Lichtstrahl den Schlüssel in seiner Hand funkeln. »Aufstehen!«, bellte er.

Er steckte den Schlüssel ins Schloss, drehte ihn aber nicht. Bea und Keat standen auf.

»Nicht ihr zwei!«, schnappte der Mann. »Der Wilderer!«

Bea schaute sich verwirrt um und sah im Zwielicht, wie sich im hinteren Teil der Zelle etwas unter einer alten Decke bewegte.

»Aufstehen und Hände hoch. Du wirst uns nicht noch mal überraschen.«

Bea schaute vollkommen verwirrt zu, wie ein Mann sich unter der Decke erhob. Die Kleidung des Wilderers sah seltsamerweise recht elegant aus, aber sie war verstaubt und schmutzig. Plötzlich sprang er gegen die verschlossene Tür. Durch die Wucht des Aufpralls fiel der Schlüssel aus dem Schloss und auf den Zellenboden. Instinktiv trat Bea darauf.

»Gib den zurück!«, knurrte der Wächter.

Der Wilderer stand einfach nur da und starrte ihn trotzig an.

»Okay, Klugscheißer, du hast ja vielleicht den Schlüssel, aber du sitzt noch immer da drin. Ich werde hier einfach warten, bis du dich selbst rauslässt, und dann ...« Er nahm die Bullenpeitsche vom Gürtel. »Und dann werde ich dich halb totprügeln.«

Der Wächter ließ die Peitsche ein paar Mal knallen, und wieder huschte eine ganze Schar kleiner Tiere in die Dunkelheit.

Von außen kam ein weiterer Schatten.

»Alles okay bei dir, Archie?«

Der Wächter wickelte seine Peitsche wieder ein.

»Ja, ja. Ich mache unseren Gästen nur die Regeln klar.«

Der Wilderer zögerte, dann schob er Beas Fuß beiseite, nahm den Schlüssel und warf ihn dem Wächter vor die Füße.

»Schon besser. Und jetzt noch mal: Zurück, umdrehen und Hände hoch. Ich mache jetzt die Tür auf, und du wirst brav mit hochgestreckten Händen rauskommen.

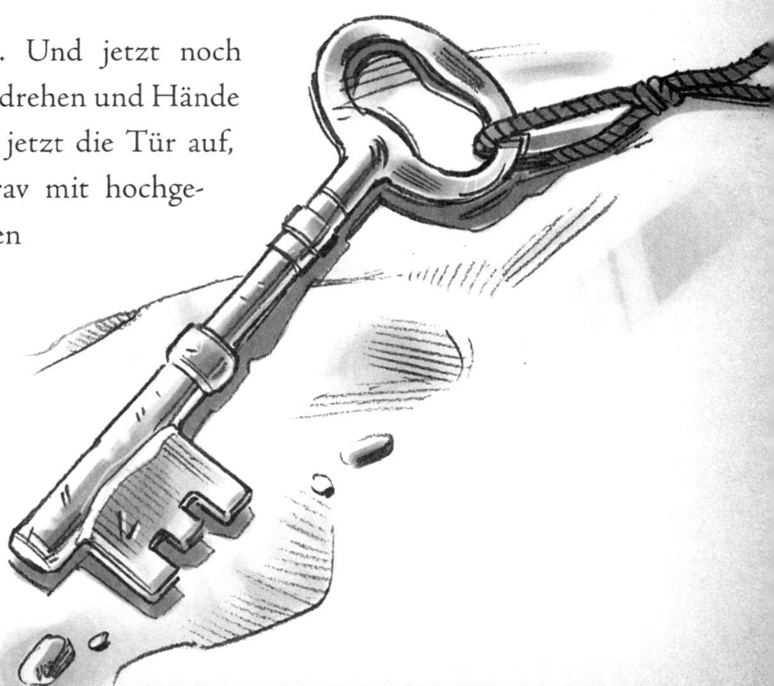

Noch so eine Nummer, und ich lasse die Peitsche über deinen Rücken tanzen. Verstanden?«

Der Wilderer nickte, hob die Hände und drehte sich langsam um.

Bea schnappte nach Luft.

Christian Hayter!

## 22

## EINE NEUE PARTNERSCHAFT

*– Geben Sie ihm Hoffnung –*

»Ich nehme an, ich spreche mit Christian Hayter, korrekt?«

De Bois saß auf einem Felsen im Höhleneingang und musterte Hayter neugierig. Hayter stand vor ihm. Er hatte die Hände auf dem Rücken gefesselt, und zwei von De Bois' Männern bewachten ihn. Einer hatte das Gewehr auf den Gefangenen gerichtet.

»Sie haben Ihre Hausaufgaben gemacht«, grunzte Hayter.

»Ich bin immer daran interessiert, mehr über einen Mann zu lernen, der vier meiner Männer außer Gefecht setzen kann, bevor sie es schaffen, ihn zu überwältigen.« De Bois griff hinter sich und holte Hayters widerwärtigen Stahlhaken hinter dem Felsen hervor. »Das ist eine wirklich formidable Waffe.«

»Sie hat mir stets gut gedient«, sagte Hayter.

»Vielleicht auf Aru und den anderen abgelegenen Inseln, auf denen Sie operiert haben«, erwiderte De Bois. Er lächelte. »Wie Sie bereits erwähnt haben, habe ich meine Hausaufgaben gemacht. Ihr Akzent, Ihre Kleidung, der Stahlhaken ... All das zusammengenommen legt nahe, dass Sie kein einfacher Wilderer sind. Also habe ich mich erkundigt, und zwar bei ... bei gewissen Leuten. Und der

Name Christian Hayter – Gauner, Schmuggler und vor Kurzem gerüchteweise von Aru nach Afrika gereist – ist weithin bekannt.«

»Dauert das noch länger?«, knurrte Hayter. »Sie wissen also, wer ich bin. Und?«

»Ja, und …?«, erwiderte De Bois. »Mein Name ist Hassler De Bois. Hier draußen, auf meinem Land, bin ich das Gesetz. Ich kann also mit Ihnen tun und lassen, was ich will. Als Wilderer kann ich Sie einfach erschießen, oder ich kann Ihnen einen Vorschlag unterbreiten … einen Vorschlag, der durchaus interessant für Sie sein könnte.«

»Ich höre«, sagte Hayter und zog an seinen Fesseln. »Ohne Fesseln höre ich übrigens besser.«

De Bois nickte seinen Männern zu.

»Bindet ihn los. Aber behaltet ihn im Auge. Wenn er irgendeinen Blödsinn macht, knallt ihn ab.«

Der zweite Wächter löste Hayters Fesseln.

»Ich habe einen Job für Sie, Mr. Hayter. Ich habe eine Reihe von Dingen in meinem Besitz, von denen ich glaube, dass sie im Ausland einen guten Preis erzielen würden … bei den richtigen Kunden natürlich.«

»Und was sind das für Dinge?«

»Stegoplatten.«

Hayter runzelte die Stirn.

»Stegoplatten dürfen nicht exportiert werden. Die kommen nicht durch den Zoll.«

»Das weiß ich, Mr. Hayter, und ich weiß auch, dass Exportvorschriften Sie noch nie gekümmert haben.«

Hayter zuckte mit den Schultern.

»Mag sein, aber der Preis für alte Stegoplatten ist nicht mehr so hoch, wie er mal war. Der Markt verlangt nach frischen Platten. Im Fernen Osten werden sie zu Medizin gemahlen. Und solche Platten sind nicht leicht zu bekommen ... jedenfalls nicht in größeren Mengen.«

De Bois nickte nachdenklich.

»Frische Platten sind teurer?«, hakte er nach.

»Viel teurer.«

»Wie viel?«

»Mr. De Bois, frische Platten gibt es nicht«, erklärte Hayter. »Deswegen sind sie ja unbezahlbar.«

»Ach, ja, Mr. Hayter? Bitte, wären Sie so nett, mal mit mir rauszukommen?«

De Bois verließ die Höhle gefolgt von Hayter und seinen beiden Männern. Am Eingang blieben sie stehen, und De Bois deutete auf eine kleine Herde. Hayter fiel die Kinnlade herunter.

»Stegos!«, rief er.

»Genau«, bestätigte De Bois. »Meine Stegoplatten hängen noch an ihren ursprünglichen Besitzern. Ist das frisch genug für Sie, Mr. Hayter?«

»Sechsundzwanzig Platten pro Stego«, rechnete Hayter. »Und da sind zehn Stegos in der Herde. Also zweihundertsechzig Platten!«

»Diese Herde ist nur ein kleiner Teil meiner Stegos«, sagte De Bois. »Ich habe noch mehr auf meinem Land.«

»Wie viel mehr?«, wollte Hayter wissen.

»Laut der letzten Zählung vierhundert«, antwortete De Bois. »Und? Kommen wir ins Geschäft, Mr. Hayter?«

Hayter nickte.

»O ja.« Er deutete auf seine einst so elegante, aber jetzt zerlumpte Kleidung. »Wie wäre es, wenn wir unsere neue Partnerschaft mit einem Bad, einer warmen Mahlzeit und ein paar sauberen Kleidern besiegeln?«

De Bois' Gesichtsausdruck verhärtete sich.

»Ich habe nichts von einer Partnerschaft gesagt«, erklärte er gereizt. »Partnerschaft bedeutet Gleichberechtigung. Sie werden aber für mich arbeiten. Dank Ihrer Fähigkeiten als Schmuggler sind Sie schlicht nützlich für mich. Das ist alles.«

Hayter schaute ihn an und dachte nach. »Vielleicht hätte ich da noch etwas anderes zu bieten, was Sie als ›nützlich‹ erachten könnten«, sagte er.

»Und was?«, verlangte De Bois zu wissen.

»Informationen«, antwortete Hayter. »Sie suchen doch nach diesem großen Diamanten, stimmt's? Nach der sogenannten Königin. Deshalb lassen Sie doch die Kinder in der Höhle buddeln.«

De Bois betrachtete Hayter aufmerksam.

»Für jemanden, der die letzten zwei Tage in einer Zelle verbracht hat, sind Sie bemerkenswert gut informiert.«

Hayter tippte sich an die Stirn.

»Ich habe ja ein Gehirn. Und ich habe Ohren. Das Mädchen, das Sie in die Zelle gesteckt haben. Sie und der verrückte, alte Mann haben miteinander geredet. Er hat gedacht, ich würde schlafen. Er hat ihr von der Königin der Diamanten erzählt und von der Diamantenader in derselben Höhle, aus der auch die Königin stammt. Dort soll es noch mehr von dieser Größe geben.«

Das weckte De Bois' Interesse in der Tat. Seine kleinen Schweinsäuglein funkelten. »Was hat er gesagt?«

»Er hat eine Karte, auf der steht, wo man sie finden kann. Sie ist in einem Kartenspiel versteckt, das seinem Vater gehört hat.«

De Bois' Gesicht leuchtete.

»Und wo ist diese Höhle?«, verlangte er gierig zu wissen.

»Ich weiß es nicht«, gestand Hayter. »Ich weiß nur, dass ich ihn mit diesen Karten habe spielen sehen. Er legt immer Patiencen oder so was. Er holt sie raus, wenn ich schlafe, und wenn ich aufwache, versteckt er sie wieder.« Er grinste De Bois listig an. »Ich nehme an, diese Information ist auch etwas wert.«

»Vielleicht.« De Bois nickte. »Aber nur, wenn Sie das Geheimnis der Karten entschlüsseln können. Dafür müssen Sie sich mit ihm anfreunden. Sie müssen ihn dazu bringen, Ihnen zu vertrauen.«

»Und wie soll ich das anstellen?«, verlangte Hayter spöttisch zu wissen. »Soll ich ihn mit Geschenken überhäufen?«

»Nein, Mr. Hayter.« De Bois lächelte breit, und der Diamant in seinem Zahn funkelte. »Geben Sie ihm Hoffnung.«

# 23

## DER DIETRICH

*– Nur Platz für einen –*

Michael Keat schaute zu, wie Bea einen weiteren Splitter von dem Saurierknochen schnitt.

»Was machst du da?«, fragte er.

»Ich mache einen Dietrich«, antwortete Bea. »Aus einem Knochen.« Im hinteren Teil der Höhle hatte sie die Knochen eines kleinen Oviraptors gefunden, die man dort nach einer Mahlzeit einfach hingeworfen hatte. Sie hatte sich einen ausgesucht, der mit dem Schulterblatt verbunden war, und schärfte ihn an einer scharfen Gitterkante. Dann legte sie den Knochen neben einen Abdruck in dem weichen Kerzenwachs auf dem Boden. Diesen Abdruck hatte sie selbst gemacht, als sie auf den Schlüssel getreten war.

»Ich habe das mal in einem von Montys Filmen gesehen«, erklärte Bea. »Er – oder genauer seine Figur – hat mit Wachs einen Schlüsselabdruck gemacht und dann eine Kopie hergestellt, um aus seiner Zelle zu fliehen.«

Sie machte einen letzten Schnitt in den Knochen und legte ihn vorsichtig in den Abdruck.

»Er passt!«, rief sie aufgeregt. »Jetzt müssen wir nur noch hoffen, dass er auch funktioniert, wenn ich ihn ins Schloss stecke. Der Knochen ist alt. Er könnte also brechen.«

Plötzlich hörten sie draußen ein Geräusch. Sofort steckte Bea den Knochenschlüssel in die Tasche und wich tiefer in die Höhle zurück. Dann kam Hayter und drängte sich grob an dem Wächter vorbei, der ihn zuvor rausgeholt hatte. Ein weiterer Wächter begleitete ihn. Dieser hielt das Gewehr auf Hayter gerichtet, während der erste die Zellentür aufschloss.

Hayter wurde in die Zelle gestoßen und die Tür zugeschlagen. Als die Wächter verschwanden, ließ Hayter sich auf den Boden fallen, hielt sich die Rippen und stöhnte.

»Diese Schweine hätten mich fast umgebracht!«

Bea beobachtete ihn aufmerksam. Diesen Mann hasste sie von ganzem Herzen, und sie hatte eine Million Fragen an ihn, vor allem, warum er hier war. Aber sie hasste es auch, jemanden so leiden zu sehen.

»Was wollten diese Typen denn von Ihnen?«, fragte sie.

»Wer weiß das schon?«, stöhnte Hayter. »Ich glaube, sie wollten sich einfach nur ein wenig amüsieren.« Mit schmerzverzerrtem Gesicht rappelte er sich wieder auf. »Aber eins habe ich herausgefunden: De Bois wird uns umbringen.«

»Uns umbringen?« Entsetzt riss Bea die Augen auf.

Hayter nickte. »Ich habe gehört, wie er mit seinen Männern gesprochen hat. Er glaubt, du machst nur Ärger, und der alte Mann ist wertlos für ihn. Aber ich habe einen Plan, wie wir hier rauskommen.«

»Und was ist das für ein Plan?«, fragte Keat.

Hayter schüttelte den Kopf.

»In diesem Plan ist nur Platz für einen.«

»Typisch!«, schnaubte Bea.

»Hör zu, Mädchen: Hier ist sich jeder selbst der Nächste«, schnappte Hayter. Nachdenklich schaute er die beiden an. Dann fügte er hinzu: »Es sei denn natürlich, es ist die Sache wert.«

»Sie wollen Geld?« Schockiert riss Bea die Augen auf. Sie deutete auf sich und Keat. »Sehen Sie sich uns doch mal an! Glauben Sie wirklich, wir haben Geld dabei?«

»Vielleicht nicht hier, aber deine Großmutter hat genug. Vielleicht können wir ja einen kleinen Deal machen.« Er schaute zu Keat. »Und dann sind da diese riesigen Diamanten, von denen Sie immer reden. Ein Anteil davon wäre es wohl wert. Na? Was sagen Sie?«

»Trauen Sie ihm nicht!«, warnte Bea. »Ich wette, er hat noch nicht mal einen Plan!«

»Nun, das zeigt nur, wie wenig du weißt, kleine Lady.« Hayter grinste, holte eine Pistole hinten aus seinem Hosenbund und legte sie auf den Boden. »Glücklicherweise bin ich ein guter Taschendieb.«

Bea starrte auf die Waffe. Sie war beeindruckt. Doch dann legte sich ein Schatten auf ihr Gesicht. »Nette Idee, aber eine Pistole hat nur sechs Kugeln, und da draußen sind mehr als sechs. Außerdem könnten Sie genauso gut uns damit erschießen.«

Hayter grinste.

»Ja, das könnte ich, aber ihr habt einen Wert für mich ... und das hier auch.« Er holte einen Schlüssel aus seiner Gesäßtasche.

Bea schaute ihn sich genauer an. Hayter grinste von einem Ohr zum anderen.

»Wir haben einen ...«, begann Keat, doch Bea fiel ihm ins Wort.

»Ein Schlüssel und eine Waffe. Gute Arbeit, Mr. Hayter«, sagte sie rasch. »Was genau sollen wir jetzt tun?«

»Nun, wie gesagt, ich bin an diesen Diamanten interessiert. Sagen Sie mir, wo ich sie finden kann, und vielleicht fällt mir dann etwas ein, wie Sie ebenfalls hier herauskommen.« Er grinste. »Und? Was sagen Sie? Wo sind die Diamanten?«

»Wir arbeiten noch daran«, sagte Bea. Sie traute Hayter noch immer nicht, aber er glaubte offenbar die Geschichte von den Diamanten. Also war es vielleicht gar nicht mal so schlecht, sein Interesse wachzuhalten.

»Nun, dann sagt mir Bescheid, sobald ihr es herausgefunden habt.« Hayter zuckte mit den Schultern. »Ich werde jedenfalls später verschwinden, wenn nicht mehr ganz so viele Wachen hier sind. Bis dahin lege ich mich erst mal wieder hin. De Bois und seine Männer haben mir ziemlich übel mitgespielt.«

Keat und Bea schauten zu, wie Hayter zu seinen Decken in der Ecke ging und sich darin einwickelte.

»Warum hast du ihm nichts von dem Dietrich erzählt, den du gemacht hast?«, flüsterte Keat. »Damit können wir doch auch raus.«

Bea schüttelte den Kopf und flüsterte ihm ins Ohr: »Ich traue dem Kerl nicht. Hayter ist böse und hinterhältig, und er ist ein notorischer Lügner. Hätten wir ihm von unserem Dietrich erzählt, dann hätte er ihn uns einfach abgenommen und uns zurückgelassen.«

»Aber er hat doch einen eigenen Schlüssel!«, flüsterte Keat zurück.

»Ja, ein Schlüssel ist das.« Bea legte die Stirn in Falten. »Aber er gehört nicht zu dem Käfig, in dem wir sitzen.«

*

Die Nacht brach an. Die weit heruntergebrannte Kerze war die einzige Lichtquelle in der Zelle. Die Flamme flackerte und ließ unheimliche Schatten über die Felsen tanzen. Bea saß vor den ausgelegten Karten und musterte sie aufmerksam. Irgendwo da verbarg sich die Antwort. Das wusste sie. Aber wo?

Sie schaute zu Hayter. Er schlief noch immer unter seinen Decken. Dann ging sie zu Keat.

»Sind Sie bereit?«, flüsterte sie.

Keat nickte, sammelte seine Karten ein und wickelte sie in ein altes Tuch.

»Die Karten«, sagte er. »Das ist alles, was ich brauche.«

»Okay«, sagte Bea. »Ich bin zu dem Schluss gekommen, dass wir Hayter mitnehmen müssen.«

»Aber du hast doch gesagt, er sei gefährlich«, wunderte sich Keat.

»Das ist er auch, aber er hat eine Waffe, und aus irgendeinem Grund haben wir mit De Bois einen gemeinsamen Feind. Wenn wir ihn mitnehmen, wird er vielleicht für Ablenkung sorgen und uns so die Möglichkeit geben, Carter und die anderen zu befreien.«

»Und wie?«, fragte Keat.

»Das weiß ich auch noch nicht«, gab Bea zu.

Sie ging zu den Decken und stupste sie an.

»Hayter«, sagte sie. »Ich weiß, dass Sie wach sind.«

Ein Grunzen war unter den Decken zu hören, dann wurden sie beiseitegeschlagen, und Hayter steckte den Kopf heraus.

»Was ist?«, knurrte er.

»Gehen wir«, sagte Bea. »Ich habe einen Schlüssel für die Tür.«

Hayter setzte sich auf. Er war sofort hellwach, schaute in seine Tasche und holte den Schlüssel heraus, den er ihnen gezeigt hatte. »Du lügst. Den Schlüssel habe ich.«

»Ihr Schlüssel öffnet zwar irgendetwas, diesen Käfig aber nicht«, erwiderte Bea. »Im Augenblick haben Sie nur mit mir eine Chance. Wir fliehen zusammen, aber sobald wir draußen sind, gehen wir getrennte Wege.«

Hayter ging zur Tür und steckte den Schlüssel ins Schloss. Er passte nicht. Hayter fluchte.

»Okay«, knurrte er. Er schaute auf das kleine Bündel, das Keat in der Hand hielt. »Lassen Sie mich raten: Ihre blöden Karten?«

Keat antwortete nicht darauf. Er und Hayter folgten Bea zur Zellentür. Sie steckte den Dietrich ins Schloss.

»Ist das ein Knochen?«, fragte Hayter.

Bea nickte.

»Der bricht doch, sobald nur ein wenig Druck daraufkommt«, bemerkte Hayter.

»Haben Sie etwa eine bessere Idee?«, zischte Bea.

Hayter grunzte und schaute zu, wie Bea den Dietrich langsam drehte. Dann traf er auf die Schließzylinder.

Bitte, lass es funktionieren!, betete Bea stumm.

Sanft erhöhte sie den Druck auf den Dietrich, Stück für Stück, und versuchte, ihn zu drehen.

Bitte, lass ihn nicht brechen!

Bea erhöhte den Druck weiter, und plötzlich war ein Klicken zu hören, und die Tür schwang auf. Es hatte geklappt!

»Gehen wir!«, sagte Bea aufgeregt.

Als sie hinaustrat, packte sie jemand am Arm und drückte ihr eine Pistole in den Rücken.

»Wachen!«, rief Hayter. »Ruft De Bois! Sagt ihm, ich habe die Karten!«

# 24

## DAS GEHEIMNIS DER KARTEN

*– Die fehlende Karte –*

Offensichtlich hatte man De Bois geweckt, denn als seine Männer Bea, Keat und Hayter in das große Gemeinschaftszelt hineinstießen, kam De Bois in einem eleganten pinkfarbenen Morgenmantel und mit goldenen Pantoffeln. Beides war mit kleinen Diamanten verziert. Jetzt sieht er sogar noch mehr wie ein Schweinchen aus, dachte Bea.

Kalt musterte De Bois die drei.

»Ich hoffe, es gibt einen guten Grund für diesen Aufruhr«, knurrte er drohend.

Hayter deutete auf das kleine Bündel, das Keat sich an die Brust drückte.

»Da«, sagte Hayter. »Die Karten, hinter denen Sie her sind.«

»Er hat Ihnen das Geheimnis der Karte verraten?« Aufgeregt hob De Bois die Augenbrauen.

»Nein«, antwortete Hayter. »Er kennt es aber auch nicht. Aber sie …« Er deutete auf Bea. »Sie hat mit ihnen gespielt, und sie hatte diesen Gesichtsausdruck. Ich habe so eine Ahnung, dass sie das Geheimnis kennt.«

»Und? Stimmt das?«, wandte De Bois sich an Bea.

Jetzt muss ich vorsichtig sein, erkannte Bea. Wenn ich Nein sage, dann gibt es keinen Grund mehr für ihn, mich am Leben zu lassen. Aber wenn ich Ja sage, dann wird er darauf bestehen, dass ich es ihm verrate.

»Ja, ich glaube, ich weiß es«, antwortete sie bedächtig.

»Du glaubst es? Weißt du es nun oder nicht?«, schrie De Bois. Die Vorstellung, dass er seinem Ziel so nahe war, stellte seine Geduld auf die Zerreißprobe.

»Ich habe eine Idee, und daran arbeite ich«, sagte Bea. Und um Zeit zu gewinnen, fügte sie hinzu: »Ich glaube, ich bin kurz davor.«

»Ich habe es Ihnen doch gesagt!« Hayter grinste breit.

»Sie könnte lügen«, sagte De Bois und runzelte die Stirn. Dann lächelte er böse. »Aber das kann man natürlich herausfinden. Ich halte eine Menge Steggi-Kinder fest, junge Lady. Wenn du nicht willst, dass deinen ›Freunden‹ etwas passiert, dann solltest du besser schnell die Lösung finden.«

Plötzlich brach ein Tumult im Gang aus, und zwei Männer platzten in den Raum. Sie hielten Carter zwischen sich. Der Junge wand sich in ihrem Griff und trat mit seinen nackten Füßen nach ihren Beinen. De Bois starrte sie schockiert an.

»Weshalb bringt ihr denn diesen verlausten Steggi her?«, verlangte er zu wissen. »Der Bengel ist voller Asche und Dung!«

»Er hat versucht zu fliehen, Sir«, antwortete einer der Wächter. Sein Hemd war zerrissen, und er hatte Bissspuren am Arm. »Wir mussten ihn überwältigen, und dabei ist ein Teil der Asche abgebröckelt. Da haben wir dann gesehen, dass er gar kein Steggi ist. Er ist weiß … genau wie das Mädchen.«

»Was?«

Bevor De Bois aufstehen und zu dem sich wehrenden Jungen gehen konnte, entdeckte Carter Hayter hinter Bea, und Hayter grinste von einem Ohr zum anderen. Hass kochte in dem Jungen hoch, und als De Bois nahe genug heran war, riss Carter sich von den Männern los und trat nach dem dicken Schweinsmann in dem Versuch, über ihn hinwegzuspringen und sich auf Hayter zu stürzen. Schlag stets als Erster zu. Das ist dein Vorteil … Das war die Art der Schattenraptoren. Die Wächter waren nicht schnell genug, um Carter aufzuhalten, Hayter aber schon. Er zog De Bois zur Seite und schlug mit seinem Haken zu. Allerdings zog er den Schlag nicht durch, und nur die Spitze berührte Carters Wange.

Die Wächter strafften die Schultern und packten Carter wieder. Hayter drehte sich zu De Bois um und winkte ihm fortzufahren.

De Bois nickte seinem neuen Freund dankbar zu, schaute wieder zu dem Jungen und ordnete seine Gedanken. Vorsichtig wischte er Carter die Asche von Gesicht und Kopf. Dann erschien ein breites Grinsen auf seinem Gesicht, als er die Angst in Beas Augen sah.

»Na, sieh mal einer an!« Er drehte sich zu Bea um. »Er ist also doch nicht weggeritten. Was für ein Glück! Das wird ja immer besser. Jetzt hast du wirklich einen Ansporn, den Code zu knacken. Wenn du bis Sonnenaufgang nicht fertig bist, bringen ihn meine Männer um.«

De Bois verzog das Gesicht, als Carter wieder nach ihm trat. Der Junge verfehlte ihn nur knapp.

»Und du kannst damit anfangen, ihm zu sagen, dass er damit aufhören soll. Sonst lasse ich ihn direkt erschießen!«

»Carter! Sei lieb!«, rief Bea.

Carter hörte auf, sich zu wehren, und schaute fragend zu seiner Schwester. Bea nickte.

»Alles wird gut«, sagte sie. »Versprochen.«

Carter funkelte die Männer an, aber er wehrte sich nicht länger.

»Gut«, sagte De Bois. »Du scheinst das wilde Tier ja im Griff zu haben. Ich bin jetzt erst mal wieder im Zelt und schlafe noch 'ne Runde. Hayter, Sie bleiben hier und behalten diese Leute im Auge, während die junge Lady sich daranmacht, das Geheimnis meiner Karten zu entschlüsseln.« Er drehte sich wieder zu Bea um und fügte nachdrücklich hinzu: »Finde die Höhle, wo die Königin der Diamanten entdeckt wurde.« Er deutete auf Carter und befahl seinen Männern: »Sollte der Junge irgendwas versuchen, schießt ihn nieder, aber bringt ihn nicht um. Eine Kugel ins Bein reicht. Im Augenblick ist er mir lebend wichtiger als tot.«

Hayter schaute zu De Bois und schlug drohend mit dem Stahlhaken in die Hand.

»Und besorgt meinem neuen Mitarbeiter was zu essen und zu trinken.«

Und mit diesen Worten verschwand De Bois.

Hayter grinste Bea böse an.

»Sieht so aus, als hättest du diese Nacht viel zu tun«, sagte er.

Hayter griff nach dem Bündel, das Keat sich noch immer an die Brust drückte. Keat wollte es nicht hergeben, doch Hayter schlug ihm ins Gesicht, und der alte Mann taumelte zurück und fiel zu Boden. Hayter nahm ihm das Bündel ab.

»Setzt ihn auf einen Stuhl«, befahl er den Männern. »Wenn er sich bewegt, schießt.« Er deutete auf Carter. »Und für den gilt das Gleiche.«

Die Wächter führten Carter zu einem Klappstuhl unter einer Laterne und warfen ihn darauf.

»Sei lieb, Carter. Sei lieb«, drängte ihn Bea.

Hayter tippte auf das Bündel auf dem Tisch.

»Und jetzt zu dir, du dummes Gör.« Er grinste Bea an. »Ich hoffe um deinetwillen, dass du eine Lösung findest.«

*

Bea saß an dem Klapptisch, und Keat und Carter hockten auf ihren Klappstühlen und schauten erst zu den Bewaffneten, die sie bewachten, und dann zu Bea, die die Karten auf dem Tisch studierte. Hayter saß am anderen Ende des Tischs. Vor ihm stand ein Teller mit Sandwiches, die er gierig verschlang. Auch er beobachtete Bea aufmerksam.

»Ich habe meine Meinung geändert«, sagte Hayter. »Ich hoffe, du findest die Lösung nicht. Ich hoffe, De Bois bringt dich um. Du hast mir genug Ärger gemacht.«

Bea funkelte ihn an. »Sie haben uns verraten«, zischte sie. »Ich hätte Sie in der Zelle verrotten lassen sollen.«

»Ich habe nicht geschlafen.« Hayter grinste. »Ich habe die ganze Zeit über zugehört. Ich habe mir schon gedacht, dass du was im Schilde führst.«

»Was ich wirklich gerne wissen würde, ist, warum Sie hier in einer Zelle in Kenia waren und nicht in einer auf der anderen Seite der Welt, in Indonesien?«, fragte Bea.

Hayter wischte sich mit dem Ärmel über den Mund und lachte vor sich hin. »Ja, das ist seltsam, nicht wahr? Vielleicht hättest du dich auf eurer Reise mal häufiger umdrehen sollen. Ich bin euch nämlich die ganze Zeit gefolgt.«

»Warum?«, schnappte Bea.

»Warum nicht?«, schnappte Hayter zurück und schlug mit der Faust auf den Tisch. »Im Augenblick würde ich mich an deiner Stelle allerdings eher auf deine Zukunft konzentrieren und nicht auf deine Vergangenheit, kleine Lady.«

Bea richtete ihre Aufmerksamkeit wieder auf die Karten und versuchte verzweifelt, sich an die verschiedenen Kartenspiele zu erinnern, die ihr Großvater ihr beigebracht hatte. Die Bildkarten: König, Dame, Bube. War da etwas Besonderes an der Art, wie sie gezeichnet waren? Irgendetwas am König, was ihn von anderen Karten seiner Art unterschied? Hatte er vielleicht mehr oder weniger Juwelen in der Krone? Dann untersuchte Bea die Zahlenkarten und verglich die vier Farben: Karo, Herz, Pik und Kreuz. Waren die Symbole vielleicht anders angeordnet? Unterschied sich eine Karte von den anderen?

Die Zeit verging – erst waren es Minuten, dann Stunden –, und noch immer sah Bea nur ein Kartenspiel.

Plötzlich erinnerte sie sich an etwas, was Michael Keat gesagt hatte: Sein Vater hatte ihm versprochen, ihm das Geheimnis zu verraten. Was hatte er sonst noch gesagt? Er hatte immer Bridge gespielt, und zwar mit … Das könnte es sein! Bridge!

Aufgeregt versuchte Bea, sich die Spielregeln ins Gedächtnis zurückzurufen, die Opa Sidney ihr hatte beibringen wollen. Aber Bea war viel zu jung für so ein komplexes Spiel gewesen. Doch selbst, wenn sie sich daran erinnern könnte, konnte ihr das überhaupt helfen?

Bea drehte die Karten um. Auf allen Rückseiten waren schwache Kratzspuren zu erkennen, die so aussahen, als seien sie schlicht auf Verschleiß zurückzuführen. Doch als Bea sie sich nun genauer ansah, glaubte sie plötzlich, ein Muster zu erkennen. Sie schaute sich drei Karten an und sah, dass die scheinbar willkürlichen Kratzer sich verbinden ließen. War das Zufall? Sie drehte die Karten wieder um. Es waren Herz drei, vier und fünf.

Vorsichtig – sie wollte nicht, dass Hayter ihre Entdeckung bemerkte – nahm sie ein paar Karten und strich mit den Fingern darüber. Ja, alle hatten die gleichen Kratzer!

Die Zeltklappe wurde zurückgeschlagen, und Morgenlicht fiel herein. Dann kam De Bois. Jetzt war er angekleidet.

»Und?«, verlangte er zu wissen. »Hat sie den Code geknackt?«

»Nein«, knurrte Hayter.

»Ja«, widersprach Bea.

De Bois, Hayter und Keat starrten sie staunend an. Carter versuchte immer noch zu verstehen, was an diesen Spielkarten so wichtig war.

»Was hast du gesagt?«, hakte De Bois ungläubig nach.

»Ich habe Ja gesagt. Ich habe den Code geknackt. Ich glaube, ich kenne ihn«, erklärte Bea.

»Warum hast du nichts gesagt?«, brüllte Hayter wütend. An De Bois gewandt appellierte er: »Sie hat nichts gesagt, bevor Sie gekommen sind. Sie blufft!«

»Ich habe es gerade erst geschafft«, rechtfertigte sich Bea.

»Und?«, verlangte De Bois ungeduldig zu wissen. Hayter ignorierte er. »Was ist nun?«

»Der Schlüssel ist Bridge«, erklärte Bea.

Sie begann, die Karten in numerischer Reihenfolge und nach Farbe auszulegen: Herz, Karo, Kreuz und Pik, alle mit dem Bild nach oben.

»Und jetzt schauen Sie genau hin«, forderte sie De Bois auf.

Eine nach der anderen drehte sie die Karten um, bis alle mit der Rückseite nach oben lagen. Das Muster aus Kratzern war deutlich zu erkennen. Es war eine Art Karte, doch irgendetwas stimmte nicht. Sie wirkte unzusammenhängend, durcheinander …

Plötzlich hörte Bea die Stimme ihres Großvaters im Kopf, der ihr vor all diesen Jahren das Spiel erklärt hatte, und sie erkannte das Problem. Die Zahlenreihenfolge war korrekt, nicht aber die der Farben.

Rasch tauschte sie ein paar Könige und Asse aus, und das Muster nahm mehr und mehr Gestalt an. Der Code war gebrochen, die Karte enthüllt.

»Perfekt!«, keuchte De Bois.

»Nein«, widersprach ihm Hayter. Er deutete auf eine Lücke in der Mitte der Karten auf dem Tisch. »Da fehlt eine Karte.«

De Bois lächelte.

»Die fehlende Karte ist der Beweis, dass das die Lösung ist«, erklärte er. »Die fehlende Karte ist die Karodame. Die Karten bilden eine Landkarte von genau dieser Gegend hier. Schauen Sie!« De Bois deutete auf die Landkarte an der Wand. »Das passt perfekt!«

Dann deutete er mit zitterndem Finger auf die Lücke in den Karten.

»Die fehlende Karodame … Genau dort werden wir die Höhle finden!«

# 25

## KARODAME

*– Ein verrückter Plan –*

De Bois schaute immer wieder auf die Karte, während er seinen Blick über die von Höhlen durchlöcherte Felswand schweifen ließ. Hayter war direkt neben ihm. Seine Knopfaugen lauerten wachsam, während Bea, Carter und Keat ein Stück entfernt bei ein paar Wachen standen. Und noch ein Stück weiter standen die Kinder der Steggis vor einer der Höhlen, die ihnen als Schlafplatz gedient hatte. Bewaffnete passten darauf auf, dass sie keine Dummheiten machten, und alle fragten sie sich, was da wohl los war.

Sholo versuchte, unbemerkt wegzuhuschen, als alle zu De Bois schauten, doch einer der Wächter schlug ihn sogleich mit dem Gewehrkolben nieder.

Nicht weit davon entfernt grunzten die riesigen Stegosaurier. Sie waren nervös. Ihre Morgenroutine war nicht so, wie sie sein sollte, und ohne eine frische Ascheschicht wurden sie von Insekten gequält, und die Sonne brannte ihnen auf der Haut.

»Die da!«, rief De Bois und deutete auf eine der Höhlen.

Gefolgt von Hayter und seinen Männern rannte er zu ihr und blieb am Eingang stehen.

»Er ist versperrt«, sagte er.

»Das war ein Steinschlag«, erklärte Hayter. »Man kann deutlich sehen, wo Decke und Wände eingestürzt sind. Das muss passiert sein, nachdem der alte Keat die Königin gefunden hat. Deshalb ist er auch nie wieder zurückgekehrt und hat sich den Rest geholt. Um das wegzuräumen, braucht man Sprengstoff. Offenbar wird es nicht ganz leicht, die Diamanten zu finden. Vermutlich versperren auch drinnen noch Hunderte von Tonnen Fels den Weg.«

»Das werden die Steggi-Kinder erledigen«, sagte De Bois. »Ihre kleinen Hände sind perfekt, um selbst winzige Trümmerteile zu sortieren.« Er drehte sich um und rief seinen Männern zu: »Bringt das Mädchen und die anderen beiden wieder in die Zelle!«

»Aber passt auf! Sie sind gerissen!«, ergänzte Hayter. »Beim letzten Mal hat das Gör sich selbst einen Schlüssel angefertigt!«

»Ach, so war das«, lachte De Bois. »Ich habe mich schon gefragt, wie Sie mit dem falschen Schlüssel rausgekommen sind.«

Hayter verzog das Gesicht, knirschte mit den Zähnen und funkelte De Bois an.

»Das Mädchen könnte lügen«, warnte er. »Das könnte auch nur wieder eine leere Höhle sein.«

»Nein«, widersprach De Bois. »Diamanten sind mein Leben. Ich kann sie riechen. Ich fühle ihre Gegenwart. Ich weiß, dass sie irgendwo hier sind.«

Plötzlich rief einer seiner Männer eine Warnung.

»Wir haben Gesellschaft, Boss!«

Ein Brummen am Himmel ließ alle nach oben schauen. Ein roter Doppeldecker kreiste über ihnen. Qualm stieg aus dem Motor, der nur noch stockend lief.

»Offensichtlich steckt der Pilot in Schwierigkeiten. Und er will landen, Boss!«

De Bois deutete auf die Steggi-Kinder.

»Schafft die Kinder und die Stegos weg!«, rief er. »Bringt sie in die Höhle! In die große Kaverne! Sofort!«

*

Auch Carter schaute zum Himmel, als er das Motorengeräusch hörte. Er erkannte den Klang der Libelle, und er lächelte.

»Beweg dich!«, knurrte ihn einer der Wächter an und stieß ihm das Gewehr in den Rücken.

Bea erkannte das Flugzeug ebenfalls.

»Komm, Carter«, sagte sie. »Wir wollen doch keinen Ärger machen.«

Noch nicht, fügte sie im Geiste entschlossen hinzu, während sie in die Höhle und zu ihrer Zelle gingen. Wenn Micki, wie sie hoffte, gekommen war, um sie zu retten, dann würde es hier schon bald hoch hergehen.

*

De Bois' Männer beeilten sich. Erst sperrten sie Bea, Carter und Keat in den Käfig, dann trieben sie die Kinder und die Stegos in eine riesige Kaverne neben der kleineren Kammer mit der Zelle. Die kühle, feuchte Luft und der Schatten waren eine Erleichterung von der Hitze draußen. Die Steggi-Kinder waren glücklich, wieder mit ihren Stegos zusammen zu sein, und sie ließen sich nicht anmerken, dass sie die große Höhle nur allzu gut kannten. Tatsächlich kamen sie nämlich einmal im Jahr hierher. Die hohen Wände der Kaverne waren voller Salzablagerungen, an denen die Saurier gerne leckten. Das war eine willkommene, mineralhaltige Abwechslung zu ihrer kargen Diät im Busch.

De Bois und Hayter beobachteten das Flugzeug. Es kreiste weiter über ihnen, aber dass es Probleme hatte, war nicht zu übersehen. Sie hörten den Motor husten, und immer mehr Rauch quoll aus der Maschine. Schließlich landete der Doppeldecker auf einem flachen Stück Land, ein Stück von den Höhlen entfernt und neben einem kleinen Wald. Die Maschine setzte mehrmals auf und kam mit einem Ruck zum Stehen. Noch immer quoll Rauch aus dem Motor.

»Hedrick, geh, und sag dem Kerl, dass er hier nichts zu suchen hat«, befahl De Bois. »Sieh zu, dass du ihn loswirst.«

Hedrick lief zum Flugzeug. Er erreichte es just in dem Moment, da der Staub sich legte und der Pilot heraussprang.

»Sie dürfen hier nicht landen«, erklärte er.

Micki nahm ihre Lederkappe ab und schüttelte die langen Locken.

»Sie müssen entschuldigen, aber ich hatte da ein Problem.«

Hedrick klappte der Mund auf, und er starrte die Frau fassungslos an.

»Sie ... Sie sind ja eine Frau!«, platzte er heraus.

»Zehn Punkte für den Kandidaten.« Micki lächelte. »Gut erkannt. Gott sei Dank sind Sie hier. Ich glaube, ein Vogel ist mir in den Motor geflogen, und das Ding hat Feuer gefangen.« Sie ging um die Maschine herum und öffnete die Motorklappe. Neuer Rauch quoll hervor. »Jep, da ist nicht mehr viel von übrig.«

Sie holte einen qualmenden Kadaver heraus. »Ich brauche etwas Wasser. Bitte, seien Sie so lieb, und holen Sie mir einen Eimer.«

*

De Bois schaute verärgert drein, als Hedrick wieder zurückkehrte.

»Warum ist der Kerl noch immer hier?«, verlangte er zu wissen. »Ich habe dir doch gesagt, du sollst ihn loswerden.«

»Er ist eine Sie, Boss«, entschuldigte sich Hedrick. »Und sie hat ein Problem mit ihrem Flieger. Er hat Feuer gefangen, und jetzt braucht sie etwas Wasser.«

*

Micki lehnte am Cockpit und informierte flüsternd Theodore und Monty, die sich hinter dem Pilotensitz versteckten. »Sieht so aus, als käme gleich der große Boss. Ich seh zu, dass ich ihn loswerde, dann könnt ihr aussteigen. Ich habe die Maschine neben ein paar Büschen und Felsen abgestellt, die euch Deckung geben werden.«

»Guten Tag!«, rief eine dröhnende Stimme. »Ich bin Hassler De Bois. Man hat mir gesagt, Sie hätten Schwierigkeiten.«

Micki stieg vom Flügel und setzte ihr reizendstes Lächeln auf. De Bois reichte ihr einen Eimer. »Sie brauchen also Wasser?«

»Danke!«, strahlte Micki. Sie nahm das Wasser und schüttete ein wenig davon über den heißen Motor. Dichter Rauch war die Folge. »So. Das sollte funktionieren«, erklärte sie. »Jetzt muss ich nur noch das verbrannte Zeug auswechseln. Glücklicherweise habe ich die entsprechenden Ersatzteile dabei.« Sie trat gegen einen Reifen und sagte nachdenklich: »Beim Start sollte es aber besser laufen als bei der Landung. Ich kann es mir nicht leisten, ein Rad zu verlieren. Sonst sitze ich hier fest. Bitte, seien Sie so nett, und sagen Sie Ihren Männern, dass sie eine Startbahn für mich freiräumen sollen.«

Wieder schenkte sie De Bois ihr schönstes Lächeln. De Bois antwortete darauf mit einer Verbeugung. Er lächelte ebenfalls.

»Aber selbstverständlich, Madam. Es wird mir eine Freude sein.«

Dann ging er zurück und bellte seinen Männern Befehle zu.

»Okay«, flüsterte Micki. »Das ist eure Chance.«

Sie goss den Rest des Wassers über den Motor und erzeugte eine gewaltige Dampfwolke.

*

Theodore und Monty nutzten die Gelegenheit, um aus dem Cockpit zu klettern und in Deckung zu laufen. Von dort schlichen sie zu den Höhlen und blieben dabei die ganze Zeit über hinter den Felsen versteckt. Glücklicherweise waren die meisten von De Bois' Männern nun damit beschäftigt, eine Startbahn freizuräumen – ganz wie Micki es geplant hatte.

Schließlich fanden Theodore und Monty ein Versteck, von wo aus sie alles beobachten konnten. So sahen sie, wie Micki das Areal inspizierte, das die Männer zum Start freigeräumt hatten. Immer wieder deutete sie auf kleine Steine, die »alle möglichen Schäden« verursachen könnten, und die Männer beeilten sich, sie wegzuräumen. Als sie schließlich am Ende der Startbahn ankamen, seufzte Micki und erklärte, dass sie doppelt so lang sein müsse.

»Sonst bekomme ich nicht genug Auftrieb und krache wieder runter. Dann bin ich ewig hier.«

»Jetzt übertreibt sie aber ein wenig«, murmelte Theodore.

»Männer machen die verrücktesten Sachen, um eine Frau zu beeindrucken«, bemerkte Monty.

Theodore drehte sich zu ihm um und hob wissend die Augenbrauen. »Wie zum Beispiel eine verrückte Rettungsmission?«

Schließlich war der Motor, der nie kaputt gewesen war, »repariert«. Der »Vogelkadaver« war nur noch ein Haufen verkohlter Stegodung, der vom Wind weggeweht wurde, und die Libelle stand auf einer perfekten Startbahn.

Micki winkte und warf De Bois einen vergifteten, kleinen Handkuss zu. Dann ließ sie den Motor aufheulen. Der Propeller wirbelte den Dreck auf, und die Maschine rollte die übertrieben

lange Startbahn herunter. Ein Looping fesselte die Aufmerksamkeit der Männer lange genug, um Theodore und Monty mehr Zeit für den nächsten Teil ihres verrückten Plans zu verschaffen.

*

De Bois stand noch lange an der Startbahn und winkte, bis die Frau verschwunden war.

»Sie wird doch niemandem erzählen, das wir hier graben, Boss, oder?«, fragte Hedrick.

De Bois grinste.

»Niemals. Das hübsche, kleine Ding hat nicht die geringste Ahnung, was hier los ist. So … Und jetzt ab an die Arbeit. Packt den Sprengstoff in den Höhleneingang.«

*

Theodore und Monty lugten über den Felsen und beobachteten alles.

»Was bringen die da in die Höhle?«, fragte Monty.

»Sprengstoff«, antwortete Theodore. »Sie wollen irgendetwas in die Luft jagen.« Er schaute sich weiter um. »Von Bea, Carter und den Steggi-Kindern fehlt jede Spur, genauso von den Stegos.«

»Er muss sie irgendwo versteckt haben«, sagte Monty. »Vermutlich, als er sah, dass Micki landen wollte.«

»Das glaube ich auch«, stimmte Theodore ihm zu. »Die Frage ist nur: Wo?«

Plötzlich versteifte er sich, als ein vertraut wirkender Mann aus der Höhle kam und sich eine Sprengstoffkiste schnappte. Als er sich umdrehte, sah Theodore kurz sein Gesicht, dann machte der Kerl wieder kehrt und trug den Sprengstoff hinein.

»Hayter!«, platzte Theodore schockiert heraus.

»Wer?«, fragte Monty.

»Christian Hayter. Ein böser, extrem gefährlicher Mann«, antwortete Theodore. »Was macht der hier?«

Hayters Anblick hatte Theodore so wütend gemacht, dass er kurz abgelenkt war. Seine Gedanken überschlugen sich. Dann bewegte sich etwas am Eingang einer anderen Höhle, ein Stück von den anderen Männern entfernt, und erregte Theodores Aufmerksamkeit. Zwei Männer, beide mit Gewehren bewaffnet, setzten sich draußen hin, als wollten sie sich ausruhen. Aber Theodore fiel auf, dass sie nicht entspannt waren. Sie waren wachsam und schauten immer wieder in die Höhle zurück.

»Warum sind die beiden so weit von den anderen weg?«, überlegte er laut.

»Sieht so aus, als würden sie etwas in der Höhle bewachen«, sagte Monty.

»Und ich nehme an, es ist etwas Wichtiges«, bemerkte Theodore, schaute zu Monty und grinste. »Haben Sie schon mal den Bösen gespielt?«

»Was meinen Sie?«

»In Ihren Filmen? Sie wissen schon … Alle Frauen himmeln doch heimlich die bösen Buben an.«

»O nein«, antwortete Monty entschieden. »Sie mögen den Bösen ja anhimmeln, aber zum Schluss bekommt der Held das Mädchen.«

»Okay, aber was ist mit dem Helden, der den Schurken nur spielt, um einen Haufen Kinder zu retten?«

Monty grinste. »Jetzt sprechen Sie meine Sprache! Was ist mein Motiv?«

»Sie wollen das Herz einer außergewöhnlich attraktiven Frau erobern … einer Pilotin.«

Monty nickte. »Okay. Ich bin dabei.«

## 26

## DIE STAMPEDE

*– Raus –*

Theodore stapfte auf die beiden Wachen vor der Höhle zu. Er hatte die Hände hinter dem Kopf verschränkt und einen düsteren Gesichtsausdruck aufgesetzt. Monty ging hinter ihm, das Gewehr auf Theodores Rücken gerichtet. Als das Paar näher kam, standen die beiden Männer auf.

»Was soll das?«, verlangte einer zu wissen.

»Ich habe ihn dabei ertappt, wie er wie eine Ratte um unser Camp geschlichen ist. Ich war grad auf Streife«, antwortete Monty mit übertriebenem Akzent. »Der Boss hat gesagt, wir sollen ihn einsperren.«

Einer der Wächter nickte und holte einen Schlüssel hervor.

»Wahrscheinlich hat er nach dem anderen Wilderer gesucht. Wir stecken ihn zu den Gefangenen. Mir nach«, sagte er und drehte sich zur Höhle um.

Bämmm! Theodore schwang die Faust, und der Wachmann brach augenblicklich zusammen. Monty wiederum schwang sein Gewehr nur eine Sekunde später, und auch der zweite Kerl ging somit zu Boden.

»Wow! Im Film funktioniert so was nie!«, rief Monty.

Bea sah, wie die Schatten an der Wand immer größer wurden. Die Wachen kamen.

Und tatsächlich erschienen zwei Männer, die zwei weitere hinter sich her schleiften. Dann nahm eine der Wachen den Hut ab und schaute in Beas Richtung. Er hatte ein breites Grinsen im Gesicht. Der andere Mann trat neben ihn.

»Theodore! Monty!«, rief Bea erstaunt. Sie und Carter sprangen ans Gitter. »Ihr wart in Mickis Flugzeug?«

»Ja, das waren wir«, bestätigte Theodore und steckte den Schlüssel ins Schloss. »Aber wir werden später reden. Jetzt müssen wir erst mal weg von hier.«

Die Tür schwang auf, und die Kinder stürzten sich glücklich und erleichtert auf Theodore und Monty. Dann bemerkte Theodore den zerlumpten, alten Mann, der sich ihnen staunend näherte.

»Ist … Ist das Theodore Logan?«, fragte er mit zitternder Stimme.

»Michael Keat!«, rief Theodore. »Hier sind Sie also verschwunden.«

»De Bois hat gelogen«, sagte Bea.

»Ja, das haben wir uns schon gedacht«, erwiderte Theodore. »Wo sind die Kinder und die Stegos? Wir müssen euch alle hier rausschaffen.«

»Tiefer in der Höhle, in einer großen Kaverne hinter dieser«, erklärte Bea.

»Sind Wachen bei ihnen?«

»Ich glaube nicht«, antwortete Bea. Sie deutete auf die beiden bewusstlosen Männer. »Ich glaube, die beiden waren die Einzigen, die uns bewachen sollten.«

»Gut«, sagte Theodore. »Okay. Der Plan ist, euch und die Kinder auf die Stegos zu setzen und die Saurier dann aus der Höhle stürmen zu lassen. Eine Stampede. Das sollte De Bois und seine Männer überraschen.« Er klopfte auf das Gewehr in seiner Hand. »Ich werde die Nachhut bilden und dafür sorgen, dass euch niemand folgt. Monty, Sie gehen mit den Kindern und den Stegos.«

»Alles klar.« Monty nickte.

Theodore drehte sich zu Bea um. »Und haltet in gar keinem Fall an, wenn ihr dann unterwegs seid. Es ist nur wichtig, dass ihr erst mal von hier wegkommt.«

»Verstanden«, sagte Bea.

Carter schaute sie und Theodore fragend an. Bea sah seine Verwirrung und zeichnete die Umrisse eines großen Stegos mit den Händen. Dann tat sie so, als würde sie daraufsteigen.

»Wir reiten die Stegos«, sagte sie. »Wir alle. Sholo, Sheia, du, ich. Alle.«

Sie deutete in die Ferne.

»Wir reiten weit weg.«

Carter grinste.

»Weit weg«, echote er. »Weit weg von schlimmen Männern.«

»Ja!«, strahlte Bea.

»Achtet nur darauf, mit den Stegos nicht zu nah an die Höhle mit dem Sprengstoff zu kommen«, ermahnte sie Theodore. »Das ist die ...«

»Ich weiß, welche das ist«, unterbrach ihn Bea und verzog das Gesicht. »Ich habe sie für ihn gefunden.«

»Das kannst du mir später erklären«, sagte Theodore. »Jetzt müssen wir die Typen hier erst einmal sicher verstauen.«

Er und Monty zogen die bewusstlosen Wachen in die Zelle und schlossen sie ab. Nachdem das erledigt war, gingen sie gemeinsam tiefer in die Höhle rein. Sie bogen um eine Ecke in den schmalen Tunnel, und plötzlich standen sie in einer riesigen Kaverne, so groß wie eine unterirdische Kathedrale. Hier hatte man die Stegos reingetrieben, und bei ihnen waren Sholo, Sheia und die anderen Steggi-Kinder.

Beim Anblick von Bea, Carter und Theodore schrien Sholo und Sheia vor Freude. Sie rannten zu ihnen und schlangen die Arme um sie.

»Dafür ist später noch Zeit«, sagte Theodore und schob die Kinder weg. »Jetzt müssen wir erst mal fliehen. Nehmt die Stegos, und macht, dass ihr wegkommt.«

»Ja.« Sholo strahlte. Er drehte sich zu den anderen Kindern um, pfiff, und alle stiegen sie auf die Stegosaurier, die sich dank des Schattens in der Höhle und dem Salz schon wieder erholt hatten.

Theodore schaute zu Michael Keat. Der Mann sah schwach aus.

»Mr. Keat, Sie bleiben am besten bei mir. Sich auf einem losstürmenden Stegosaurier festzuhalten, ist ziemlich schwer, und außerdem dürfen wir als Erwachsene ohnehin nicht da drauf. Glauben Sie, dass Sie mit mir mithalten können?«

»Ich muss«, antwortete Keat. »Entweder das, oder ich bleibe ein Gefangener. Da versuche ich es doch lieber mit Ihnen.«

»Okay«, sagte Theodore und schaute zu den Kindern auf ihren Stegos. »Auf geht's!«

*

De Bois und Hayter sahen prüfend zu, wie die letzten Sprengstoffkisten im Eingang der Diamantenhöhle platziert wurden, direkt an dem Steinschlag. Zünddraht wurde ausgerollt und der Sprengstoff mit einem Zündkasten verbunden.

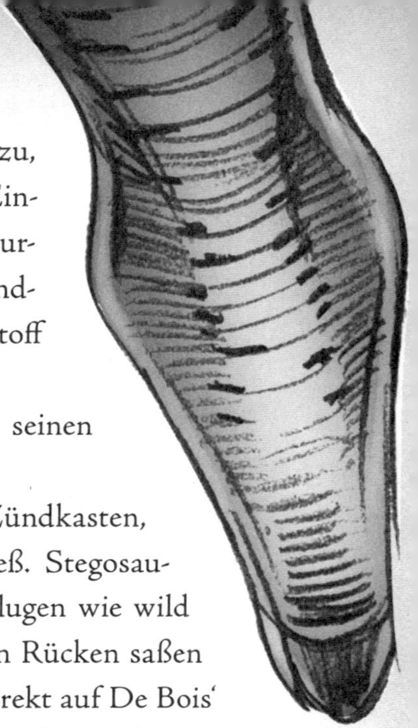

»Das sollte reichen!«, rief De Bois seinen Männern zu. »Geht jetzt in Deckung!«

Er war gerade auf dem Weg zum Zündkasten, als ein Warnruf ihn herumwirbeln ließ. Stegosaurier stürmten aus der Höhle. Sie schlugen wie wild mit ihren Schwänzen, und auf ihren Rücken saßen die Kinder. Sie galoppierten direkt auf De Bois' Männer zu. Vollkommen überrascht wurden einige von ihnen von Schwanzschlägen zu

Boden gestreckt. Andere wiederum waren zwar schnell genug, um den stachelbewehrten Schwänzen auszuweichen, doch dann wurden sie von den riesigen Kreaturen einfach niedergetrampelt. De Bois und Hayter hörten Schüsse, und als sie sich umdrehten, sahen sie Theodore, Keat und Monty hinter den wild gewordenen Stegos herlaufen. Sie schossen in die Luft und versetzten die Tiere in Panik.

»Logan!«, brüllte Hayter.

De Bois stand unter Schock. Plötzlich geriet alles außer Kontrolle. Das war De Bois nicht gewohnt. Er sah, wie seine Männer, die gerade noch den Sprengstoff gestapelt hatten, vor der wütenden Herde flohen.

»Zurück!«, brüllte er sie an. Er schnappte sich ein Gewehr, das irgendjemand hatte fallen lassen, und riss es herum, doch die durchgehenden Stegos waren schon fast alle an ihm vorbei. In dem verzweifelten Versuch, den anderen Sauriern auszuweichen,

rannte De Bois in den Schutz der Höhle. Hayter folgte ihm dichtauf.

Carter zügelte seinen Stego. Bea, Sholo, Sheia und die anderen waren entkommen, doch Carter erinnerte sich an seine Zeit bei den Raptoren. Wenn der Clan vor Raubtieren floh, dann mussten die Langsamsten beschützt werden, und hier war Mr. Keat der Langsamste, der alte Mann. Theodore war bei Mr. Keat geblieben.

»Flieh!«, rief Theodore Carter zu.

Doch Carter war fest entschlossen, bei ihnen zu bleiben und sie zu beschützen.

PENG!

Eine Kugel schlug neben Theodore in die Felsen, und Steinsplitter flogen durch die Luft. Carter schaute sich um. Wo war der Schuss hergekommen? Er sah De Bois am Höhleneingang. Gerade legte er wieder an.

PENG! Die zweite Kugel zischte über Carters Kopf hinweg.

Carter zog den Stegosaurier herum und versuchte, Theodore zu schützen.

PENG!

Die Kugel traf Carters Stego in den Kopf, und Theodore sah entsetzt, wie das riesige Tier ins Wanken geriet und dann zusammenbrach.

Carter sprang gerade noch rechtzeitig herunter, bevor der Saurier auf die Erde prallte. Dann warf er sich hinter einen Felsen, und De Bois schoss erneut.

Theodore ließ Keat im Schutz einiger Felsen zurück und rannte zu Carter und dem gefallenen Saurier. Immer wieder schlugen Kugeln aus De Bois' Gewehr in den Boden und die Felsen um sie herum. Theodore erreichte den gefallenen Stegosaurier, und Carter sprang hinter seinem Felsen hervor und rannte zu ihm. Sanft legte Carter das Ohr auf den Stego. Er atmete noch, aber ein furchtbares Pfeifen war in seiner Lunge zu hören.

PENG!

Der Knall des Schusses schien den Stego wieder zum Leben zu erwecken. Erschrocken rappelte er sich wieder auf. Theodore wich zurück, um der riesigen Kreatur Platz zu machen, und dabei sah er den Zündkasten. Er war nur wenige Schritte von ihm entfernt. Und der Hebel war hochgezogen. Das Ding war scharf!

»Pass auf!«, rief er, doch es war zu spät.

Der Stego taumelte zur Seite und fiel genau auf den Zündkasten. Theodore packte Carter.

BUUUMMM!

# 27

# FREIHEIT

*– Ehre den Gefallenen –*

Theodore und Carter suchten hinter dem massigen Körper des toten Stegos Schutz. Felsbrocken schlugen in den Leib des Tiers, und eine gewaltige Staubwolke senkte sich auf sie herab. Theodore zog die Jacke über den Kopf, um sie zu schützen und vor dem Ersticken zu bewahren. Die Erde bebte, und Unmengen kleiner Felsbrocken regneten auf sie herab.

Als die Erde sich schließlich wieder beruhigt hatte und kein weiterer Staub mehr kam, nahm Theodore die Jacke wieder vorsichtig herunter, und sie schauten sich um.

Die Höhle war verschwunden. Wo gerade noch De Bois gestanden hatte, waren nur noch Steine zu sehen.

Sie fanden Michael Keat. Der alte Mann war kaum noch zu erkennen. Er war über und über mit Staub bedeckt. Wundersamerweise hatten ihn die Felsen, hinter denen er sich versteckt hatte, jedoch vor Schlimmerem bewahrt. Als Theodore und Carter ihm aufhalfen und ihm den Staub von den Kleidern klopften, hörten sie das Stampfen der zurückkehrenden Stegosaurier. Sie drehten sich um und sahen Bea, Sholo und Sheia an der Spitze der anderen Kinder. Monty rannte ihnen hinterher.

Bea sprang von ihrem Stego, lief zu Carter und schlang die Arme um ihn.

»Wir haben eine Explosion gehört«, sagte sie. »Ich habe mir ja solche Sorgen gemacht, Carter!«

»Wir sind in Sicherheit«, versicherte ihr Theodore. Er deutete zu Carters Stego, der halb verborgen hinter einem Felsen lag. »Unglücklicherweise hat Carters Tier nicht überlebt. De Bois hat ihn erschossen und damit seinen eigenen Tod besiegelt.« Er deutete auf den Felssturz, der die Höhle vollständig versperrte. »Der Saurier hat die Sprengung ausgelöst. Das war das Ende von De Bois.«

»Und Hayter?«, fragte Bea.

»Als ich ihn zum letzten Mal gesehen habe, war er da oben bei De Bois. Also nehme ich an, es hat ihn auch erwischt.« Er verzog das Gesicht. »Jetzt werden wir nie erfahren, was Hayter hier gemacht hat.«

Monty schaute zu dem riesigen Felshaufen vor der Höhle.

»Sieht so aus, als sei De Bois endgültig mit seinen geliebten Diamanten vereint«, bemerkte er.

»Hullu! Hullu!«

Theodore, Keat und die Kinder drehten sich bei den Rufen um. Für den Krieg in Stegoplatten gehüllt und mit langen Speeren bewaffnet waren die Eltern der Kinder gekommen. Die Kinder johlten vor Freude, liefen zu den Erwachsenen und warfen sich in ihre Arme.

Der Stegozauberer und die Dorfältesten gingen zu Theodore, Carter, Bea und Monty. Der Älteste nahm Theodores Hand und schaute ihm tief in die Augen.

»Du hast es geschafft, mein Freund«, sagte er. »Du hast gesagt, du würdest unsere Kinder befreien, und das hast du auch getan.

Du und deine Gefährten.« Er sah zu Bea, Carter und Monty. »Ihr werdet stets bei den Steggis willkommen sein.«

»Das ist eine Ehre für uns«, erwiderte Theodore demütig. Mit traurigem Blick deutete er auf den toten Stegosaurier. »Aber ich fürchte, eines eurer Tiere ist getötet worden. Getötet von diesem schlimmen Mann.«

Der Älteste schaute zu dem toten Tier und nickte.

»Wir werden unserem Freund die letzte Ehre erweisen«, sagte er. Dann schaute er zu dem Stegozauberer, der plötzlich ein lautes Heulen ausstieß, das von den Felsen widerhallte. Alle verstummten und schauten zu, wie der Stegozauberer zu dem toten Stegosaurier ging. Dann erkannten sie, was los war, und sie folgten ihm.

»Jetzt ehren wir die Gefallenen«, flüsterte Theodore.

»Und was genau machen wir?«, fragte Bea. Sie fühlte sich ein wenig hilflos.

»Wir machen gar nichts. Wir verfolgen nur stumm die Zeremonie«, antwortete Theodore.

Bea, Carter, Mr. Keat und Monty folgten Theodore, und gemeinsam gesellten sie sich zu den Steggis, die den toten Saurier umringten. Er war halb unter Steinen und Felsen begraben. In respektvollem Schweigen schauten sie zu, wie der Stegozauberer die Zeremonie durchführte. Mit fließenden Bewegungen schritt er um den toten Saurier herum, gestikulierte mit den Armen und seinem Stab und sang. Einer nach dem anderen stimmten die Steggis in den Gesang mit ein, zuerst leise, dann als wunderschöner Chor.

Nach der Zeremonie halfen alle Steggis dabei, den Saurier mit weiteren Felsen zu bedecken, um ihn so zu begraben.

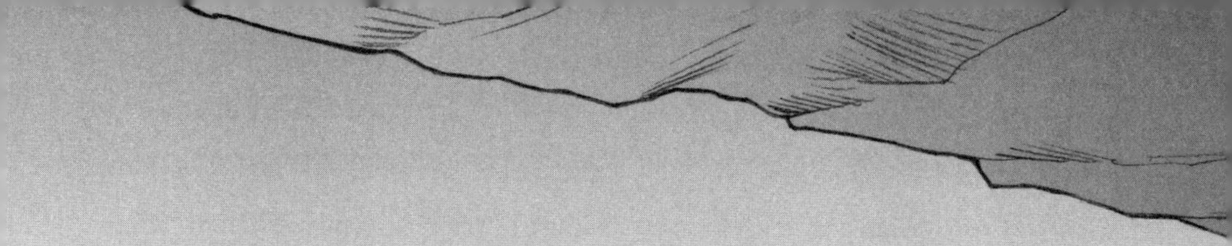

»Das war wirklich bewegend«, flüsterte Bea und wischte sich über die Augen.

Keats Blick wanderte zu dem Felssturz, wo De Bois und Hayter umgekommen waren. Er seufzte. »Die Diamanten meines Vaters sind weg.«

»Werden Sie noch einmal versuchen, sie auszugraben?«, fragte Theodore.

Keat schüttelte den Kopf. »Nein. Sie haben schon viel zu viel Unglück gebracht. Sollen sie ruhig begraben bleiben.«

Theodore nickte, dann fragte er: »Wollen Sie nicht mit uns zur Lodge von Mrs. Brownlee kommen?«

Keat schaute sich um und seufzte noch einmal. »Würden Sie und Bunty mir auch mit den Anwälten helfen?«

»Na, ja … Ranjit kann das sicherlich«, erwiderte Theodore.

»Gut. Ich muss sicherstellen, dass dieses Land nie wieder in die falschen Hände gerät. Mein Vater hat es gekauft, weil er eine Höhle voller Diamanten gefunden hat, aber das

hat ihn schlussendlich auch das Leben gekostet. Es fühlt sich an, als sei ich endlich von einem Fluch befreit … Würde Bunty mein Land übernehmen und die beiden Besitzungen zusammenlegen? Vielleicht kann ich ja mein altes Haus behalten?«

Keats Angebot erstaunte Theodore, aber er schüttelte den Kopf. »Ich fürchte, Bunty kann sich das nicht leisten.«

»Ich will es ihr doch nicht verkaufen. Ich schenke es ihr!«, platzte Keat heraus. »Geben Sie Ranjit Bapat Bescheid, dass ich noch lebe und dass ich einen Anwalt brauche.«

Der Stegozauberer gesellte sich zu ihnen, und Theodore nickte ihm zu.

»Die Zeremonie war wunderschön«, sagte er.

»Eine wunderschöne Zeremonie für eine wunderschöne Kreatur mit einem wunderschönen Herzen«, erwiderte der Stegozauberer.

»Was man von den beiden, die da oben gestorben sind, wohl kaum sagen kann«, bemerkte Theodore und schaute zu der verschütteten Höhle hinauf. »Sieht so aus, als hätten wir deinen schlimmen Mann doch noch gefangen.«

Der Stegozauberer schaute nachdenklich drein.

»Ja, es sieht so aus, aber ich sehe noch immer einen schlimmen Mann in einem Loch. Und Feuer.«

»Feuer?«, fragte Theodore. »Wo? Und was für eine Art von Feuer? Ein Buschbrand?«

»Vielleicht meint er ja das Feuer der Explosion«, mischte Bea sich ein.

Der Stegozauberer schüttelte den Kopf.

»Ich weiß es nicht«, sagte er. »Aber der schlimme Mann und das Feuer sind eins.«

»Danke«, sagte Theodore. »Wir werden die Warnung nicht vergessen.« Er drehte sich zu Bea und Carter um. »Ich glaube, es ist an der Zeit aufzubrechen, Kinder. Es ist ein weiter Weg, und eure Großmutter macht sich sicher große Sorgen.«

»Könnten wir nicht reiten?«, fragte Bea. »Dann schaffen wir es an einem Tag. De Bois hat Allos im Camp.«

Theodore schaute sich um. »Gute Idee.«

»Okay«, sagte Bea, »aber vorher müssen wir uns noch von Sholo und Sheia verabschieden.«

Bea und Carter rannten zu Sholo und Sheia, die mit den anderen Kindern die Herde zusammentrieben.

»Ich fürchte, wir müssen gehen«, sagte Bea und umarmte Sheia. »Aber ich bin sicher, wir werden uns schon bald wiedersehen.«

»Als wir in der Nacht des Festes miteinander geredet haben, da hast du gesagt, dass du bald Geburtstag hast«, meinte Sheia.

»Stimmt!«, erinnerte sich Bea. Nach allem, was passiert war, schien das schon eine Ewigkeit zurückzuliegen.

»Wie alt wirst du denn?«, fragte Sheia neugierig.

»Vierzehn«, antwortete Bea.

»Genau wie ich!« Sheia lächelte. Sie nahm eine bunte Kette aus Muscheln und Nussschalen von ihrem Hals und legte sie Bea um. »So! Das ist mein Geschenk für dich. Von einer Schwester zur anderen.«

Bea betrachtete die Kette, und die Tränen stiegen ihr in die Augen.

»Bea!«, rief Theodore. »Zeit zu gehen!«

Bea umarmte Sheia ein letztes Mal. »Ja«, sagte sie. »Schwestern!«

# 28

## Eine grausige Entdeckung

*– Wieder dieser Geruch –*

Da war wieder dieser Geruch: dieser Geruch von Tod. Bea, Carter, Theodore und Monty waren nur noch gut eine Stunde von der Lodge entfernt, als sie ihn rochen.

»Hier waren wir doch schon mal«, bemerkte Monty. »Hier haben wir den Weißen Titanen gesehen.«

Theodore nickte. »Ich habe ein ungutes Gefühl«, murmelte er und schaute sich um.

Als sie sich der Lichtung näherten, hörten sie das Summen von Insekten. Kurz darauf konnten sie sie auch sehen. Geier und kahle Pterosaurier – stets die Ersten – waren ebenfalls da und hockten auf einem toten Weißen Titanentyranno.

»Diese Monster sind wieder zurückgekommen!« Wütend knirschte Bea mit den Zähnen.

Theodore stieg ab und band den Allosaurier an einen umgestürzten Baum. Die anderen taten es ihm nach und begleiteten ihn zu dem Kadaver.

»Das waren keine Wilderer. Das war ein Großwildjäger«, erklärte Theodore. »Wilderer sind hinter solchen Dingen wie Stegoplatten her.« Er deutete auf den Kadaver. »Der Kopf ist weg.

Der Jäger hat ihn als Trophäe mitgenommen … wie bei dem großen Krüger, den wir gesehen haben. Manchmal nehmen Jäger sogar das ganze Tier mit, um es auszustopfen und zur Schau zu stellen.«

Carter untersuchte den Kadaver. Er kletterte den Schwanz bis zur Hüfte hinauf und blieb dann stehen. Vorsichtig stellte er einen Fuß auf den Hüftknochen des toten Tiers und strich mit dem anderen über das Schambein.

Carter hatte in seinem Leben schon viele tote Tiere untersucht, in den Dschungeln von Aru. Entsprechend viel wusste er über die Anatomie der unterschiedlichsten Kreaturen. Die Rippen dieses Titanen traten deutlich hervor, vermutlich, weil er ein Nest bewacht und ein Junges gefüttert hatte. So hatte er weniger Zeit gehabt, selbst zu fressen, und sich stattdessen von seinem Körperfett ernährt.

»Da ist ein Junges unter ihr«, sagte Theodore und deutete auf das Nest. »Die Mutter hat eine Kugel abbekommen und ist auf das Jungtier gefallen. Vermutlich hat sie versucht, es zu beschützen.« Er schaute auf den Boden. »Da sind jede Menge Spuren … Sie sind in Panik geraten. Als wir das letzte Mal hier waren, hatte sie drei Junge. Sie waren fast alt genug, um das Nest zu verlassen. Sie könnten weggelaufen sein.«

Carter wandte sich ab und untersuchte den toten Titanen weiter. Er verstand all diese Worte ohnehin nicht.

Monty setzte sich neben Bea, windabgewandt von dem Gestank, und beobachtete Carter, der noch immer auf dem Kadaver stand.

»Bitte, entschuldige, dass ich das frage, aber dein Bruder … Was für eine Krankheit hat er eigentlich?«

»Krankheit?«, erwiderte Bea.

Monty schaute sie verwirrt an. »Na ja, er scheint nicht viel zu reden. Hat er Lernschwierigkeiten?«

»Soweit wir sagen können, ist alles in Ordnung mit ihm, aber wir kennen ihn auch erst ein paar Monate. Als wir ihn gefunden haben, hat er mit wilden Raptoren im Dschungel gelebt«, erklärte Bea. »Er hat sein ganzes Leben dort verbracht. Er wusste weder wer noch was er war … Er ist als Saurier groß geworden.«

Monty starrte sie erstaunt an.

»Mein Gott, was wäre das für ein toller Film! Woher weißt du überhaupt, dass er dein Bruder ist?«

»Wir haben Beweise gefunden, und es passt einfach alles. Und wichtiger noch: Ich weiß es einfach.«

»Dann lernt er also gerade erst Englisch beziehungsweise überhaupt Sprechen?«

Bea nickte.

»Ich nehme an, er durchlebt jetzt alles kurz hintereinander, wofür andere Kinder Jahre haben. Für ihn ist alles neu. Aber glauben Sie mir: Er ist kein Kind mehr. Er weiß viel, wovon wir noch nicht einmal die geringste Ahnung haben.«

Monty betrachtete den Jungen mit neuen Augen. Er war fasziniert.

Theodore hatte sich Carter inzwischen angeschlossen, und gemeinsam untersuchten sie den Titanen. Verwirrt hockte sich Theodore vor den Bauch. »Der Kopf ist eine Trophäe, okay, aber ich habe nicht den Hauch einer Idee, warum sie auch das Herz und andere Organe entfernt haben.«

Monty ging zu den Büschen, um dem Ruf der Natur zu folgen. Plötzlich stieß er einen Schrei aus, und alle rannten zu ihm.

»Monty? Alles in Ordnung mit Ihnen?«, fragte Bea.

Monty deutete nach vorne, und Bea folgte seinem Finger. Da versteckte sich etwas im langen Gras und schaute sie misstrauisch an. Bea kroch näher heran und sah, dass es ein Titanenjunges war.

»Es hat mich furchtbar erschreckt. Aber das ist gut, nicht wahr?«, fragte Monty. »Es lebt.«

»Teils, teils«, antwortete Theodore. »Hier draußen wird es nicht lange überleben.«

»Können wir es nicht mitnehmen?«, fragte Bea.

Theodore schüttelte den Kopf.

»Das hat noch nie jemand gemacht … ein Titanenjunges mit der Hand großziehen, meine ich. Wenn wir es mitnehmen, dann übernehmen wir die Verantwortung für das Tier. Sobald wir anfangen, es zu füttern, wird es auf uns geprägt. Es betrachtet uns dann als seine Eltern. Wenn man ein Wildtier per Hand großzieht, ist es sehr schwer, es wieder auszuwildern.«

Reumütig dachte Theodore an Buster. Sie hatten den Schwarzen Zwergtyranno aus seiner Heimat hierhergebracht, und er hatte Carter vertraut, doch zu guter Letzt war er den einheimischen Räubern zum Opfer gefallen.

»Trotzdem ... Die Vorstellung ist schwer zu ertragen, was dem Tier droht, wenn wir es hier zurücklassen«, seufzte er.

Auch Bea hatte nachgedacht. Plötzlich kam ihr eine Idee. Sie rannte zum Nest und grub das Nistmaterial unter dem zusammengebrochenen Titanen aus. Dann kehrte sie zu den anderen zurück, die noch immer das Junge beobachteten. Unwillkürlich wichen sie zurück. Bea und das Nistmaterial stanken fürchterlich. Beide waren sie mit dem Blut der Mutter und anderen Körperflüssigkeiten aus dem Nest bedeckt. Gegen den Wind schlich Bea sich an das Junge heran und gurrte beruhigend. Das Junge schnüffelte die Luft und schaute sich um. Zuerst war es vorsichtig, doch dann ließ es Bea Schritt für Schritt näher kommen. Als es so aussah, dass es gleich aufspringen und wegrennen würde, drehte Bea ihm den Rücken zu und setzte sich.

»Was macht sie da?«, flüsterte Monty zu Theodore. Er war vollkommen gefesselt.

Das Junge schaute Bea neugierig an. Dann wagte es sich vorsichtig vor und stieß Bea mit der Schnauze in den Rücken.

Sie ignorierte das. Das Tier schnüffelte an ihr und stupste sie erneut. Bea stieß die Ellbogen nach hinten, und das Junge sprang einen Schritt zurück, doch dann kam es wieder vor und schnüffelte. Langsam richtete Bea sich auf und ging durch das hohe Gras.

Das Junge folgte ihr.

»Gehen wir«, sagte Bea leise.

*

Theodore fiel die Aufgabe zu, mehr von dem stinkenden Nistmaterial einzusammeln, es in ihr altes Ölzelt zu wickeln und auf den vierten Allosaurier zu laden. Dann folgten er, Carter und Monty Bea und dem Jungen auf ihren Allosauriern im Schritttempo, während Bea sie in Richtung Lodge führte.

Monty schniefte und schaute Theodore zweifelnd an.

»Ich hoffe, es macht Ihnen nichts aus, wenn ich das so sage, aber Sie stinken gen Himmel, mein Freund«, bemerkte er.

Carter nickte und hielt sich die Nase zu.

»Okay«, sagte Theodore und zuckte mit den Schultern. »Wenn Sie meine Gesellschaft nicht wollen …«

Er trieb seinen Allosaurier an, überholte Bea und das Junge und kam weit vor ihnen in der Lodge an. Das gab ihm Zeit, ein Loch im Stall zu graben und seinen Teil des Nistmaterials hineinzulegen.

Der Gestank war so furchtbar, dass er sogar bis zu Bunty ins Haus vordrang, und sie kam raus, um zu sehen, was da los war. Als Bea mit dem Titanenjungen im Schlepptau schließlich stolz die Auffahrt hinaufmarschierte, hatte sich schon ein richtiges

Publikum versammelt. Micki war von ihrem Schützling mehr als beeindruckt, und sie schien sich sogar ein wenig zu freuen, dass Monty überlebt hatte.

»Das war eine ziemlich gute Idee, Bea«, lobte Theodore sie. »Wie bist du darauf gekommen?«

»Ich habe mich daran erinnert, wie Chips, mein Hase, einmal eines ihrer Jungen verstoßen hat. Ich musste es großziehen«, antwortete Bea. »Ich habe ein wenig Stroh aus dem Nest genommen, auf dem Urin und Kot waren, damit es sich heimisch fühlte. Das schien mir die gleiche Situation zu sein.« Sie lächelte. »Auch wenn das hier noch viel mehr stinkt!«

# 29

# DER HUND VON BASKERVILLE

*– Wie eine Katze mit einer halbtoten Maus –*

Aufgrund des überwältigenden Gestanks wollte Bunty sie nicht ins Haus lassen. Mo spritzte Theodore mitsamt Kleidung mit einem Schlauch ab und schleifte für Bea eine alte Zinnwanne auf die Veranda vor ihrem Zimmer. Ein heißes Bad im Sonnenuntergang war nach allem, was sie in letzter Zeit hatte ertragen müssen, mehr als nur angenehm. Bea ließ sich in das Badewasser sinken und schaute zur Sonne hinauf.

Wenn sie das nächste Mal aufgeht, bin ich vierzehn Jahre alt, dachte sie und schaute auf die Halskette, die sie von ihrer Freundin Sheia geschenkt bekommen hatte.

*

Sie beschlossen, dass das Titanenjunge so wenig Kontakt zu Menschen haben sollte wie möglich, um es irgendwann wieder auswildern zu können.

»Wir müssen ihm ein verwundetes Tier geben, mit dem es spielen kann. So lernt es Jagen«, sagte Theodore. »Wie eine Katze mit einer halbtoten Maus.«

Bea tat leid, was auch immer in die Fallen tappen würde, aber sie wusste, dass das richtig war. Jetzt baten sie jedoch erst einmal die Köchin, eine halbe Ziege in mundgerechte Happen zu hacken. Die warf Carter dann über die Stalltür, damit das Junge nicht sah, dass es von einem Menschen gefüttert wurde.

Lambert wiederum war zutiefst betrübt, dass das prachtvolle Tier, das er vor zwei Tagen bei einem Ausflug gesehen hatte, nun tot war.

»Und was ist mit den anderen Jungen?«, wollte er wissen. »Wir haben drei im Nest gezählt.«

»Eins ist tot, und ich bin ziemlich sicher, dass auch das dritte tot ist. Dem hier wäre es wohl genauso ergangen, hätte Monty es nicht gefunden und Bea es gerettet.«

Nach dem Abendessen schauten sie sich alle an, wie Monty den Teil ihres Abenteuers spielte, als sie mit Mickis Flugzeug angekommen waren. Lambert und vor allem Micki lachten über Montys übertriebenes Spiel, aber alle machten sie »Oooh« und »Aaah«, als würden sie gerade Montys neuesten Film begutachten. Es war offensichtlich, dass Micki von Monty beeindruckt war. Sie machte keine spitze Bemerkung mehr.

Bunty war sehr zufrieden ob der Neuigkeit, dass Michael Keat gesund und in Sicherheit war. Und sie lächelte breit, als Theodore ihr erzählte, dass Keat die beiden Ländereien zusammenlegen wollte, nachdem er seinen Besitz aus De Bois' Klauen befreit hatte.

»Das ist eine wunderbare Idee«, sagte Bunty, »aber wie wäre es, wenn wir das Land den Steggis zurückgeben? Denkt mal drüber nach ... Wenn wir sie bitten, für uns zu arbeiten und nach Wilderern und was weiß ich noch Ausschau zu halten als Gegenleistung für das Privileg, auf dem Land zu leben, das ihnen ohnehin rechtmäßig gehört … Nun, dann wären wir nicht besser als De Bois.«

Theodore nickte. Bunty hatte recht, und er wusste es.

»Das ist eine großartige Idee!«, sagte Micki. »Ich habe da noch eine: Wie wäre es, wenn wir den Artikel über Monty noch einmal neu bebildern und diese neue Entwicklung mit einbeziehen? Ich habe schon jede Menge Bilder, die man dafür verwenden kann.«

»Ja!« Bunty war begeistert. »Wir sind das ganz falsch angegangen. Wir müssen den Menschen zeigen, wofür das Reservat hier steht. Es geht uns darum, die Tiere und die Landschaft zu beschützen, und nicht, sie zu töten und auszubeuten.«

Micki klatschte zustimmend in die Hände.

»Dann lassen Sie uns zu dem Titanennest zurückfahren und den Kadaver fotografieren. Die Leute sollen schockiert sein, wenn wir ihnen die Wahrheit über diesen barbarischen Sport erzählen und über das Leid, das er verursacht. Wir könnten den Artikel ›Jagd auf die Jäger‹ nennen.« Sie drehte sich zu Bea um. »Wir brauchen auch ein Foto von dir und Monty mit dem Titanenjungen, das du gerettet hast.«

Als Bea errötete, grinste Monty und drehte sich zu seinem Agenten um. »Da haben Sie die Titelseite, die Sie haben wollten!«

*

Schließlich zogen sich alle in ihre Zimmer zurück. All die Geschichten, Enthüllungen und Pläne hatten für gute Laune gesorgt.

Nur Theodore und Monty blieben noch eine Weile auf und gönnten sich eine Flasche Brandy.

»Danke«, sagte Theodore. »Es ist wirklich bemerkenswert, was Sie alles tun, um uns zu helfen.«

»Nein, ich danke Ihnen!«, gab Monty das Kompliment zurück.

»Wofür?«, fragte Theodore. »Meinetwegen wären Sie ein paar Mal fast draufgegangen.«

»Weil Sie mir gezeigt haben, was es heißt, ein echter Held zu sein.«

Theodore hob die Augenbrauen, und Monty tat es ihm nach. Sie stießen an und kippten den Brandy runter.

»Ich habe so das Gefühl, dass ich Sie in dem Film spielen werde«, sagte Monty. Theodore erschrak derart, dass er sich am Brandy verschluckte.

Sie waren bereits bei der zweiten Flasche, als plötzlich Mo um die Ecke schoss. Er sah besorgt aus.

»Ich habe gerade den Stall zugemacht. Irgendetwas stimmt nicht mit dem Titanenjungen. Es gibt seltsame Geräusche von sich. Könnten Sie bitte kommen, Theodore?«

»Bitte, gestatten Sie mir, diese Aufgabe zu übernehmen, Watson!«, sagte Monty mit englischem Akzent und stand auf. Mo und Theodore schauten ihn verwirrt an.

»Der Hund von Baskerville«, erklärte Monty. »Das wird mein nächster Film. Ich spiele Sherlock Holmes. Ich muss üben.«

»Okay«, sagte Theodore. »Aber Mo hat hier das Sagen.«

Theodore holte seine Pistole, und sie gingen zum Stall. Glücklicherweise stand der Mond hoch am Himmel und erhellte den Weg vor ihnen.

Plötzlich hörten sie ein merkwürdiges Wimmern. Monty blieb stehen.

»Es ist verletzt«, sagte er. »Ziehen Sie Ihre Waffe, Watson. Wir dürfen kein Risiko eingehen.«

Theodore lachte leise. Sie hatten eine Menge getrunken, und die Situation war vollkommen seltsam.

»Aber seien Sie vorsichtig damit, Watson«, mahnte Monty. Er deutete auf den Revolver in Theodores Hand. »Sonst lasse ich Sie von Lestrade verhaften und wegen Trunkenheit und Einsatz einer tödlichen Waffe hinter Gitter werfen!«

Als sie beide in Lachen ausbrachen, hörten sie wieder dieses Wimmern und Stöhnen, und sie verstummten sofort. Mit einem Schlag waren sie nüchtern.

»Die Stalltür steht auf«, sagte Mo. »Da ist jemand drin!«

Die drei Männer schlichen in den Stall.

Ein halb bewusstloser Mann lag in dem Nest, das Theodore gegraben hatte. Er stöhnte und schob das Titanenjunge immer wieder weg, das fröhlich an ihm knabberte und an seiner Kleidung zupfte, als wäre das Fleisch.

»Grundgütiger!«, rief Monty überrascht.

»Er muss im Dunkeln auf einem Stück Ziegenfleisch ausgerutscht und ins Nest gefallen sein«, sagte Theodore.

Theodore zog den stöhnenden Mann aus dem Nest und vor den Stall in Sicherheit. Mo schloss die Stalltür wieder und leuchtete dem Mann dann mit einer Taschenlampe ins Gesicht, um zu sehen, wer das war.

Sofort packte Theodore den Mann am Kragen und schlug ihn mit einem Schlag k.o.

»Grundgütiger, was ist denn in Sie gefahren, Watson?«, platzte Monty heraus.

Theodore drehte den Mann um, drückte sein Gesicht in den Dreck und band ein Seil um seine Handgelenke, das Mo ihm reichte.

Dann drehte er sich zu Monty um.

»Ich hätte ihn da drin lassen sollen, damit das Junge ihn frisst. Das ist der Kerl, den Sie hinter Gitter bringen wollen!«

# 30

## CHRISTIAN HAYTER

*– Dieser furchtbare, kleine Mann –*

»Christian Hayter, dieser furchtbare, kleine Mann!« Schockiert starrte Bunty Theodore und Monty an. »Wie zum Teufel ist der denn in unserem Stall gelandet?«

»Ich habe nicht die geringste Ahnung.« Theodore zuckte mit den Schultern. »Ich dachte, er wäre von der Explosion in der Höhle verschüttet worden.«

»Guten Morgen«, sagte Lambert. Er war zum Frühstück heruntergekommen. »Ist was passiert?«

»Das kann man wohl sagen!«, bellte Bunty.

»Wir hatten hier gestern Nacht einen Eindringling. Jemanden, den wir nur allzu gut kennen«, erklärte Theodore.

»Nun, ich hoffe, Sie haben ihn verjagt.«

»Nein. Er ist im Keller eingesperrt.«

Lambert runzelte die Stirn.

»Warum? Was hat er denn getan?«

»Er war im Nest mit dem Titanenjungen. Er ist reingefallen.«

Lambert schaute zweifelnd drein.

»Ist das nicht übertrieben?«, fragte er. »Ich meine, Sie können doch nicht jemanden einsperren, nur weil er in ein Loch gefallen ist.«

»Glauben Sie mir: Was auch immer Christian Hayter im Schilde geführt hat, er hat es verdient, eingesperrt zu werden«, knurrte Theodore.

»Hayter!«, rief Bea. Sie kam gerade durch die Tür. »Hier?«

Theodore nickte.

»Monty, Mo und ich haben ihn gestern Nacht im Stall erwischt.«

»Aber ich dachte, er wäre in der Höhle umgekommen!«

Lambert schaute sie fasziniert an.

»Christian Hayter«, murmelte er. »Sollte ich diesen Namen kennen?«

Bunty blickte zu Theodore, der jedoch nur kurz mit dem Kopf schüttelte. Lambert konnte das nicht sehen.

»Nein«, antwortete Bunty ihrem Gast. »Er ist einfach nur ein Gauner, der uns auf unseren Reisen öfter über den Weg gelaufen ist.«

*

Theodore überließ es den anderen, die Ereignisse der Nacht auszudiskutieren. Monty gab wieder einmal seine eigene Geschichte zum Besten, diesmal als Sherlock Holmes, der den Eindringling vor dem Hund von Baskerville gerettet hatte. Theodore ging in den Keller hinunter, wo Hayter gefesselt auf einem Stuhl kauerte. Als Theodore den Raum betrat, hob Hayter den Kopf.

»Ich rieche Kaffee«, sagte er.

»Ich dachte, Sie wären mit De Bois draufgegangen«, erwiderte Theodore.

Hayter grinste. »Ich bin vor den durchgehenden Stegos in Deckung gegangen. Das war mein Glück.«

»Warum sind Sie hier?«

»Wie wäre es mit einem Kaffee, bevor ich Ihre Fragen beantworte?«, entgegnete Hayter.

»Sie werden Ihren Kaffee bekommen, wenn Sie mir die Wahrheit sagen.«

Hayter grinste wieder.

»Okay. Ich bin Ihnen gefolgt, den ganzen Weg von Aru. Und? Wie sieht's aus? Bekomme ich auch drei Stück Zucker?«

Theodore trat vor und ballte drohend die Fäuste.

»Und warum sind Sie uns gefolgt?«

»Sie haben mir meine Bestie gestohlen. Nebenbei … Wo ist sie eigentlich? Ich habe sie nicht im Stall gesehen.«

»Sie sind uns doch nicht den ganzen Weg nur wegen eines Tyrannos gefolgt. Erzählen Sie mir etwas, was ich auch glauben kann.«

Hayter grinste unbeeindruckt weiter. »Sie werden allmählich kahl. Tut mir leid … Ich nehme an, das wissen Sie bereits.«

Theodore erwiderte nichts darauf, sondern funkelte Hayter weiter an. Und Hayter grinste.

»Na, gut … Wie wäre es damit?«, sagte er schließlich. »Wenn ich hier rauskomme, dann bringe ich Sie um. Tut mir leid … Mein Fehler … Ich nehme an, auch das wissen Sie.«

Voller Wut holte Theodore aus, um Hayter ins Gesicht zu schlagen, doch im letzten Augenblick hielt er inne. Hayter zuckte jedoch unwillkürlich zurück, verlor das Gleichgewicht und fiel mit dem Stuhl um. Dann schaute er zu Theodore und grinste wieder.

»Wie gesagt … drei Stück Zucker, bitte.«

*

Als Theodore aus dem Keller zurückkehrte, traf er Lambert an der Treppe.

»Hat Ihr Gefangener etwas gesagt?«, fragte der ältere Mann.

Theodore schüttelte den Kopf. Er war noch immer wütend und wollte deshalb auch lieber erst mal gar nichts sagen.

»Glauben Sie, das ist der Jäger, der das Titanenweibchen getötet hat?«, sinnierte Lambert.

»Nein. Unmöglich«, antwortete Theodore knapp. »Das kann er nicht allein.«

»Hat er Ihnen denn verraten, wer seine Komplizen sind?«

Wieder schüttelte Theodore den Kopf.

»Mit keinem Wort. Er hat einfach nur grausam gegrinst und mir erklärt, er wolle uns alle umbringen.«

Theodore und Lambert kehrten in den Frühstücksraum zurück, wo Bunty Theodore einen fragenden Blick zuwarf.

»Nichts«, grunzte Theodore. »Er schweigt nur stur.«

»Es wäre wohl besser, ihn den Behörden zu übergeben«, sagte Lambert. »Meine Diener haben hier nicht viel zu tun. Sie stopfen sich nur die Bäuche voll und machen Urlaub. Wie wäre es, wenn wir ihnen was zu tun geben und sie diesen Hayter zu Ranjit nach Nairobi bringen lassen? Dort kann man sich dann richtig um ihn kümmern.«

Bunty seufzte.

»Danke, Lambert, aber was können wir ihm wirklich vorwerfen? Hausfriedensbruch? Das ist nur ein kleineres Vergehen. Wir müssen mehr herausfinden. Solange wir Hayter nicht beweisen können, dass er ohne Erlaubnis gejagt hat und für die Tötung des Titanen verantwortlich ist, können wir ihn nur gehen lassen.«

»Noch nicht!«, widersprach ihr Theodore.

»Aber wir haben keine Beweise gegen ihn«, sagte Bunty. »Ich verachte ihn genauso sehr wie du, Theodore, aber …«

»Ich werde die Beweise schon besorgen«, unterbrach Theodore sie.

»Ein herausgeprügeltes Geständnis hat vor Gericht keinen Bestand«, erklärte Lambert und schaute Bunty entschuldigend an. »Tut mir leid, dass ich Ihnen Sand ins Getriebe streue.«

»Nein, Lambert, Sie haben ja recht«, seufzte Bunty und schaute wieder zu Theodore. »Unglücklicherweise müssen wir ihn wirklich gehen lassen.«

»Nein!«, widersprach Theodore noch einmal und diesmal nachdrücklicher. »Ich kenne solche Typen wie Hayter. Ich werde schon von ihm bekommen, was ich will. Gebt mir Zeit. Er ist eitel. Ich will, dass er damit prahlt, wie clever er ist. Ich sehe es an seinen Augen, an der Art, wie er mich angrinst. Er wird mir sagen, was hier los ist und wer seine Komplizen sind. Dann werden wir ihn den Behörden übergeben.«

Bunty schaute Theodore an.

»Okay«, willigte sie schließlich ein. »Aber morgen müssen wir entscheiden, was wir tun wollen. Wir können ihn nicht ewig hier gefangen halten, Theodore.«

»Nun, wenn ich irgendwie helfen kann …«, bot Lambert an, und er ging zu Bunty und nahm ihre Hand. »Ich möchte, dass Sie wissen, dass Sie mich um alles bitten können.«

»Danke, Lambert. Das ist ein großer Trost.«

Lambert verneigte sich und küsste Bunty die Hand. Dann lächelte er sie und Theodore freundlich an und verließ den Raum.

»Hast du je so einen charmanten Mann gesehen?«, seufzte Bunty.

»Ja, er hat was«, knurrte Theodore. Er schaute sich im Frühstücksraum um. »Wo steckt eigentlich Bea?«

»Sie ist wieder auf ihr Zimmer gegangen«, antwortete Bunty. »Warum?«

Theodore deutete auf den Kalender an der Wand.

»Nach allem, was passiert ist, glaubt sie sicher, wir hätten es vergessen. Und ich war tatsächlich viel zu sehr mit dieser Ratte Hayter beschäftigt …«

Bunty schlug entsetzt die Hand vor den Mund.

»Beas Geburtstag!«, keuchte sie.

*

Bea saß auf ihrem Bett. Sie fühlte sich hundeelend. Heute hätte ein so besonderer Tag sein sollen, doch stattdessen war er einfach nur … furchtbar.

Kaum war sie aufgewacht, da war Bea ganz aufgeregt nach unten gegangen, doch sie hatten es alle vergessen. Bunty und Theodore, ihre eigene Familie. Trotz ihres Vorsatzes, dass ihr das nichts ausmachen würde, stiegen ihr die Tränen in die Augen.

Dann klopfte es an ihrer Tür, und rasch riss Bea sich wieder zusammen, schnappte sich ein Kissen und wischte sich damit die Augen ab.

»Einen Augenblick …«

»Oh, mein armes Mädchen!« Bunty war bereits im Raum. Sie ließ sich neben Bea aufs Bett fallen und schlang die Arme um ihre Enkelin. »Was musst du nur von uns denken? Aber das mit Hayters plötzlichem Auftauchen, mit den Jägern und mit dem verlassenen Jungtier war einfach so fürchterlich …« Bunty drückte Bea fest an sich. »Wie auch immer … Alles Gute zum Geburtstag, Liebes. Und jetzt wisch dir die Augen ab. Unten warten alle auf dich.«

*

Und es warteten tatsächlich alle. Theodore lächelte. Er hielt ein Päckchen in der Hand, das so schlecht verpackt war, dass es jeden Augenblick aufzugehen drohte. Lambert, Monty, Micki und Carter applaudierten, jubelten und sangen »Happy Birthday!«, als

Bea mit Bunty ins Foyer trat. Dabei war offensichtlich, dass Carter nicht die geringste Ahnung hatte, was hier vor sich ging, aber er wusste, dass alle seiner Schwester eine Freude machen wollten, und deshalb sang auch er so laut wie alle anderen.

Er hat noch nie so etwas wie einen Geburtstag erlebt, wurde Bea bewusst. Und sie rannte zu ihm, drückte ihn an sich, und wieder rannen ihr die Tränen über die Wangen, diesmal jedoch vor Glück.

»Als Geburtstagsgeschenk haben wir auch etwas ganz Besonderes für dich«, sagte Monty.

»Die neue Bilderstrecke, von der wir geredet haben«, sagte Micki. »Dazu gehört auch ein Foto von dir und Monty mit dem Titanenjungen, das ihr gerettet habt. Wir möchten, dass du und Carter mit uns rausgeht, damit wir die letzten Bilder machen können. Ihr könnt uns sagen, wie ihr sie haben wollt, und dann werdet ihr noch neben dem Nest fotografiert.«

»Und wenn ihr wieder zurück seid, gibt es ein ganz besonderes Geburtstagsessen«, sagte Bunty.

»Zu dem deine Großmutter auch mich freundlicherweise eingeladen hat«, fügte Lambert lächelnd hinzu. »Ich glaube, das hat sie gemacht, damit es dir schwerer fällt, Nein zu sagen.«

»Warum sollte ich da Nein sagen?«, erwiderte Bea und strahlte übers ganze Gesicht.

Eine der größten Fotografinnen der Welt macht Fotos von mir mit einem Hollywoodstar und meinem lange verschollenen Bruder, und anschließend gibt es noch ein Festmahl, dachte sie. Das ist der tollste Geburtstag aller Zeiten!

## 31

# DIE GUTEN KARTEN DES SCHICKSALS

*– Der Pate –*

Die Fotosession lief gut. Carter und der Ranger passten auf für den Fall, dass der männliche Titan wieder zurückkommen sollte. Als sie eintrafen, hatte sich ein Rudel Hyänen in den Kadaver gewühlt. Carter stieß ein überzeugendes Ronaxbellen aus, doch die Hyänen blieben, wo sie waren. Erst als ein Dünnhorntriceratops vorbeikam, zogen sie weiter.

Als Micki Fotos von dem toten Titanen machte, wuchs ihr Respekt für den Mann deutlich, den sie einst verspottet hatte, denn Monty vergoss ein paar echte Tränen. Er stand nicht im Fokus der Kamera, sondern war ganz er selbst. Seine einst so makellose Kleidung war von seinen Abenteuern arg mitgenommen, und seine Stylistin hatte er einfach weggeschickt, als sie sie flicken wollte.

Nachdem die Fotos gemacht waren, kehrten sie zur Lodge zurück. Nach einem herzhaften Mittagessen bereitete Micki Bea für das Titelseitenbild mit dem Titanenjungen am Stall vor, und weil das Licht perfekt war, versammelten sich dort auch alle anderen für ein letztes Gruppenfoto.

Dann war es Zeit für Micki, Monty und sein Gefolge, ihre Sachen zu packen und nach Hause zu fahren. Monty überließ das

Packen seinen Leuten. Deshalb glaubte er, als Erster fertig zu sein, doch als er in die Lounge kam, stand Micki dort bereits in ihrer Fliegerjacke, in der Hand die Lederkappe.

»Wollen Sie irgendwohin?« Monty lächelte.

Micki erwiderte sein Lächeln und hauchte verführerisch: »Und wenn dem so wäre?«

Monty nahm sofort ihre Hand, wirbelte sie herum und zog sie dicht zu sich heran, bis ihre Lippen sich fast berührten.

»Ich werde dich jagen. Du sollst dafür bezahlen, dass du mir das Herz gebrochen hast.«

Micki errötete.

»Also in einer Stunde fliege ich zuerst nach Nairobi und dann nach Mombasa – mit ein paar einsamen und ungastlichen Zwischenstopps. Ist das genug Zeit, um mich einzufangen?«

Monty schaute an ihr vorbei zu seinem Agenten, der gerade hereingekommen war, jedoch sofort wieder verschwand, als er sah, was los war.

»Ich fürchte, wir brauchen länger dafür«, flüsterte Monty. »Ist in der Libelle noch Platz?«

Micki zog ihn zu sich und küsste ihn.

»Beantwortet das deine Frage?«

*

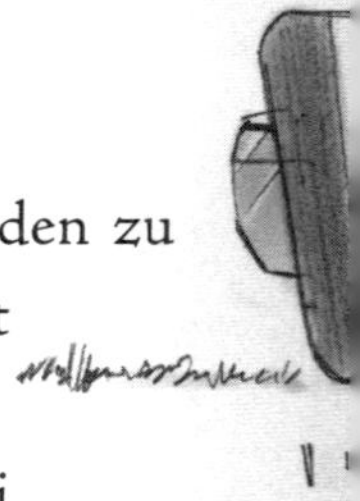

Die Bewohner der Lodge versammelten sich, um die beiden zu verabschieden. Monty nahm eine kleine Reisetasche mit und verabredete sich mit seinem Agenten in Mombasa. Er unterzeichnete Bilder von sich selbst, die Micki für die Angestellten entwickelt hatte, und versprach allen, sie im Vorspann seines nächsten Films zu erwähnen. Den Gesichtern seiner Gefolgschaft nach zu urteilen, war offensichtlich, dass sie sich Sorgen machten. Monty war noch nie irgendwo gewesen, ohne dass sich mindestens drei Leute um ihn gekümmert hatten. Außerdem war es durchaus möglich, dass seine neu entdeckte Freiheit dem ein oder anderen von ihnen den Job kosten könnte.

Als sie zum Flugzeug gingen, zischte Carter Monty an und tat so, als wolle er ihn beißen, woraufhin Monty ein ebenso schreckliches Titanenbrüllen ausstieß und mit dem Kopf wippte, um den gegnerischen Raptor abzuschätzen. Sie paradierten herum, scharrten mit den Füßen und schüchterten einander ein, doch als Monty mit einem Sprung angriff, nahm er den Jungen in die Arme, anstatt ihn zu beißen.

»Mach mit der Schauspielerei bloß weiter, Junge. Du bist der geborene Star.«

Bea wiederum bekam einen Kuss auf beide Wangen.

»Du und ich, Mädchen, wir haben die Saurier gerettet!« Er gab ihr etwas, das in ein Papiertuch gewickelt war. »Ich wollte dir noch etwas zum Geburtstag schenken, und meine Stylistin hat das hier vorgeschlagen. Ich glaube, das ist jetzt die neueste Mode.« Er errötete ein wenig, als er erklärte: »Meine Stylistin packt immer alles Mögliche ein ... nur für den Fall ... auch Geschenke für die Damen.« Offenbar war ihm sein altes Ich inzwischen peinlich.

Bea öffnete das Geschenk und fand ein wunderschönes, neues, kurzes Kleid, das wesentlich körperbetonter war als alles, was Bunty für sie eingepackt hatte.

Micki griff in ihre Fliegerjacke und gab Bea eine Taschenkamera.

»Das ist von mir«, sagte sie. »Damit habe ich angefangen, und ich erwarte von dir, dass du sie gut nutzt, junge Dame.«

Bea war überwältigt. Eine Kamera! Ein besseres Geschenk konnte sie sich nicht vorstellen.

»Oh, das werde ich!«, versprach sie.

»Gut. Ich freue mich schon darauf, deine Bilder eines Tages gedruckt zu sehen.«

Monty trabte zu Theodore, um ihm die Hand zu schütteln. Dann salutierten sie voreinander.

Micki stieg ins Cockpit, und Monty setzte sich hinter sie. Micki warf den Motor an, und es dauerte nicht lange, da schauten alle zu dem Flugzeug am Himmel hinauf. Einen Looping später war die Libelle verschwunden.

*

An diesem Abend war es ungewöhnlich still in der Lodge. Alle waren damit beschäftigt, sich für Beas Geburtstagsessen anzuziehen. Selbst Carter zog ein elegantes Jackett über, das perfekt zu seinen Shorts passte. Allerdings konnte niemand ihn dazu bringen, noch mal Schuhe anzuziehen.

»Beatrice Brownlee, hätte ich gewusst, dass ich dich ausgerechnet an deinem Geburtstag besuche, dann hätte ich dir etwas mitgebracht.« Lambert lächelte, als Bea sich in ihrem neuen Kleid drehte, um den modernen Schnitt zu präsentieren.

»Schon okay, Lambert. Ich freue mich einfach, dass ich hier bin und nicht in irgendeiner Höhle! Und bitte … Für meine Freunde bin ich Bea. Bea Kingsley.«

Lambert runzelte die Stirn.

»Kingsley? Nicht Brownlee wie deine Großmutter?«

»Brownlee ist der Mädchenname meiner Mutter. Mein Vater war Franklin Kingsley.«

Lambert verschluckte sich. Fast wäre er an seinem Drink erstickt. Bea schaute ihn konsterniert an.

»Bitte, entschuldige«, sagte Lambert und riss sich wieder zusammen. »Barbara, hieß Ihre Tochter zufällig Grace?«

Bunty verschlug es die Sprache. Sie schaute zu Theodore und Bea. Schließlich war es Carter, der wieder als Erster sprach, als er die Veränderung im Raum bemerkte.

»Der Name meiner Mutter?«

Lambert starrte Carter verblüfft an.

»Deiner Mutter?« Dann schüttelte er den Kopf, und ein besorgter

Ausdruck erschien auf seinem Gesicht. »Wenn es stimmt, was ich denke, dann ist das hier nicht der richtige Moment, um darüber zu sprechen«, sagte er.

»Im Gegenteil«, widersprach ihm Theodore. »Ich denke, wir wollen alle wissen, woher Sie Grace und Franklin kennen.«

Lambert ließ seinen Blick über die anderen schweifen, als suche er nach den richtigen Worten. Dann schaute er zu Carter und fragte: »Du bist Carter Kingsley?«

Carter nickte.

»Wie kann das sein?« Lambert schüttelte den Kopf. »Ich dachte, du wärst tot! Wer hat dich gefunden?«

»Wir«, antwortete Bunty.

»Wo? Wie? Auf Aru?«

Bunty und Theodore schauten sich verwundert an; dann sagte Bunty: »Ja, auf Aru. Wir kommen gerade von dort.«

»Haben Sie nicht gesagt, Carter habe in Australien gelebt?«

»Sie müssen entschuldigen, Lambert«, erwiderte Theodore. »Diese Erklärung schien uns für Fremde einfacher zu sein als die Wahrheit. Tatsächlich haben wir ihn auf Aru gefunden, wo er bei den Schattenraptoren gelebt hat. Sie haben ihn großgezogen. Aber woher wissen Sie von Carter?«

»Ja, das würde ich auch gern wissen«, drängte Bunty. »Erzählen Sie uns, woher sie Grace und Franklin kennen und von Carter wissen.«

Lambert schaute sie an und zögerte. Offenbar wusste er noch immer nicht so recht, wie er das sagen sollte.

»Sie wissen es doch, nicht wahr?«, sagte er schließlich. »Es tut mir ja so leid.«

»Was denn?«, flehte Bea. »Was sollen wir wissen?«

»Ich war dabei, als sie alle gestorben sind.« Lambert deutete auf Carter. »Du eingeschlossen … oder zumindest habe ich das geglaubt. Wie hast du überlebt?«

Alle starrten Lambert an. Sie konnten einfach nicht glauben, was sie da gerade hörten. Dann drehte Lambert sich zu Bea und Carter um.

»Ich habe euren Vater am Tag deiner Geburt kennengelernt, Carter, auf Aru. In Koto Baru gab es eine Bar, und Frank sah so aus, als könnte er einen Drink vertragen. Da ich dort der einzige Europäer war, sind wir ins Gespräch gekommen. Er wollte die Geburt seines Sohnes feiern. Du bist übrigens nach Howard Carter benannt, dem berühmten Archäologen, hast du das gewusst?«

Wie hypnotisiert starrten Bea und die anderen Lambert an, während der mit seiner Geschichte fortfuhr: »Meine Reederei hatte mich länger dorthin geschickt, als ich wollte, und so haben wir uns dann angefreundet. Gracie war eine wunderbare Frau. Jetzt weiß ich, warum mir dein Lächeln so bekannt vorkam, Bea … Es ist das Lächeln deiner Mutter.«

Bea stiegen die Tränen in die Augen.

Lambert drehte sich zu Carter um. »Sie haben mich zu deinem Paten gemacht.«

»Paten?«, wiederholte Carter verwirrt.

»Das heißt, ich hätte mich um dich kümmern sollen, wenn ihnen was passiert«, erklärte Lambert. »Natürlich haben wir mit so was nicht gerechnet. Wir hatten dasselbe Schiff nach Hause gechartert, aber Frank bestand darauf, zuerst noch nach irgendeinem Tempel zu suchen.«

»Nach einem Tempel? Nicht nach den Paradiesraptoren?«, hakte Theodore nach.

Lambert schüttelte den Kopf.

»Andere Leute besuchen die Inseln wegen der Raptoren, aber Frank war hinter etwas Größerem her. Ich erinnere mich noch daran, wie er mir seine Forschung über die Saurierleute erklären wollte.«

»Sauriermänner«, korrigierte Theodore ihn.

»Ja, genau! Sauriermänner. Ich habe noch immer sein Tagebuch.« Lambert versuchte, seine Erinnerungen zu ordnen, während er Theodore anschaute. »Tatsächlich erwähnt Frank darin auch Sie ... irgendetwas darüber, wie Sie beide die Zwillinge gefunden haben?«

Theodore schluckte und schaute sich um. Alle Blicke waren auf ihn und Lambert gerichtet.

»Die Zwillinge«, wiederholte Theodore. »Was hat er sonst noch erwähnt?«

Lambert zuckte mit den Schultern. »Ich erinnere mich nicht, aber das steht alles in dem Tagebuch.«

Er schaute zu Bea. »Wenn wir uns das nächste Mal sehen, dann werde ich es dir geben. Dein Vater war fest davon überzeugt, dass es einen Tempel auf der Insel gibt und dass er weiß, wie man ihn finden kann, auch wenn er keine Karte oder so was hatte. Deine Mutter wollte als Naturfreundin natürlich die Raptoren sehen. Das war ihre letzte Chance, und so haben sie mich davon überzeugt, sie zu begleiten.« Traurig schüttelte er den Kopf. »Ich wünschte, ich könnte die Zeit zurückdrehen und es ihnen ausreden.«

»Man hat uns erzählt, sie seien angegriffen worden«, sagte Bunty.

Lambert nickte. »Die Raptoren, die wir sahen, waren alles andere als hübsch. Sie waren farblos, groß und, wie man sich in den alten Geschichten erzählt, grausam.«

Theodore sah, dass Carter die Tränen in die Augen stiegen, und er murmelte: »Vorsicht, Lambert. Er ist erst elf und versteht noch nicht alles. Sie reden über die Familie, die ihn großgezogen hat.«

»Er muss aber die Wahrheit erfahren«, erklärte Lambert. »Sie müssen alle die Wahrheit erfahren! Diese Monster kamen aus den Schatten.« Er schaute Carter direkt an. »Die Raptoren haben deine Mutter angegriffen und dich aus ihren toten Armen gerissen. Frank hat wie verrückt gekämpft, aber sie haben auch ihn erwischt. Ich habe das hier davon übrig behalten.« Lambert deutete auf die lange Narbe in seinem Gesicht.

»Ich habe mich tot gestellt, und als wieder Ruhe eingekehrt war, bin ich weggekrochen. Ich habe vier Tage gebraucht, um aus dem Dschungel rauszukommen. Als ich wieder in Koto Baru ankam, hatte ich Fieber und war im Delirium.«

Lambert stand auf, ging zu Carter und legte ihm die Hand auf die Schulter. »Ich habe dich im Stich gelassen, mein Patensohn, als du noch ein kleines, verletzliches Baby warst. Dein Vater hat dich mir, eigentlich einem Fremden, anvertraut, und ich habe versagt. Ich habe wirklich geglaubt, du seist tot. Dann, aus heiterem Himmel, stehe ich elf Jahre später genau diesem Kind gegenüber. Das Schicksal hat uns gute Karten gegeben, mein Junge. Ich stehe für immer in deiner Schuld, und es tut mir ja so leid. Bitte, verzeih mir.«

*

Nach dem Essen war Bea erschöpft. An jedem ihrer vorherigen Geburtstage hatte sie sich gewünscht, dass ihre Eltern mit ihr feiern könnten. Sie hatte sich gewünscht, sie wüsste, wo sie waren. Und jetzt, an ihrem vierzehnten Geburtstag, hatte sie endlich die ganze Wahrheit erfahren.

Während Bunty, Theodore und Lambert die Geschichte immer wieder und wieder durchgingen, krabbelte Bea zu ihrem Bruder unter den Tisch.

Carter dachte über Schuhe nach. Er verglich die verschiedenen Arten, Farben und Formen der beiden Männer: Lamberts spitze, blank polierte Schuhe mit den hohen Absätzen und Theodores alte Schnürstiefel. Bea zog ihre Halskette aus, öffnete das Silbermedaillon und betrachtete das Bild ihrer Eltern.

»Ich kannte sie nicht, genau wie du.« Sie deutete nach oben zum Tisch über ihnen, wo die Erwachsenen in Erinnerungen an Grace und Frank schwelgten. »Sie aber schon. Unglücklicherweise werden wir nie mitreden können.« Sie gab das Medaillon ihrem Bruder.

Carter strich mit dem Finger über die Gesichter. Sie waren noch genauso klein wie beim ersten Mal, da er sie gesehen hatte, doch jetzt wusste er, wie die Gesichter da reingekommen waren. Sie waren fotografiert und mit einer magischen Flüssigkeit in einem dunklen Raum entwickelt worden.

# 32

## DER SCHWARM

*– Eins zu einer Million –*

Am nächsten Morgen nahm Bunty Theodore nach dem Frühstück beiseite.

»Ich kenne dich schon lange genug, um zu wissen, dass etwas nicht stimmt, Theodore«, sagte sie. »Seit Lambert Franklins Tagebuch erwähnt hat, scheinst du in Gedanken woanders zu sein. Sag mir … Wer sind diese Zwillinge?« Sie schaute ihn scharf an. »Du drückst dich darum herum, als hättest du keine Ahnung, wovon Lambert da spricht, aber die hast du, nicht wahr?«

Theodore wusste, dass er Bunty die Wahrheit nicht verschweigen konnte, doch jetzt war nicht der richtige Zeitpunkt dafür.

»Kann ich das beantworten, wenn ich ein wenig mehr über dieses Tagebuch weiß, das Lambert erwähnt hat?«, sagte er stattdessen. »Das hat mit etwas in der Heimat zu tun.«

»Was in England ist denn ein so großes Geheimnis?«, fragte Bunty verwirrt.

»Nicht in England, in unserer alten Heimat, in Kalifornien … der Kingsley-Ranch. Und es ist Franklins Geheimnis, nicht meins. Ich habe nie jemandem davon erzählt … und ich bin nicht sicher, ob ich das jetzt tun sollte, nicht im Lichte dessen, was alles passiert ist.«

Bunty funkelte ihn frustriert an. »Lamberts Tagebuch muss das Gegenstück zu dem sein, das wir in Franklins Koffer auf Aru gefunden haben.« Theodore nickte, und Bunty fragte: »Hast du es gelesen, Theodore? Was steht da drin?«

»Nicht viel«, antwortete Theodore ausweichend. »Es sind nur ein paar Notizen zu seiner Forschung über … über seltsame Dinge, Kuriositäten und Folklore. Erzähl Lambert nicht, dass wir es haben … noch nicht jedenfalls«, fügte er rasch hinzu.

»Ich will das Tagebuch lesen, das wir haben«, erklärte sie entschlossen. »Bring es nach dem Abendessen auf mein Zimmer.«

Theodores Vergangenheit drohte, ihn einzuholen. Widerwillig kam er aber zu dem Schluss, dass Bunty ohnehin herausfinden würde, dass er weit mehr wusste, als er zugeben wollte.

Den Rest des Tages über herrschte eine gedrückte Stimmung. Lambert war mürrisch und hatte immer wieder Anfälle von

Schuldgefühlen. Alles wäre anders gelaufen, wenn er Franklin und Grace nur davon abgehalten hätte, in den Regenwald zu gehen, erklärte er wiederholt. Bunty wiederum versicherte ihm immer wieder, dass es nicht seine Schuld gewesen sei. Graces Neugier, sagte sie, sei nur noch von Franklins übertroffen worden.

»Sie hätten sie nie überreden können, nicht zu gehen«, sagte sie. »Sie haben keine Schuld. Und jetzt ... Jetzt haben Sie Carter wiedergefunden. Und Sie haben uns gefunden.«

Doch kurz darauf waren Lamberts Schuldgefühle nur noch zweitrangig. Es war Carter, der den Schwarm als Erster bemerkte. Eine große, fette Heuschrecke landete auf seinem Arm. Sie war viel größer als die, die er von Aru kannte, und er freute sich, sie zu sehen. Die sah wirklich lecker aus. Er schnappte sie sich und biss ihr den Kopf ab. Sie schmeckte tatsächlich gut.

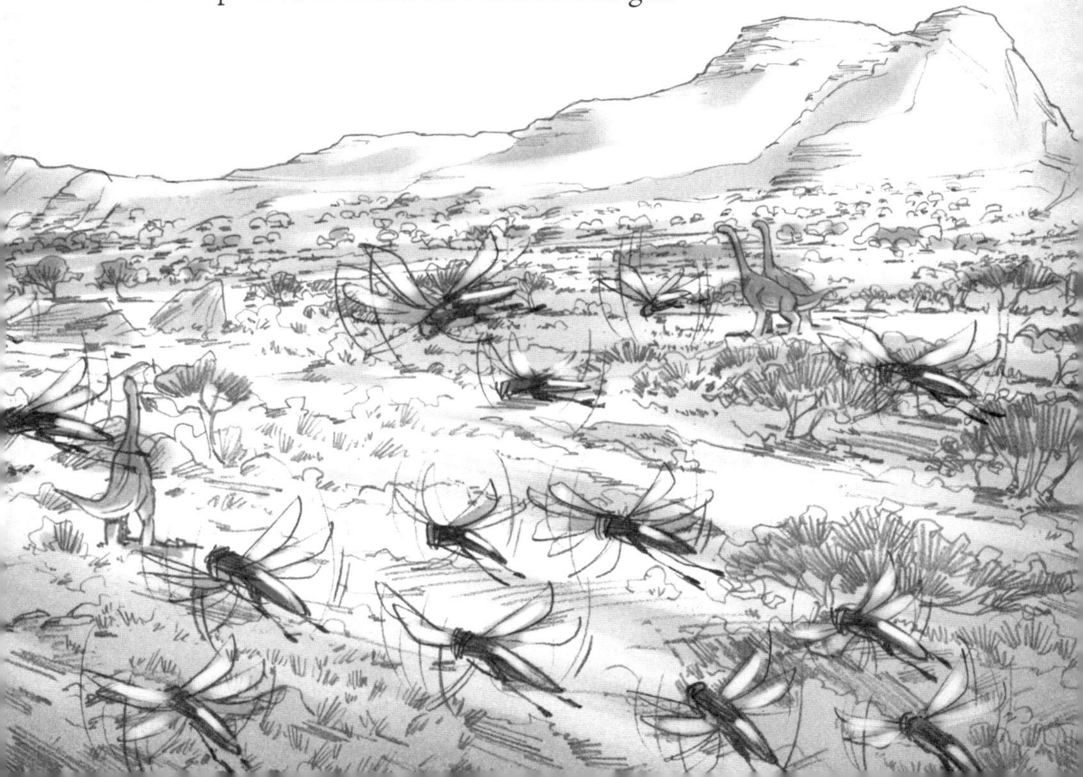

Dann landete zu seiner großen Freude eine weitere neben ihm. Auch die schnappte er sich, entfernte die Flügel und aß sie ganz. Er schloss die Augen, und kurz war er wieder daheim in seinem Clan von Schattenraptoren. Dann zerriss ein Schrei die Luft.

Carter öffnete die Augen und sah, dass eine große Wolke den Himmel verdunkelte, und sie raste auf die Lodge zu. Bo stürmte mit einem großen roten Fass unter dem Arm aus der Garage und goss eine Flüssigkeit auf Grashaufen, die um die Lodge herum verteilt waren. Ein weiterer Mann begann, sämtliche Türen und Luken zu schließen, und die Hausangestellten schlossen von innen die Fenster.

Dann kam Theodore und rief: »Wir müssen schnell machen! Carter! Komm mit!«

»Was los?«, fragte Carter.

»Heuschrecken. Wir müssen sie davon abhalten, sich niederzulassen …« Er wedelte wild mit den Armen, um sicherzugehen, dass Carter ihn verstand. »Wenn uns das nicht gelingt, werden sie alles wegfressen, bevor sie weiterziehen.«

Theodore und Carter halfen dabei, die kleinen Feuer eins nach dem anderen zu entzünden. Allerdings waren im Osten der Lodge keine Feuer vorbereitet. Theodore entdeckte einen trockenen Busch und zündete ihn an, während Mo großflächig Kerosin auf dem Rasen verteilte. Dann lief Mo weg, und Theodore warf ein brennendes Streichholz in das Kerosin. Die Feuer um das Gelände erzeugten eine dichte Rauchwolke, die den gefräßigen Schwarm vertreiben sollte.

Eine Heuschrecke flog just in dem Augenblick an einem der Feuer vorbei, als ein Funken in die Luft stob. Dieser Funke hatte eine Chance von eins zu einer Million, im letzten Moment durch ein noch nicht ganz geschlossenes Fenster zu fliegen.

Und so brach das Feuer aus: mit einer brennenden Heuschrecke, die in einen Vorhang kroch.

Der Warnruf eines Dieners ließ Lambert ins Wohnzimmer stürmen, wo er sah, dass das Feuer sich rasch ausbreitete. Die Sessel am Fenster standen bereits in Flammen. Lambert schnappte sich eine Blumenvase und warf sie mitsamt den Pflanzen und dem Wasser ins Feuer. Ohne Erfolg.

Dann hörte er ein Krachen. Es kam von unten, und irgendjemand schrie in Panik.

Rauch erfüllte den Raum und verbreitete sich im Haus. Lambert drückte sich das Taschentuch auf Nase und Mund und lief die Kellertreppe runter.

»Hilfe!«, schrie Hayter. »Lasst mich raus! Hier ist alles voller Rauch!«

Lambert versuchte es an der Klinke, doch die Tür war abgeschlossen.

»Ist da unten jemand?«

Das war Bunty, die da rief.

»Wir brauchen Hilfe!«, schrie Lambert.

Bunty kämpfte sich durch den Rauch.

»Haben Sie einen Schlüssel?«, schrie Lambert. »Der Gauner ist noch da eingesperrt! Wir müssen ihn rausholen!«

Bunty fummelte an einem Schlüsselbund herum, suchte einen raus und hielt ihn Lambert hin.

»Hier. Machen Sie das. Ich zittere am ganzen Leib«, sagte sie.

Lambert steckte den Schlüssel ins Schloss, und die Tür schwang auf. Rauch quoll heraus, und Christian Hayter fiel Lambert vor die Füße.

»D… Danke, Boss!«, hustete er erleichtert. »Ich wusste, dass Sie mich holen würden.«

Bunty starrte Lambert an.

»Wie hat er Sie genannt?«, verlangte sie zu wissen.

Es war zu spät. Hayter sah Bunty hinter Lambert Knútr stehen.

»Du Idiot!«, knurrte Lambert Hayter an. »Ich habe dir doch tausendmal gesagt, du sollst mich nicht ›Boss‹ nennen!«

Lambert Knútr packte Bunty am Arm, warf sie in den mit Rauch gefüllten Raum und schloss die Tür.

»Lambert! Was tun Sie da?«, rief Bunty und hämmerte verzweifelt gegen die Tür.

»Für dich bin ich ›der Graf‹, verstanden?«, brüllte Lambert Hayter an und rannte zur Treppe. Hayter folgte ihm. Die beiden Männer kämpften sich durch den dichten Rauch. Buntys Schreie folgten ihnen: »Lassen Sie mich raus! Lassen Sie mich raus!«

*

Draußen war Bea bei Mo. Beide hatten sie je einen brennenden Ast in der Hand und versuchten damit, die Heuschrecken zu vertreiben. Dann brachen plötzlich die Flammen durch das Dach.

»Mo!«, schrie Bea. »Die Lodge! Sie brennt!«

Sofort überprüften sie und Mo, wer dort war und wer nicht. Bea sah Theodore, Carter, Lambert, die Diener …

»Wo ist Bunty?«, rief sie.

»Sie war noch drinnen!«, brüllte Mo zurück.

Er warf seinen Ast weg und rannte zur Lodge. Bea folgte ihm und rief um Hilfe. Sowohl Theodore als auch Carter hörten Beas panische Rufe und rannten zum Haus.

»Die Tür ist verklemmt!«, schrie Mo.

»Wir glauben, dass Bunty noch drinnen ist!«, heulte Bea.

Theodore warf sich gegen die geschlossene Eingangstür und brach sie mitsamt Rahmen heraus. Die Flammen im Inneren wurden zunächst kleiner, doch dank des frischen Sauerstoffs, der durch die Tür hereinströmte, erwachten sie beinahe sofort zu neuem Leben.

Inzwischen war das Feuer vollkommen außer Kontrolle. Die Fenster zersplitterten in der Hitze, und Teile des Gebäudes brachen ein. Theodore rannte durch die Flammen und verschwand im Haus. Bea wollte ihm hinterherlaufen, doch Carter hielt sie auf und zog sie im selben Augenblick heraus, als der Türsturz zur Veranda zusammenbrach.

Dann kam Lambert, stieß sie beiseite und rannte in das brennende Haus. Kurz darauf tauchte er wieder auf und stützte den halb bewusstlosen Theodore. Gemeinsam brachen sie auf der nackten Erde zusammen. Bea rannte zu Lambert.

»Bunty?«, flehte sie.

Lambert schaute sie an und schüttelte langsam den Kopf.

## 33

## NACH DEM FEUER

*– Alles schmeckt schlecht –*

Bea und Carter saßen schweigend im Stall. Sie waren wie betäubt. Sie hatten zugeschaut, wie Mos Männer die qualmenden Trümmer auseinandergezogen hatten, um zu retten, was zu retten war. Ein verkohlter Stuhl, eine zerbrochene Vase und ein schwarzer Bilderrahmen bildeten den Anfang einer Sammlung von noch verwertbaren Dingen in der Einfahrt.

Lambert kam aus dem Dienstbotenquartier, nicht weit von Mos Wohnung entfernt. Er hatte eine Kanne Kaffee und zwei Zinnbecher dabei. Einen der Becher bot er Theodore an.

»Trinken Sie mal was«, sagte er.

Theodore nahm den Becher, und Lambert schenkte ihnen beiden Kaffee ein.

»Wie geht es Ihnen?«, fragte Lambert in mitfühlendem Ton.

»Ich überlege mir gerade, was ich mit Hayter machen werde, wenn ich ihn erwische«, knurrte Theodore düster. »Hat irgendjemand ihn gesehen?«

Lambert schüttelte den Kopf.

»Alle da drin haben sich auf den Kampf gegen das Feuer konzentriert.«

Sie nippten an ihrem Kaffee. Theodore verzog das Gesicht und schüttete den Rest des Kaffees auf den Boden.

»Tut mir leid. Er ist zu lange gekocht und nur noch lauwarm, aber was Besseres konnte ich nicht finden«, entschuldigte sich Lambert.

»Das ist es nicht«, sagte Theodore. »Im Augenblick schmeckt alles schlecht.« Er rang sich ein Lächeln ab. »Ich habe Ihnen noch gar nicht dafür danken können, dass Sie mich gerettet haben, Lambert. Ich schulde Ihnen was.«

»Sie hätten das Gleiche getan. Vergessen Sie's«, erwiderte Lambert und zuckte mit den Schultern. »Ich habe mit Mo gesprochen. Er hat mir erzählt, dass er sämtliche Dokumente, die das Anwesen betreffen, in seinem Büro verwahrt. Sowohl die von Keat als auch die von Bunty. Soll ich sie zu Ranjit bringen? Das würde Ihnen Arbeit sparen. Ich will ohnehin den Wagen und die Diener wieder in den Club bringen.«

Theodore nickte. »Christian Hayter, diese Ratte! Warum ist er uns gefolgt? Er hatte so viele Gelegenheiten, uns zu töten, aber er hat es nicht getan. Er muss irgendeinen Nutzen davon gehabt haben, uns nur im Auge zu behalten, aber was war das?«

»Vielleicht werden Sie die Antwort eines Tages finden«, sagte Lambert.

Er ging zu Bea und Carter.

»Es sind wahrlich unglückliche Umstände, die uns hier zusammengeführt haben«, sagte er, »ein grausames Schicksal. Aber ich bin froh, dich nach all diesen Jahren noch einmal kennengelernt zu haben, Carter. Und dich auch, Beatrice. Ihr beide habt in eurem kurzen Leben schon so viel verloren. Eure Eltern und jetzt auch eure Großmutter. Der einzige Lichtblick ist, dass ihr einander gefunden habt, und auch ich habe meinen Patensohn wiedergefunden. Ich habe keine Kinder, niemanden, dem ich mein Wissen und mein Vermögen vererben kann. Einmal habe ich versagt, dich zu beschützen, Carter, und das hat mich seitdem gequält …

bis vor zwei Tagen. Jetzt hat das Schicksal mir eine zweite Chance gegeben. Ich würde das gerne auch auf dich ausdehnen, Beatrice. Bitte, betrachtet mich beide als euren Paten.«

Bea traten die Tränen in die Augen. Sie stand auf, ging zu Lambert und schlang die Arme um ihn. Auch Carter erhob sich und umarmte ihn.

»Carter, Beatrice … Was auch immer ihr braucht, ihr müsst nur fragen«, sagte Lambert. »Ich gehöre jetzt zur Familie.«

# 34

## DIE BOTSCHAFT

*– Der Sinn von Löchern –*

Im Laufe der folgenden Woche erwachte die Lodge wieder zum Leben. Die verbrannten Trümmer wurden beiseitegeräumt, und die verbrannten Flecken um die Gebäude wurden wieder grün, und gelbe Blumen sprossen aus der Asche. Handwerker hatten bereits ein Holzgerüst über den alten Grundmauern errichtet, und unter Mos Aufsicht nahm die neue Lodge Gestalt an.

Und Mr. Keat hielt sich an sein Wort. Ranjit engagierte die besten Anwälte, um das Chaos aufzulösen, das De Bois verursacht hatte, und Pläne wurden entworfen, um die beiden Ländereien zusammenzulegen. Außerdem stimmten alle darin überein, dass das Land seinen rechtmäßigen Eigentümern zurückgegeben werden sollte, den Steggis, genau wie Bunty es sich gewünscht hatte. Die Lodge würde ihnen Pacht für das Land bezahlen, das sie als Naturreservat vorgesehen hatten, um Reisenden dort die Möglichkeit zu geben, Wildtiere in ihrer natürlichen Umgebung zu beobachten. Von irgendwoher tauchte ein weiterer Diamant auf, mit dem sie für alles bezahlen konnten, und Michael Keat hatte eine ziemlich genaue Vorstellung davon, wo man noch mehr davon finden konnte, sollte es in Zukunft nötig sein.

Die Nachricht von Buntys tragischem Tod verbreitete sich bis nach Nairobi und schließlich auch nach Mombasa. Monty und Micki flogen sofort zurück, um Bunty die letzte Ehre zu erweisen. Tatsächlich war der Himmel voll von Flugzeugen, denn die Menschen kamen aus allen Himmelsrichtungen.

Alle kamen sie zur Trauerfeier, einschließlich einem kaum wiederzuerkennenden Michael Keat, glatt rasiert und im Anzug. Bea hatte kleine gelbe Blumen für sie alle gepflückt, Carter brachte es sogar über sich, Schuhe anzuziehen, und Bea hielt tapfer die Tränen zurück, während jeder etwas Schönes über Bunty sagte. Alle würden sie Bunty vermissen.

Später blieben Theodore, Bea und Carter noch ein wenig allein beim Grab.

Carter hatte noch nicht geweint. Seine Gefühle funktionierten nicht so wie die der anderen. Er empfand zwar denselben Verlust, aber er wusste nicht, wie er diesem Gefühl Ausdruck verleihen sollte. Irgendwie hatte er das Gefühl, dass er schuld an allem war. Wenn er Aru nicht verlassen hätte, um ein Mensch zu werden, dann würde Bunty noch leben.

Plötzlich, als dieses Gefühl ihn überwältigte, quoll eine Träne aus seinem Auge und fiel auf das Grab seiner Großmutter. Bea schaute zu, wie ihr Bruder schluchzend auf die Knie sank. Theodore klopfte ihm auf den Rücken.

»Lass es raus, Junge. Lass alles raus.«

Carters Schluchzen wurde immer lauter, und plötzlich verwandelte sich seine Trauer in Wut. Das wenige, das er von der Menschenwelt bisher kennengelernt hatte, war voller Schmerz, Leid und Tod. Die Saurier, die er kannte, töteten nur, um zu überleben.

Menschen hingegen schienen aus Gier, Hass und zum Vergnügen zu morden.

Carter ballte die Fäuste mit der frisch aufgeschütteten Erde darin und schrie seine angestauten Gefühle in die Welt hinaus. Er schrie und schrie immer lauter, sodass die Vögel aus den Bäumen in der Nähe flatterten. Dann brach er schluchzend zusammen. Er zitterte am ganzen Leib.

Bea, die es nicht ertragen konnte, ihren Bruder so leiden zu sehen, hatte sich hilflos abgewandt. So war sie es dann auch, die als Erste die Staubwolke am Horizont entdeckte. Misstrauisch stieß sie Theodore mit dem Ellbogen an und deutete in die entsprechende Richtung. »Heuschrecken?«, murmelte sie nervös.

»Nein«, erwiderte Theodore. »Heuschrecken sind wie eine schwarze Wand, die alles verschluckt. Sie wirbeln keinen Staub auf. Das da ist was anderes.«

Jetzt waren alle Augen auf die riesige, näher kommende Wolke gerichtet, die wie Nebel über das Land zog. Nur Carter kauerte noch immer auf dem Boden.

Und im Norden zog eine ähnliche Wolke über die Savanne, und im Osten trieben kleinere Staubwolken die Vögel aus den Bäumen. Wie ein magischer Tornado wirbelte der Staub alles um die Überreste der alten Lodge auf. Dann bebte der Boden.

»Ist das ein Erdbeben?« Bea hatte Angst.

Plötzlich hörte das Beben auf, und lose Blätter und Staub senkten sich sanft zu Boden. Was auch immer für die Staubwolken verantwortlich war, jetzt hatte es aufgehört. Als der Staub sich langsam legte, erschien die Gestalt eines Mannes mit einem Speer in der Hand, und er kam auf sie zu. Es war der Stegozauberer.

»Ich weiß nun, für wen die Botschaft ist«, erklärte er ruhig.

Je mehr der Staub sich verzog, desto mehr Gestalten waren zu sehen. Die Silhouette eines mächtigen Stegosaurus war das Erste, was Bea erkennen konnte. Dahinter stand jedoch noch etwas weit Größeres und streckte den Kopf vor: ein afrikanischer Brachiosaurus. Theodore drehte sich im Kreis. Viele unterschiedliche Saurier ragten aus dem Staub. Sie waren gelaufen, und das hatte den Staub aufgewirbelt.

Mehrere Arten von Ceratopsiern waren zu sehen. Neben ihnen standen kleinere Krüger. Ein Rudel wilder Pachys drängte sich mit ihren verknöcherten Schädeln nach vorne.

»Wie hast du all diese Saurier hierhergebracht?«, fragte Theodore den Stegozauberer.

»Das war ich nicht.« Er deutete mit seinem Stab auf Carter, der sich auf dem Boden zusammengerollt hatte. »Er hat sie gerufen, und sie haben seinen Schmerz gehört.«

Bea stupste ihren Bruder an. »Carter! Steh auf!«

Die Stimme seiner Schwester holte Carter aus dem dunklen Loch, in dem er versunken war. Dann hörte er eine weitere Stimme, die er kannte, er blinzelte und öffnete die roten Augen. Überrascht schaute er hierhin und dorthin und blickte in Hunderte Augenpaare, die alle auf ihn gerichtet waren. Saurier in allen Farben und Formen, davon viele, die er noch nie gesehen hatte, umringten ihn schweigend.

»Sie sind gekommen, um dich kennenzulernen«, sagte der Stegozauberer.

Plötzlich erschien ein Gehörnter Tyranno, schwang seinen mächtigen Kopf und stellte sich den anderen gegenüber.

Theodore betrachtete all die unterschiedlichen Saurier um sie herum, und ihm kam eine beängstigende Erkenntnis.

»Fleischfresser auf der einen und Pflanzenfresser auf der anderen Seite«, flüsterte er Bea besorgt zu. »Und wir sind genau in der Mitte. Das ist schlecht. Wir sind im Auge des Sturms.«

Als der Tyranno näher kam und an Carter schnüffelte, stand der Junge auf. Dann hörten sie ein hohes Bellen hinter sich. Theodore drehte sich vorsichtig um.

»Ronax. Bitte, nicht auch noch ein Ronax«, murmelte er vor sich hin.

Wie ein Echo ertönte ein ähnliches Bellen von der anderen Seite und dann auch von rechts und links.

»Na, toll. Wir sind von einem ganzen Rudel Ronax umzingelt«, knurrte Theodore. »Schlimmer kann's ja wohl kaum werden.«

Carter schien sich doch an alldem nicht zu stören, noch nicht einmal, als einer der Ronax näher kam und nach den anderen Sauriern schnappte, damit sie ihm den Weg freimachten. Der einsame Gehörnte Tyranno öffnete sein Maul, drückte die Zunge nach oben und machte ein Geräusch, als trommele jemand mit den Fingern, während er nervös darauf wartete, dass etwas passierte.

»Das ist eine Warnung, ähnlich wie das Klappern einer Klapperschlange. Das ist nicht gut, Bea. Wir müssen weg von hier«, drängte Theodore.

»Und wohin sollen wir?«, entgegnete Bea. »Wir sind umzingelt!«

Sie schaute zu ihrem Bruder, der seinen Blick gelassen über die Saurier schweifen ließ. Dann drehte sie sich zu dem Stegozauberer um, der die Augen fest geschlossen hatte und leise vor sich hinmurmelte. Einer der Ronax schob seinen Kopf zwischen zwei Styracosauriern hindurch, die vor Angst zitterten. Der Gehörnte Tyranno drehte sich zu ihm um.

»Ich verspreche dir, Bea, hier geht's gleich los«, flüsterte Theodore besorgt. »Sehen wir zu, dass wir hier wegkommen.«

»Nein«, widersprach Bea und beobachtete ihren Bruder. »Wir müssen Carter vertrauen, Theodore. Reiß dich zusammen.«

»Okay, bleib ruhig … bleib ganz ruhig …«, mahnte Theodore.

»Ich bin ruhig«, erwiderte Bea.

»Ich rede mit mir selbst.«

Bea drehte sich langsam um. Der Gehörnte Tyranno machte weiter dieses Geräusch und versuchte, dem Ronax mit dem Blick zu folgen. Die vorne stehenden Pflanzenfresser sahen aus, als würden sie gleich in alle Richtungen davonschießen. Die Pflanzenfresser würden Bea und die anderen zwar nicht fressen, aber sie hatten

Hörner, Stacheln, Knochenplatten und riesige Leiber, die einen Menschen problemlos platt drücken oder aufspießen konnten.

Irgendetwas stupste Bea von hinten an. Erschrocken sprang sie in die Höhe. Das Weiße Titanenjunge hatte irgendwie aus dem Stall herausgefunden und stand nun neugierig im Zentrum von allem.

Irgendetwas im hinteren Teil der Dinosaurierversammlung hörte das verwundbare Jungtier und stieß ein lang gezogenes, tiefes Brüllen aus. Sofort hörten die Ronax auf zu bellen, und auch der Gehörnte Tyranno verstummte. Dann richtete er sich auf, um sich allem zu stellen, was da kommen mochte. Das Jungtier schrie verängstigt und schmiegte sich an Bea.

»Der kleine Saurier wird das Fass zum Überlaufen bringen.« Theodore schauderte.

»Das ist doch nur ein Junges«, sagte Bea.

»Vertrau mir. Die laufen alle gleich Amok, und wir sind mittendrin. Jeder Saurier hier könnte zurückschlagen, wenn er angegriffen wird. Ein Stego kann mit dem Stachelschwanz schlagen, und Ceratopsier haben Hörner. Selbst ein Pachy kann mit einem Kopfstoß Knochen brechen und einen Tyranno verletzen. Dein Junges da mag ja irgendwann der König der Savanne sein, aber jetzt ist es nur leichte Beute.«

Wieder ertönte ein lautes Brüllen, und die Erde bebte. Es war viel näher und bedrohlicher als das erste. Die Ronax kommunizierten mit hohem, leisem Bellen, und Theodore lief ein Schauder über den Rücken.

Die Saurier wurden immer unruhiger. Erneut ertönte das furchtbare Brüllen, und plötzlich stapfte der größte Weiße

Titanentyranno zwischen den anderen Sauriern hindurch, den Theodore je gesehen hatte. Die anderen Tiere machten ihm sofort Platz.

»Das … Das ist das vermisste Männchen«, erklärte Theodore mit zitternder Stimme.

Carter trat vor.

Der Weiße Titan senkte den Kopf zu Carter, der in aller Ruhe zu dem Jungtier ging und sich dem furchterregenden Vater stellte. Das Junge steckte den Kopf zwischen Carters Knien hindurch und zirpte. Der Titan schnaubte, füllte seine Lunge und brüllte erneut.

Als das gewaltige Geräusch verhallte, öffnete der Stegozauberer die Augen und schaute sich um.

»Gut. Bis jetzt hatte ich Angst, dass ich mich geirrt habe. Sie sind nicht gekommen, um euch zu fressen.« Er wedelte mit seinem langen Finger vor Carter herum. »Sie sind gekommen, um dich zu begrüßen!«

Carter lächelte. Der Weiße Titan rieb seinen Kopf an dem Jungtier, öffnete sein gewaltiges Maul und würgte einen teilweise verdauten Futterball heraus, von dem das Jungtier glücklich einen Bissen nahm.

»Okay, die Familie ist glücklich wiedervereint. Und was jetzt?«, fragte Theodore.

Er zählte mindestens acht, neun Tyrannos, alle in unmittelbarer Nähe, und Hunderte weitere Saurier hatten verängstigt die Augen aufgerissen. Dann roch der Weiße Titan etwas Neues und drehte den Kopf. Die Ronax bellten aufgeregt, und der Gehörnte Tyranno schnalzte wieder mit der Zunge.

Ein bedrohliches Klappern hallte durch die Luft, und kurz

darauf war die unverkennbare Silhouette eines Schwarzen Zwergentyrannos zu sehen, der zu dem Weißen Titanen rannte und ihn aufgeregt umkreiste wie ein Jack Russell Terrier sein Herrchen.

Bea strahlte.

»Buster!«

Carter machte einen Freudensprung, und der Tyranno rannte weiter freudig umher, warf sich in den Dreck und rollte sich auf den Rücken. Carter lief zu ihm und warf sich auf ihn drauf. Die Ronax verließen ihre Deckung und traten vor, um zu sehen, was da los war. Der einsame Gehörnte Tyranno verstummte wieder, schloss das Maul aber nicht, und der Titan schüttelte ungläubig den Kopf.

Der Stegozauberer schaute sich um und lachte laut: »Die Saurier sind in Harmonie!«

Theodore schüttelte den Kopf. »Vier Arten von Tyrannos, und niemand kämpft … Das ist unmöglich.«

»Aber offensichtlich ist das Unmögliche möglich«, bemerkte Bea weise.

Sämtliche Saurier hatten die Köpfe gesenkt und schwiegen. Selbst die Tyrannos waren passiv mit Ausnahme von Buster, der wie verrückt hechelte.

Plötzlich reckte ein Apatosaurier seinen langen Hals über die anderen Saurier hinweg, steckte den Kopf mitten in den offenen Kreis und stupste Carter sanft an. Carter keuchte vom Spielen mit Buster, doch er atmete kurz durch, streckte die Hände aus und streichelte dem Apatosaurier die gewölbte Stirn. Das Tier stupste Carter erneut. Carter warf das Bein über den Hinterkopf des Sauriers. Sanft hob der Apatosaurier Carter aus der Masse der

Saurier heraus, die alle zu ihm aufschauten. Das war wie ein Signal für die Tiere. Plötzlich heulten, brüllten, klapperten, zischten und riefen sie alle. Der Lärm war ohrenbetäubend.

Ein zweiter Apatosaurier stupste Bea in den Rücken und brachte sie aus dem Gleichgewicht. Um nicht umzufallen, hielt sie sich an dem Tier fest und wurde ebenfalls in die Höhe gehoben. Sie schwang sich hinter seinen Kopf. Plötzlich war sie hoch oben in der Luft mit ihrem Bruder, und endlich konnte sie auch das wahre Ausmaß dieses Spektakels sehen. Von hier oben zählte sie dreißig, vierzig Reihen von Sauriern um sie herum. Carter jauchzte, und Freudentränen rannen ihm über die Wangen. Bea lachte ausgelassen.

Theodore trat zu dem Stegozauberer, der gerade den Staub von dem glitzernden Stein um seinen Hals wischte.

»Das Ende ist nicht das Ende, so wie der Anfang auch nicht der Anfang war.« Der Stegozauberer sprach wieder einmal in Rätseln. »Meine Visionen waren verschwommen. Ich habe nicht alle Löcher gesehen.«

»Nun, mein Loch hat einen wirklich schlimmen Mann gefangen«, sagte Theodore.

»Gut, dann hat mein Loch versagt, damit du mit deinem Erfolg haben kannst.«

»Nein, dein Loch hat ihn zuerst gefangen, dann meins; aber er ist trotzdem entkommen.« Theodore seufzte unglücklich.

»Vielleicht ist das ja der Sinn von Löchern«, sagte der Stegozauberer. »Nicht fangen, sondern nicht fangen.«

»Warum sind deine Antworten eigentlich immer neue Fragen?«, fragte Theodore ihn.

»Dieser schlimme Mann … Sein Weg läuft parallel zu deinem. Du musst ihn wiederfinden.«

»Oh, das werde ich. Dessen kannst du sicher sein«, knurrte Theodore.

Der Stegozauberer schwieg. Dann sagte er leise: »Ich war nicht immer ein Steggi. Lange Zeit davor war ich ein Sauriermann.«

Theodore nickte und erkannte, dass es sich bei dem seltsamen Stein am Hals des Stegozauberers um einen opalisierten Dinosaurierknochen handelte.

»Die Botschaft, die ich überbringe, ist nicht für den Saurierjungen, sondern für dich, Mr. Logan.«

Theodore blinzelte. »Für mich?«

Der Mann nickte.

»Vertraue darauf, dass das, was du fürchtest, wahr ist. Leite den Jungen. Das ist dein Schicksal und auch seins.«

»Ich verstehe nicht.«

»Finde die Wahrheit über den Schlüsselstein heraus, den du trägst, so wie ich dich am heiligen Tempelbaum gefunden habe.«

»Soll das heißen, ich bin ein Sauriermann?«

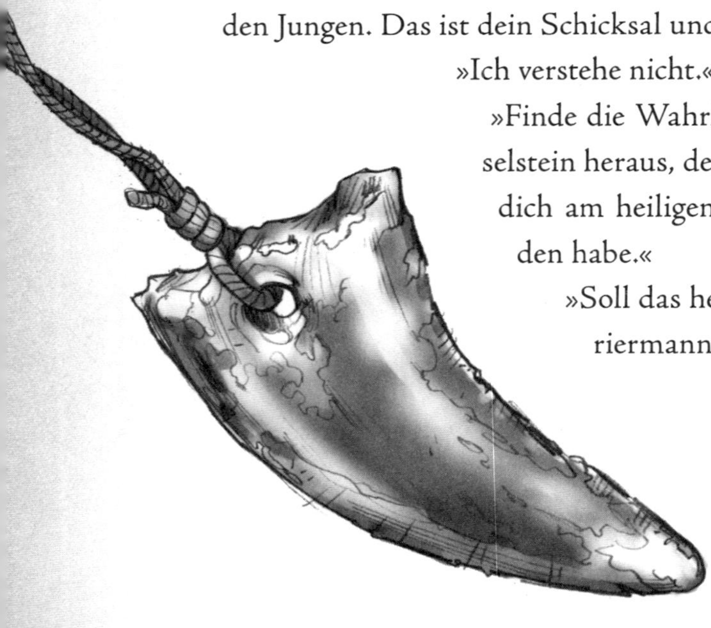

Der Stegozauberer legte Theodore die Hand auf die Schulter und schaute ihm tief in die Augen, während die Kinder weiter lachend über ihnen schwebten.

»Die Last auf den Schultern des Jungen ist viel zu groß. Ihr müsst ihm beide helfen. Euer Pfad ist der gleiche. Ihr werdet viel lernen. Das Mädchen wird dich lehren. Öffne dich dem Glauben.«

»Bea?«

Der Stegozauberer lächelte.

»Irgendjemand muss sich doch um euch beide kümmern, Mr. Logan.« Er lachte. »Das kannst du doch nicht auch noch machen.«

Ein Gefühl der Erleichterung brandete über Theodore hinweg, und zum ersten Mal seit dem Angriff des Heuschreckenschwarms und dem Feuer lachte auch er laut und aus vollem Herzen. Der Stegozauberer und er verstanden sich, von Sauriermann zu Sauriermann.

Und Ranjit, der das Ganze staunend von der Lodge aus beobachtete, sagte zu sich selbst: »Das Unmögliche ist möglich.«

# 35

## DIE SAURIA-FLUGGESELLSCHAFT

*– Die Angst in seinen Augen –*

Christian Hayter inspizierte die Ladung. Die Krügerknochenplatten und Cynostacheln waren sorgfältig gesäubert und in Holzkisten verpackt worden.

»Bishop, wo sind die Stegoplatten, die ich von diesem fetten Idioten gestohlen habe?«

»Die sind unter dem legalen Zeug versteckt für den Fall, dass die Zollbeamten eine Kiste öffnen.«

Hayter nickte. »Gut. Nagelt die Deckel zu.«

Um die nächste große Kiste auf dem Pier schwärmten Fliegen. Und sie stank. Hayter verzog das Gesicht.

»Ich glaube, der verfault«, bemerkte Bishop. »Da kann man nichts tun.«

»Der würde nicht verfaulen, wenn du ihn so verpackt hättest, wie ich es dir gesagt habe«, knurrte Hayter. »Der Graf will seine Trophäe.«

Die letzte Kiste war die größte.

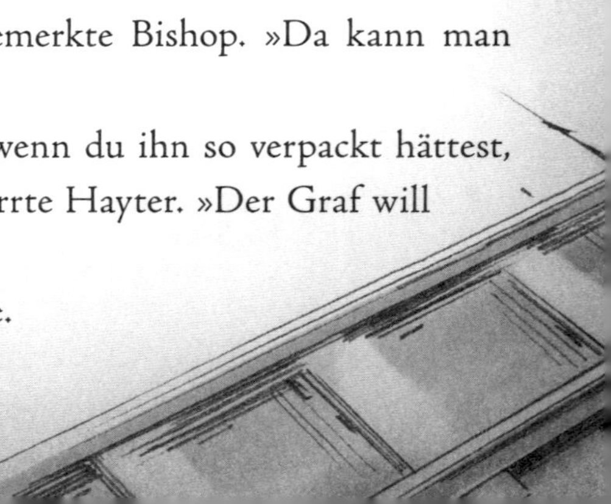

»Sorg dafür, dass es Luft zum Atmen hat«, befahl Hayter und lugte durch einen der Luftschlitze an der Seite, um sich zu vergewissern, dass das Titanenjunge noch immer betäubt war.

»Was ist mit dem Ronaxjungen, das wir am ersten Tag gefangen haben?«, fragte Hayter.

»Das ist bereits an Land, Boss. Es ist zusammen mit dem größten Teil der Krügerplatten geflogen, vor uns, mit dem Doktor«, antwortete Ash, während er und Bishop die Kisten in den Laderaum eines Wasserflugzeugs der Sauria Fluggesellschaft luden und um die Kiste mit dem Titanenjungen stapelten.

Graf Lamprecht von Knútr kam die Gangway rauf.

»Alles bereit?«, fragte er.

Hayter nickte.

»Gut. Lebt es noch?«

Hayter nickte erneut und half dem Grafen vorne ins Flugzeug. Er selbst quetschte sich auf einen der hinteren Sitze. Er schaute zum Piloten, der mit besorgtem Blick die Instrumente prüfte.

»Gibt es ein Problem?«, verlangte Hayter zu wissen.

»Wir sind zu schwer. Ich könnte natürlich Kerosin ablassen, aber dann kommen wir nicht an.«

»Ash. Bishop.« Der Graf winkte sie zu sich.

»Ja, Sir?«

»Könnt ihr fliegen?«

Die beiden Männer schauten verwirrt einander an.

»Fliegen? Sie meinen, als hätten wir Flügel?« Bishop lachte. »Nein, Sir, natürlich nicht.«

»In dem Fall werdet ihr schwimmen müssen. Hayter, werfen Sie sie raus.«

Hayter grinste. »Wie Sie wünschen, Boss … äh … Herr Graf.«

Und mit seinem Stahlhaken in der Hand kroch er auf die beiden entsetzten Männer zu.

*

Hunderte von leblosen Glasaugen beobachteten den Grafen aus den Jagdtrophäen an der Wand. Ein Funken flog aus dem brennenden Kamin, und er löschte ihn mit seinem blank polierten Schuh.

»Liebling, wie ich sehe, war dein Jagdausflug von Erfolg gekrönt.«

Der Graf drehte sich um, um Anja zu begrüßen, seine blasse, weiße, makellose Frau. Sie schwebte herein und hauchte ihm Küsse auf die Wangen. »Aber ist hier wirklich noch Platz für eine weitere?«

Der Graf lächelte.

»Ich habe gerade darüber nachgedacht, die große Halle zu erweitern. Ich habe noch ein paar Spezies entdeckt, die mich sehr interessieren.«

Anja betrachtete den Neuzugang: Ein Kopf auf einer Holzplatte hing stolz über dem Kamin.

»Also, der gefällt mir«, sagte sie. »Sie haben ihn gut ausgestopft. Ich sehe deutlich die Angst in seinen Augen, die er in dem Moment empfunden hat, da du ihn erschossen hast, Liebling.« Sie drehte sich zu ihrem Mann um und richtete seine weiße Fliege. »Bitte, verzeih mir, aber du weißt ja, dass ich mir die Namen dieser Saurier nicht merken kann. Was ist das noch mal?«

Der Graf schaute zu dem neuen Kopf hinauf und lächelte stolz.

»Das ist ein Weißer Titanentyranno.«

*Fortsetzung folgt …*

# ANHANG

Auszüge aus

# SAURIER DER WELT

*von: Nigel Windsor*

## ALLOSAURIER

*Fleischfresser/Zweibeiner*

Diese theropoden Saurier, enge Verwandte der Carnotaurier, haben große, aber schmale Köpfe auf kurzen Hälsen, einen fassförmigen Brustkorb, schlanke Vordergliedmaßen mit jeweils drei Klauen, kraftvolle Hinterbeine (mit je drei Zehen, die das Gewicht tragen) und lange Schwänze. Auf den Köpfen tragen sie markante, von einer Keratinschicht bedeckte Höcker, die eine Vielzahl von Funktionen erfüllen. So beschatten sie die Augen, dienen der Schau oder auch dem Kampf mit Artgenossen. Der starke Unterkiefer kann ausgehangen werden, sodass das Tier das Maul außergewöhnlich weit öffnen kann. Mit seinen typischen großen Nüstern und seinem Geruchssinn können diese Fleischfresser Aas über eine Entfernung von fünfzig Meilen hinweg riechen. Ihre dünnen, scharfen Zähne wiederum sind perfekt dafür geeignet, das Fleisch von den Knochen ihrer Beute zu reißen. Allosaurier haben Federn an Hals und Unterarmen und ebenfalls gefiederte Knochenkämme an Rücken, Hals und Schwanz. Mit Ausnahme einer kleinen Unterart haben sie jedoch keine Knöchelfedern, sondern eine leichte Schuppenhaut mit harten Knochenplättchen, die von den Zehen bis zum Knie reichen.

### *Arabischer Allosaurier*

Der Arabische Allosaurier stammt ursprünglich aus den Wüsten der Arabischen Halbinsel. Bei den Beduinen genießen sie großen Respekt und werden sogar zum Schutz vor Diebstahl in die Familienzelte mitgenommen. Der Arabische Allosaurier gilt weithin als der Reinrassigste seiner Art. Er hat einen für die Art untypisch langen Hals und hält den Kopf mit den vergleichsweise kleinen Höckern stets hocherhoben. Seine Knochenkämme sind flacher und seine Federn weicher als die seiner europäischen Artgenossen. Tatsächlich wirkt er insgesamt deutlich stromlinienförmiger. Mit seinen sportlichen Schritten ist der Araber auch der schnellste Allosaurier. Aus diesem Grund werden sie auch immer wieder mit anderen Arten gekreuzt. Als Folge davon findet man arabisches Blut heutzutage in nahezu allen wichtigen Zuchtlinien von Allosauriern, die zum Reiten eingesetzt werden. Araber gehören zu den zehn beliebtesten Rassen der Welt. Innerhalb der Rasse hat man bei der Zucht vor allem auf solche Eigenschaften geachtet, die das Zusammenleben mit dem Menschen verbessern. Daraus ist der moderne Araber entstanden, ein gutmütiges, kluges Tier, das seinem Reiter stets zu Diensten ist und sich dank seiner hohen Moral und Wachsamkeit auch hervorragend für den Kriegseinsatz eignet. Diese Eigenschaften verlangen jedoch auch einiges vom Besitzer ab. So sollten sie ihre Tiere stets fachkundig und mit Respekt behandeln. Araber dominieren in der Langstreckenreiterei und werden auch in vielen anderen Sportarten erfolgreich eingesetzt. Wenn man sie für den Sport vorbereitet, kommen häufig Scheuklappen und Hörschutz zum Einsatz, denn Allosaurier sind von Natur aus schreckhaft und geraten leicht mit Artgenossen in Konflikt. Arabersättel sollten vor allem leicht sein und es dem Reiter ermöglichen, das Tier rasch zu wenden.

### *Europäischer Allosaurier*

Charakteristisch für den Europäischen Allosaurier sind die dicken Knochenkämme an Hals und Schwanz und das wesentlich dichtere Unterarmgefieder sowie die kurzen Federn am Rücken und die stumpfen Stirnhöcker. Der Europäische Allosaurier ist ein leicht zu trainierender, domestizierter Fleischfresser, der für die Menschheit inzwischen genauso unentbehrlich geworden ist wie Pferde und Hunde. Fossilienfunde lassen darauf schließen, dass die ersten Europäer sich ihre Jagdgründe mit den Allosauriern geteilt haben. Auf Knochen hat man sowohl Bisspuren von Allosauriern als auch Spuren von Feuersteinäxten entdeckt.

Die Anthropologen gehen davon aus, dass beide Spezies sich die im Überfluss vorhandenen Nahrungsquellen eher teilten, als sich darum zu streiten. Alte Sagen und Märchen legen überdies nahe, dass die frühen Europäer glaubten, in den Allosauriern würden die Seelen verstorbener Menschen leben. Deshalb war es auch streng verboten, sie zu essen. So wurde der Europäische Allosaurier immer selbstbewusster und neugierig auf die Menschen, und schließlich führte das zu gegenseitigem Respekt, was bei anderen Fleischfressern wie den Carnotauriern und Tyrannos nicht der Fall ist.

Dank ihres schlanken Oberkörpers kann man Europäische Allosaurier ähnlich reiten wie ein Pferd. Für gewöhnlich zupft man die Federn an der Hüfte aus, damit der Sattel nicht scheuert. Der Europäische Allosaurier ist so gezüchtet, dass er weit weniger nervös und nicht so geräuschempfindlich ist wie sein arabischer Vetter. Allerdings haben frühe Zuchtversuche auch ein paar unerwünschte Eigenschaften zur Folge gehabt: Die losen Kiefer können leicht aus der Aufhängung springen oder sich schief entwickeln, was zu Beschwerden bei der Nahrungsaufnahme führt, und die vergrößerten Spei-

*1 Dünnhorntriceratops*
*2 Europäischer Allosaurier*
*3 Arabischer Allosaurier*
*4 Afrikanischer Roter Styracosaurier*

cheldrüsen führen dazu, dass nahezu alle Europäischen Allosaurier ständig sabbern.

## BRACHIO

*Pflanzenfresser/Vierbeiner*

Brachios bilden eine eigenständige Untergruppe der Sauropoden mit unverhältnismäßig langen Hälsen, kurzen Schwänzen, geraden, mächtigen Beinen und kleinen Köpfen mit einem großen Stirnwulst. Im Gegensatz zu den meisten anderen Sauropoden sind die vorderen Gliedmaßen der Brachios länger als die hinteren, was zu einem schrägen Körper führt. Sie haben fünf Zehen an den Vorderfüßen mit einer einzelnen Kralle am ersten Zeh und dreizehige Hinterfüße mit Krallen an jedem Zeh. Mit ihren robusten und breiten Schnauzen, kräftigen Kiefern und abgerundeten Zähnen können sie ganz hervorragend Laub abfressen. Dabei erlauben es ihnen ihre langen Hälse, Regionen in den Baumwipfeln zu erreichen, die anderen Tieren verwehrt bleiben, aber bisweilen fressen sie auch von Büschen, wenn keine größeren Bäume vorhanden sind. Brachios scharren mit ihren Füßen große Flächen frei, wo sie dann ihre Eier in Gemeinschaftsnester legen. Die teilweise vergrabenen Eier werden von den älteren Weibchen bewacht, die sich ebenfalls um die Aufzucht der Jungen kümmern. Die Reduzierung von erwachsenen Tieren um die Nester herum, sorgt dafür, dass in unmittelbarer Nähe noch genug Vegetation als Nahrung für die Jungtiere und ihre Wächter übrigbleibt.

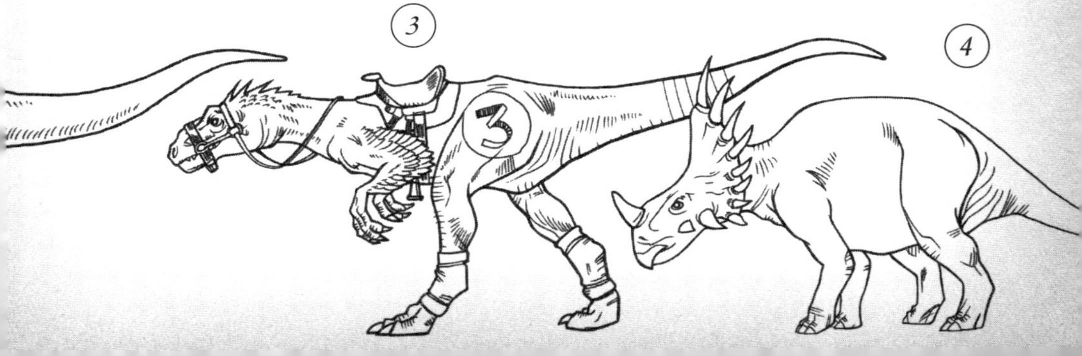

Es gibt vier Unterarten von Brachios, die anhand der Landmassen voneinander unterschieden werden, auf denen man sie finden kann. Der Indische Brachio ist dabei der häufigste, denn er ist auch der kleinste und lässt sich besonders leicht trainieren. Die größten Brachios wiederum stammen aus Südamerika. Die spanischen Conquistadores plünderten nicht nur Gold, sondern auch Eier und führten sie in Europa ein. Als Folge davon wurden Indische und Südamerikanische Brachios miteinander gekreuzt. Die einzigen reinrassigen Brachios, die es noch auf der Welt gibt, sind die Yucatán-Brachios, eine kleine Population im Dschungel zwischen Mexiko, Guatemala und Belize. Der Afrikanische Brachio hingegen unterscheidet sich von den zwei anderen in drei Punkten: So hat er einen längeren, dickeren Hals auf deutlich breiteren Schultern und einen höheren Stirnhöcker. Vom Aussehen her ähnelt der Afrikanische Brachio einer Mischung aus Giraffe und Elefant. Er ist das größte Lebewesen auf dem Kontinent. Die große Nasenhöhle in seinem Stirnhöcker erlaubt es dem Afrikanischen Brachio Rufe zu erzeugen, die man über große Entfernungen hinweg hören kann. Überraschenderweise sind die Afrikanischen Brachios auch sehr gute Schwimmer, weshalb man sie oft in Wasserlöchern findet, wo sie sich abkühlen.

## CERATOPSIER

*Pflanzenfresser/Vierbeiner*

Ceratopsier sind stämmige Vierbeiner mit dicken Schwänzen und kurzen, starken Gliedmaßen. Sie haben drei Hufzehen an jedem Vorderfuß und je vier hinten. Was sie unverwechselbar macht, sind die mächtigen Hörner und Knochenkragen an ihren dicken Hälsen. Sie dienen sowohl der Balz als auch der Verteidigung sowie der Wärmeregulation. Die Ausrichtung, Zusammenstellung, Farbe und Größe ihrer Hörner und Kragen sind bei den einzelnen Unterarten außergewöhnlich variantenreich. Die meisten Ceratopsier haben entweder lange, dreieckige Kragen und gut entwickelte Stirnhörner, oder aber eher kurze, rechteckige Kragen mit Dornenrändern und einzelne Nasenhörner. Die Mehrheit lebt in riesigen Herden. Diese Herden haben eine komplizierte Sozialstruktur und eine feste Hierarchie. Aufgrund ihres saftigen Fleisches und ihrer vielseitig verwendbaren Haut geht man davon aus, dass die Ceratopsier zu den ersten Tieren gehörten, die der Mensch gezähmt hat. In einigen der ältesten, altsteinzeitlichen Höhlen sind überdies Jagdszenen mit Ceratopsiern zu sehen. Durch Zucht sind verschiedene Hybriden entstanden, die sich besser zur Fleisch- und Lederproduktion eignen wie auch für viele Sportarten und landwirtschaftliche Arbeiten.

### *Der Afrikanische Rote Styracosaurier*

Rote Styracos ist die Allgemeinbezeichnung für die afrikanischen Styracosaurier. Dabei kann sich jeder, der Afrika besucht, nur schwer vorstellen, dass die Styracos in Afrika vor noch gar nicht allzu langer Zeit überhaupt keine roten Markierungen hatten. Aus Genanalysen wissen wir, dass sich irgendwann ein dominantes »Rotes Gen« des Asiatischen Roten Styracos in die afrikanische Population geschlichen hat. Wissenschaftler gehen davon aus, dass das um 1840 stattgefunden haben muss, als ägyptische Händler Rote Styracos aus Asien nach Nordafrika gebracht haben. Nach nur gut dreißig Jahren erschienen die ersten Roten Styracos dann im Herzen Afrikas, und 1890 hatten sie sich bis in den Süden ausgebreitet. Inzwischen hat dieses »Supergen« die ursprüngliche Pigmentierung der Afrikanischen Styracos nahezu vollkommen verdrängt. Allerdings neigen die Styracos in Nordafrika zu einer wesentlich intensiveren roten Färbung, vor allem im Rückenbereich, als ihre südlicheren Verwandten. Daraus könnte man schließen, dass das rote Gen seine Dominanz nach immer mehr Kreuzungen allmählich verliert. Regionale Varianten der Styracosaurier lassen sich überdies anhand der unterschiedlichen Stacheln um ihren Nackenschild unterscheiden, und sie tragen die unterschiedlichsten Namen bei den Nomaden und Bauern, die sich die friedfertigen Saurier als Nutztiere halten.

### *Dünnhorntriceratops*

Der Dünnhorntriceratops (oder einfach nur »Dünnhorn«) ist der agilste aller Ceratopsier. Er unterscheidet sich deutlich von den anderen Arten, denn er hat sich zu einem schnellen, wendigen Tier entwickelt, um den Raubtieren in seiner natürlichen Umgebung zu entkommen, dem Afrika südlich der Sahara. Seine extrem langen spiralförmigen Stirnhörner (die dünnsten und leichtesten aller Ceratopsier) sind zur Verteidigung nutzlos, und das Nasenhorn ist im Vergleich zu anderen Arten geradezu winzig. Gleichzeitig ragen die Stacheln am Nackenschild wesentlich weiter nach hinten als bei anderen Ceratopsiern, fast bis zur Mitte des schlanken Körpers. Die Farbe der meisten Dünnhorntriceratopsier reicht von staubweiß bis hin zu einem hellen Beige, und mit Ausnahme der Population am Viktoriasee sind ihre Beine braun. Den größten Teil ihrer Zeit verbringen die Tiere dieser Population in Wassernähe, wo sie sich von den saftigen Uferpflanzen ernähren. Bisweilen verändern die dabei aufgenommenen Wasserbakterien und das Betakarotin die Pigmentierung der Tiere, sodass sich dort auch hellrosa Tiere finden, wie Flamingos.

## PTEROSAURIER

*Allesfresser/Flugsaurier*

### *Lappengesichtiger Pterosaurier*

Dieser aasfressende Pterosaurier ernährt sich hauptsächlich von Tierkadavern. Diese finden sie jedoch nicht mit ihrem Geruchssinn, sondern mit den Augen. Wie Geier kreisen sie am Himmel. Sie sind die kräftigsten und aggressivsten Pterosaurier in Afrika, und Geier überlassen einen Kadaver für gewöhnlich einem Lappengesichtigen Pterosaurier, wenn dieser ihn unbedingt haben will. Tatsächlich lassen die Pterosaurier die Geier jedoch zumeist zuerst fressen, bevor sie sich selbst über die verbliebene Haut, die Sehnen und die gröberen Innereien hermachen, die die anderen Aasfresser nicht anrühren. Lappengesichtige Pterosaurier werden oft von den Menschen verfolgt. Sie werden von Bauern abgeschossen oder vergiftet, die fälschlicherweise Angst haben, die Tiere könnten ihr Vieh töten. Aber auch Wilderer haben es auf sie abgesehen, aus Angst, ihre Gegenwart könnte sie an die Ranger verraten.

*Sattelschnabel-Pterosaurier (Kongamato)*

Diese großen, landlebenden Pterosaurier kann man in der Nähe von großen Seen und Flüssen finden. Sie sind in ganz Afrika unter dem Namen Kongamato bekannt (»Stiefelzerstörer«). Fischer haben häufig mit Kongamatos zu kämpfen, denn die Tiere stürzen sich auf ihren Fang, wenn sie ihn an Bord ziehen. Mit ihren scharfen, spitzen Schnäbeln spießen sie dabei nicht nur die Fische auf, sondern verursachen auch Schäden an Mensch und Gerät. Sattelschnabel-Pterosaurier haben kühne schwarz-weiße Markierungen am ganzen Körper und leuchtend rot-gelbe Schnäbel.

## STEGOSAURIER

*Pflanzenfresser/Vierbeiner*

Charakteristisch für Stegosaurier sind die Stacheln und Knochenplatten auf ihren Körpern. Diese Saurier haben kleine, lange, flache und schmale Köpfe mit einem Schnabel aus Horn. Ihre Hälse sitzen dabei ungewöhnlich tief am Körper, sodass sie hervorragend dafür geeignet sind, Gras und niedrig wachsende Büsche zu fressen. Ihre Vorderbeine sind kürzer als die hinteren, die den Schwanz stützen. Einige Arten haben überdies noch einen langen, nach hinten gerichteten Stachel an den Vorderbeinen. Entlang der Wirbelsäule, über Hals, Rücken und Schwanz hinweg finden sich zwei Reihen von mit Kreatin überzogenen Knochenplatten und Stacheln in unterschiedlichen Größen, und an der Schwanzspitze tragen die Tiere zwei Paar lange Stacheln, eine hervorragende Abwehrwaffe. Gleichzeitig bedecken Knochenschilde den größten Teil ihrer Körper und schützen das weichere Gewebe. Sämtliche Unterarten der Stegosaurier sind in Afrika beheimatet. Ihren Namen haben sie vom größten Vertreter ihrer Art, dem majestätischen Stego, der in Symbiose mit den nomadischen Stämmen Afrikas lebt. Allerdings gibt es auch wesentlich kleinere Arten von Stegosauriern wie zum Beispiel die Krüger und Centros, und im Gegensatz zu den Stegos sind die Krüger und Centros vom Menschen unabhängig und ziehen in großen Herden durch die Savanne.

### *Krüger*

Krüger kann man an den langen, dünnen, rautenförmigen Knochenplatten entlang des Halses, Rückens und der Schwanzwurzel erkennen. Diese paarweise angeordneten »Klingen« sind in gleichmäßigen Abständen verteilt. Außerdem haben Krüger am ganzen Körper harte Knochenwülste, die an kurze, stumpfe Hörner erinnern und für weiteren Schutz sorgen. Ab der Schwanzwurzel werden diese Hörner dann immer länger, bis sie schließlich in lange Schwanzstacheln münden, mit denen sich die Saurier gegen Raubtiere verteidigen. Krüger findet man vornehmlich in Südafrika,

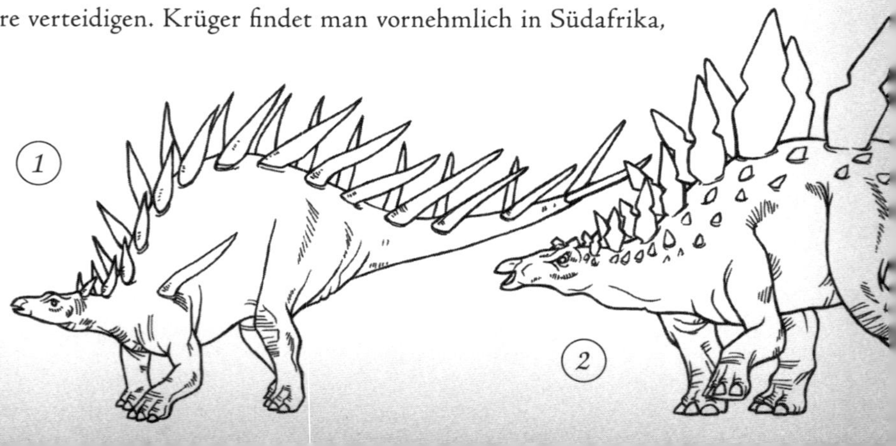

doch einige wandern auch immer wieder in Richtung Norden, sodass man sie auch in den Savannen um Mount Kenia herum sehen kann.

### *Centros*

Centros haben einen charakteristischen Schulterstachel, der sie vor größeren Räubern schützt, aber einen kürzeren und weniger flexiblen Schwanz als die anderen Stegosaurier. Insgesamt gibt es zwölf Unterarten von Centros, die in ganz Afrika verteilt sind. Diese Tiere unterscheiden sich subtil in Plattenausrichtung und Stachellänge, je nach Landschaft, die sie auf dem riesigen Kontinent bewohnen. Die zwölf regionalen Unterarten von Centros kann man überdies noch weiter unterteilen, bis man eine geradezu verwirrende Masse von Varianten mit unterschiedlichen, biblischen Namen hat. So gibt es zum Beispiel 35 unterschiedliche Arten von Petrus-Centros, 32 Arten von Jakobus-Centros und 28 Arten von Johannes-Centros. Woher der Brauch kommt, sie nach den Aposteln zu benennen, ist unbekannt, zumal die meisten Stämme, die Centros halten, gar keine Christen sind. Allerdings sind die Unterschiede zwischen all diesen Arten viel zu klein, als dass sie hier Erwähnung finden.

*1 Centro*
*2 Krüger*
*3 Stego*

*Stegos*

Der größte aller Stegosaurier und der bekannteste ist der Ostafrikanische Stego mit seinen großen, tränenförmigen Knochenplatten und seiner blassen hellgrauen oder beigefarbenen Haut (die zumeist von den Mitgliedern der Stämme, mit denen die Saurier leben, bunt bemalt wird).

Diese Platten reichen vom Hals über den Rücken und bis zum Schwanz. Erst werden sie größer und dann wieder kleiner. An der Schwanzspitze wiederum tragen die Tiere vier mächtige Stacheln, die ausschließlich der Verteidigung dienen. Schulterstacheln haben sie jedoch nicht.

Das Besondere an den Stegos ist ihre symbiotische Beziehung mit den Steggis, einer großen Gruppe von nomadischen Stämmen, die man vorwiegend in Kenia und anderen Teilen Zentral- und Ostafrikas antrifft. Tatsächlich findet man sie nie in freier Wildbahn, sondern nur zusammen mit den Steggis. Diese gegenseitige Abhängigkeit ist einmalig. Tatsächlich sind die Stegos sogar so weit domestiziert, dass sie ihren Elternpflichten nicht mehr nachkommen, die eigentlich Instinkt sein müssten. Die Steggis nehmen den Stegos die Hälfte der Eier weg und essen sie. Diese bezeichnen sie als »Totgeburten«. Die verbliebenen Eier werden jedoch mit großer Sorgfalt ausgebrütet. Diese Aufgabe fällt den Kindern des Stammes zu, und in der Tat schlüpfen aus fast allen dieser Eier lebende Jungtiere. Und auch um die Jungtiere kümmern sich die Stammesmitglieder und sorgen dafür, dass sie das Erwachsenenalter erreichen. Sollten die Steggis diesen symbiotischen Lebensstil irgendwann aufgeben, dann würden sie sicher eine andere Möglichkeit finden zu überleben, doch die Stegos würden ohne Menschen bald aussterben, da ihr gesamter Fortpflanzungsprozess zusammenbrechen würde.

Es gibt viele Studien zu dieser einmaligen Beziehung zwischen Mensch und Saurier, und sie haben zu unterschiedlichen Ergebnissen geführt. Im Jahre 1908 hat Peter Williams, ein berühmter englischer Biologe, einen kleinen

Steggistamm zu einem Experiment überredet. Ein weiblicher Stego wurde vom Rest der Herde isoliert und mit ihren Eiern alleingelassen, um sich darum zu kümmern. Tatsächlich brütete sie die Eier auch scheinbar mühelos aus. Die Jungtiere schlüpften, doch nur die Hälfte überlebte den ersten Tag, und von dieser Hälfte wiederum lebten am Ende der ersten Woche auch nur noch fünfzig Prozent. Der weibliche Stego schien keinerlei Fähigkeiten als Mutter zu besitzen. Nach einer Woche regten die Steggis sich derart auf, dass das Experiment abgebrochen wurde, und die verbliebenen Jungtiere wurden wieder in die Obhut ihrer menschlichen Gefährten übergeben. Daher ist es unmöglich zu sagen, wie viele Jungtiere tatsächlich in der Wildnis überlebt hätten. Zum Vergleich: Untersuchungen haben gezeigt, dass nur die Hälfte der Eier von Krügersauriern schlüpfen, und von den Jungtieren überlebt ebenfalls nur die Hälfte die erste Woche nach dem Schlüpfen.

Die menschliche Hilfe bei der Aufzucht von Stegos hat unter anderem die Folge, dass die großen Saurier keine natürlichen Feinde mehr haben. In vielen afrikanischen Regionen ist die Meinung weitverbreitet, dass die Lebensweise der Steggis eine Überbevölkerung von Stegos zur Folge hat, und die Behörden haben versucht, einige der Tiere zu keulen. Das traf jedoch auf großen Widerstand bei den Steggis und Naturschützern auf der ganzen Welt, die glauben, die Behörden wollten die Tiere nur aus finanziellen Gründen töten. Tatsächlich gibt es keine schlüssigen Beweise für eine natürliche Populationsgrenze der Stegos.

Nomadische Herden von Stegos weiden häufig auf Land, auf dem auch die Rinder und Styracos der Farmer grasen. Stegos sind zwar vom Gesetz geschützt, doch oft erschießen die Farmer trotzdem Stegos auf ihrem Land und bezeichnen das als Selbstverteidigung. Sie hätten sich vor den mächtigen Stachelschwänzen der Tiere schützen müssen. Dabei reicht ein toter Stego, um den Lebensunterhalt einer Familie zu sichern, denn die Knochenplatten kosten auf dem Schwarzmarkt ein Vermögen. Der Preis für nur ein Tier ist häufig höher als das Jahreseinkommen einer ganzen Familie. Dazu kommt das Problem der Korruption bis in die höchsten Kreise. Viele Farmer, Beamte und Politiker betrachten die Stegos nur als Geldeinnahmequelle.

## TYRANNOSAURIER (AFRIKA)

*Fleischfresser/Vierbeiner*

### *Gehörnter Tyranno*

Der Gehörnte Tyranno ist ein Einzelgänger und zeigt sich allen anderen Tieren gegenüber aggressiv mit Ausnahme von paarungsbereiten Weibchen, doch diesen Fortpflanzungsdrang entwickeln sie nur alle achtzehn Monate. Für gewöhnlich warnen die Gehörnten Tyrannos jeden, der sich ihnen nähert, mit einem drohenden Geräusch, das sie mit ihrer Zunge machen, wie eine Klapperschlange. Ihre beeindruckenden, dreieckigen Stirnhörner ragen aus der Haut über den blassblauen Augen und schützen die Augen vor der brennenden, afrikanischen Sonne. Dieser Tyranno hat ausgeprägte, spitze Wangenknochen, mit denen er auch seine Beute angreifen kann – oder alles, was sich ihm nähert –, indem er mit dem Kopf schlägt. Der Gehörnte Tyranno ist der zweitgrößte in der Familie der Tyrannosaurier und vermutlich der langlebigste. Ausgewachsene Tiere können über zweihundert Jahre alt werden. Gegenwärtig ist ihre Population gefährlich klein. Ihr stetig schrumpfender Lebensraum zwingt diese Einzelgänger immer enger zusammen, was viele Tiere das Leben kostet, denn sie töten ihresgleichen gnadenlos. Bis jetzt sind alle Bemühungen gescheitert, ihre Population zu erhöhen. Die meisten Safariparks und Naturschutzgebiete können sich maximal einen leisten, und Zuchtprogramme sind meist zum Scheitern verurteilt.

Im Gegensatz zu anderen gehörnten Säugetieren und Sauriern kennt die fernöstliche Medizin jedoch keine Verwendung für ihre Hörner. Dank seines nur schwach ausgeprägten Paarungstriebs gilt der Gehörnte Tyranno nicht als Fruchtbarkeitssymbol. Deshalb wird er auch nicht gewildert. Vermutlich ist das der Hauptgrund dafür, dass dieser seltsame Saurier noch nicht ausgestorben ist.

*Ronax-Tyranno*

Auf der ganzen Welt sind Tyrannos dafür bekannt, Einzelgänger zu sein. Treffen sich zwei Tyrannos führt das unweigerlich zum Kampf, und der Sieger eliminiert den Verlierer. Ronax, die kleinsten, afrikanischen Tyrannos, bilden jedoch die Ausnahme zu dieser Regel. Man findet sie ausschließlich in Ostafrika, wo diese Fleischfresser in Rudeln leben. Studien beweisen, dass Ronax, die von ihrem Rudel getrennt werden, rasch verzweifeln und sich selbst verletzen. Teil eines Rudels zu sein, ist für die Ronax von großem Vorteil. In der offenen Landschaft Ostafrikas profitieren sie davon, Augen in alle Richtungen zu haben und gemeinsam auf Jagd zu gehen. Ihre rostroten, beige und braun gefärbten Körperfedern (entweder gepunktet oder in Streifen) lassen sie mit ihrer natürlichen Umgebung verschmelzen. Als Folge ihrer Rudelordnung verfügen die Ronax überdies über deutlich ausgefeiltere Kommunikationsmittel als andere Tyrannos, eine Notwendigkeit für die gemeinsame Jagd im Busch. Dank ihres kräftigen Halses und der mächtigen Kiefer, mit denen sie sich festbeißen, können Ronax auch Tiere reißen, die viel größer sind als sie. Kein Tier ist vor ihnen sicher, auch nicht afrikanische Apatosaurier oder der afrikanische Elefant. Der Weiße Titanentyranno mag ja als »König von Afrika« gelten, doch wenn er einem Rudel Ronax gegenübersteht, zieht auch er sich rasch zurück.

*Weißer Titanentyranno*

Der in Zentralafrika beheimatete Weiße Titanentyranno ist der größte seiner Art. Ausgewachsene Tiere erreichen eine Länge von bis zu fünfzehn Metern. Sein Rücken wird von matten weißen Federn bedeckt, die das Sonnenlicht reflektieren, und sein Bauch ist nahezu kahl, um ihn kühl zu halten. Ein Weißer Titanentyranno hat lange Federn an Knöcheln und Unterarmen, mit deren Hilfe er auch die Federn an Rücken und Schwanz putzen kann, an die er mit dem Kopf nicht rankommt. Weibchen sind kleiner als Männchen und haben keine Zierfedern am Kopf. Für Tyrannos eher ungewöhnlich ist die Tatsache, dass männliche Titanen beim Bau und Schutz der offenen Nester helfen. Dabei räumen sie auch eine große Lichtung um das Nest herum frei, damit potenzielle Räuber sich ihm

*1 Ronax-Tyranno*
*2 Gehörnter Tyranno*
*3 Weißer Titanentyranno*
*4 Sattelschnabel-Pterosaurier*
*5 Brachio*
*6 Lappengesichtiger Pterosaurier*

nicht unbemerkt nähern können und um ihrem Nachwuchs so einen besseren Start ins Leben zu ermöglichen.

Der Weiße Titanentyranno ist auf der ganzen Welt zu einem Symbol für Prestige und Macht geworden. Oft nennt man ihn auch den »König von Afrika«. Titanen sind wilde, kraftvolle Saurier, die nie domestiziert worden sind. Aus der Geschichte wissen wir, dass römische Kaiser einst auf ihnen geritten sind, um ihren Mut zu beweisen. Allerdings ist die Wahrheit hinter dieser Leistung nicht ganz so beeindruckend wie es scheint. Ein paar abenteuerlustige Römer begannen, Titanen zu fangen und zu züchten. Sie versuchten, den Weißen Titanentyrannos ein wenig von ihrer Wildheit zu nehmen, um sie bei ihren barbarischen Spielen einsetzen zu können. Aber erst nach der Entdeckung einer bestimmten Mischung von Schlangengiften gelang es, die Tiere in eine Art Halbkoma zu versetzen und handzahm zu machen. Das Volk, das dieses Gift nicht kannte, glaubte dann, nur der Kaiser sei mutig genug, die

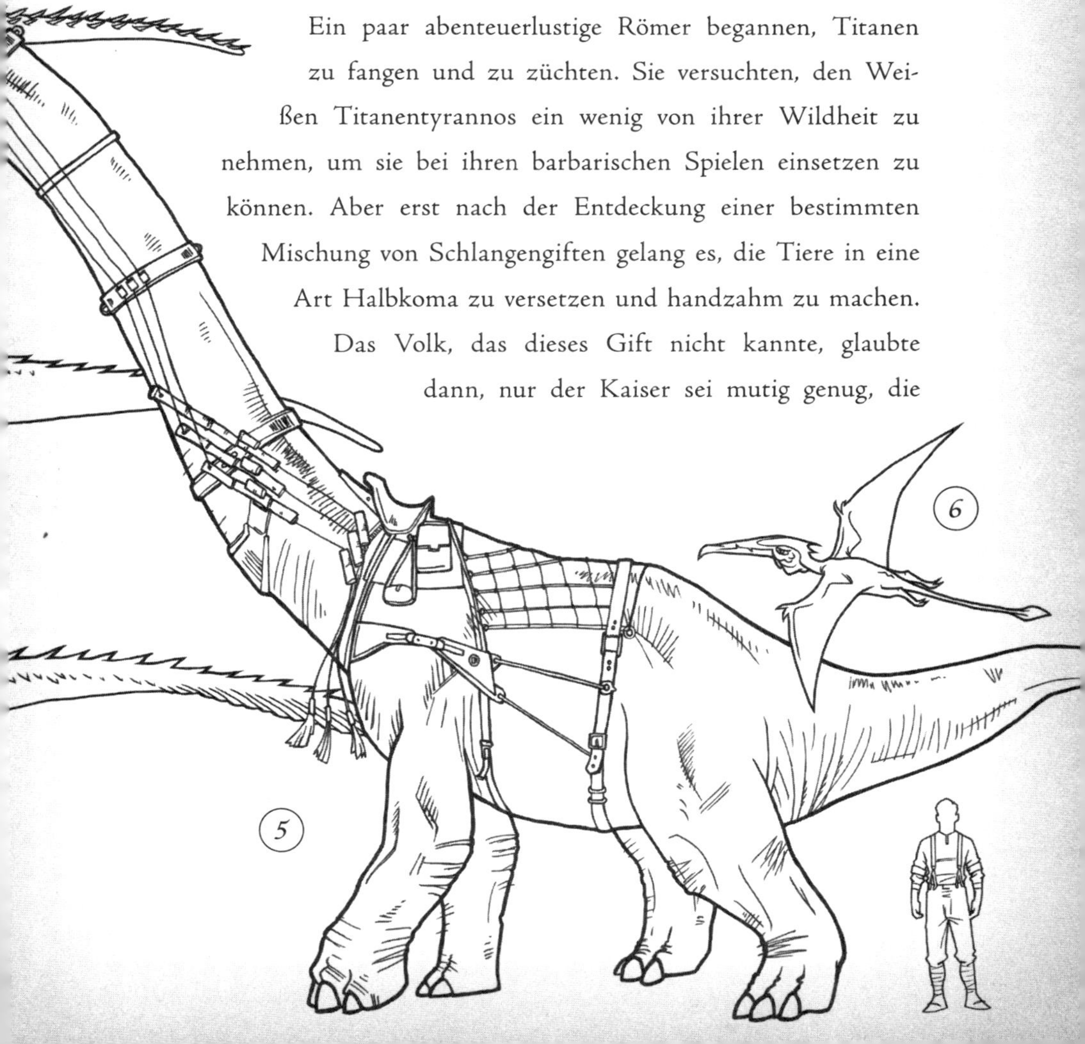

Weißen Titanen zu reiten. 160 Jahre lang, bis 193 n.Chr., paradierten die römischen Kaiser so vor den Spielen herum. Dann, neun Wochen nach der Ermordung seines Vorgängers Pertinax, wurde auch Kaiser Didius Julianus das Privileg zuerkannt, auf einem Weißen Titanen an der ihm huldigenden Menge vorbeizureiten. Es hatten sich jedoch Gerüchte verbreitet, Didius Julianus habe die Prätorianer bestochen, Pertinax zu ermorden. Nun sorgten seine Feinde dafür, dass das Gift verdünnt wurde, mit dem der Titan gefügig gemacht werden sollte. Der Weiße Titanentyranno buckelte, warf den Kaiser ab und fraß ihn vor den Augen der entsetzten Zuschauer. Einige Historiker betrachten dieses Ereignis als Katalysator für den Fall des Römischen Reiches. Aber wie auch immer es gewesen sein mag, seitdem hat niemand es mehr gewagt, einen Titanen zu reiten.

180 165 150 135 120 105 90 75 60 45 30 15
NORTH AMERICA
NORTH ATLANTIC
NORTH PACIFIC OCEAN
SOUTH AMERICA
SOUTH PACIFIC OCEAN
ANTARCTIC